Chara

呪われた黒獅子王の小さな花嫁

月東 湊

キャラ文庫

この作品はフィクションです。
実在の人物・団体・事件などにはいっさい関係ありません。

目次

口絵・本文イラスト／円陣闇丸

黒獅子王子と小さな花嫁

その日、国王は急いでいた。

王妃が産気づいたと王宮から早馬が届いたのだ。

視察を切り上げ、国王付きの親衛隊を引き連れて王宮までの街道をひた走っていた時、道の真ん中を荷馬車を引いて歩く女にその行く手を塞《ふさ》がれた。

「そこの女、退《ど》かぬか！　国王陛下がお通りだ！」

先駆けの兵士に言われても、荷馬車はなかなか退かない。そもそもこの街道の道幅が狭いのだ。限界まで端に寄っても、馬が一騎すり抜けられるかどうかだ。

「武人様、お許しください。この荷馬車には年老いた師匠が乗っております。これ以上端に寄ったら、道から外れて田んぼに落ちてしまいます。どうか、脇を抜けてお通りください」

「ならぬ。道を空けよ」

このままでは、国王の一行の通過の邪魔になってしまう。焦った兵士は、「退け！」と荷馬車を引いている馬の首を道の外に向けて引っ張った。

勢いで馬は道の外に脚を踏み出し、そのまま荷台も田に転がり落ちた。「ああっ」と女が悲鳴を上げて横倒しになった荷台に駆け寄る。

「お師匠様！」

まさにその時、国王の一行が通りかかった。

間に合った、と先駆けの兵士は胸を撫《な》で下ろして何気なく荷馬車に振り向き、ぎょっとして息を呑《の》んだ。

女が肩を貸して荷馬車から助け出した老婆は、呪術師の格好をしていたのだ。呪術師は、彼らが持つ不思議な力のために畏怖と尊敬の両方を持って語られる存在だった。

国王と一緒に駆けていた親衛隊長が、「そこの女ども、国王のお通りだ！　ひれ伏さぬか！」と声を上げる。

だが老婆は、ひれ伏すどころか親衛隊長に向かって「そなたらが通るために、わしの馬車が道から落とされた。これをどう見る」と尋ね返す。

親衛隊長はその時ようやく、老婆が呪術師だと気づいた。表情が強張《こわば》る。

老婆は国王に視線を向けた。

「のう、十四代国王。どう見る」

いきなり直接国王に話しかけた老婆に、国王は気分を害したように目を眇《すが》めた。

「黙れ。余は急いでいるのだ。みすぼらしい老婆と問答する暇などない」

「――へ、陛下、この人間は呪術師です」

慌ててとりなそうとする親衛隊長を、国王は「呪術師がどうした」と一蹴する。

「なるほど、――我ら呪術師を無碍《むげ》にするか。先の戦《いくさ》で我らがどれだけ力を貸したのか知らぬわけでもあるまいに。道から落ちた年老いた呪術師を引き上げることすらせぬと言うか」

「それは父王がしたことだ。余は知らぬ」

そして国王は、老婆から視線をそらし「はっ！」と騎馬に鞭《むち》を当てて駆けだした。

国王の一行の土煙が瞬く間に遠くなる。

「……なるほど」と老婆が呟《つぶや》くのを、その場に残された先駆けの兵士はぞっとして聞いた。

「一瞬馬から下りて、先の戦の戦功者を助け起こすことよりも、生まれる子が大事か」

兵士はぎょっとする。王妃が産気づいたことは、まだ表には出ていないはずだ。なぜ知っているのか。

「――ならば、十四代国王よ。そなたに呪いをやろう。生まれる王子を見て驚くがいい」

それは、震えあがるくらいに低い、恐ろしい声だった。


ガルムザール王国は、大陸の南の端に位置する広大な王国だ。騎馬民族が周囲の小国を侵略、併合し領土を拡大して約二百五十年、現国王で十四代目になる。

国王が王宮に辿《たど》り着いたまさにその時、王妃の居室から産声が響いた。

「生まれたか！」

喜色満面で国王が王妃の部屋の扉を開ける。

「女官よ、王子と姫のどちらだ！」

「お、王子様でございます」

国王は、喜びの叫び声を上げた。

「よくやった、王妃よ！　ならば、王子の名は前から決めていた通りダルガートだ！　我が世継ぎだ、十五代の国王だ！」

「へ、陛下。王子様ではございますが……」

「なんだ、どうした」

「どうか、ご覧になって驚かれませぬよう」

明らかに青ざめている女官の表情を訝《いぶか》りながら産湯に浸けられている王子に目を向けて、国王は「なんだこれは」と呟いたきり言葉を失った。

生まれたばかりの王子は、人間の体に黒い獣の頭が付いていた。ネコ科の尖《とが》った鼻、伏せた耳、まだ薄く膜が掛かったままの虹彩《こうさい》だけの瞳は金色。

「——……黒獅子《くろじし》……」

老婆に呪いをかけられたことなど知らず、国王はただ立ち尽くした。

そもそも、人間が獣の頭を持って生まれてくることが信じられないことだった。ガルムザール王国の二百五十年の歴史の中でも、そのまた昔の伝承を紐解《ひもと》いても、そんな事例はどこにもなかった。さらに悪いことに、騎馬民族のガルムザール王国では、黒獅子は古来から悪の象徴とされていたのだ。

その結果、黒獅子の頭を持ったダルガート王子は次代の国王であるにも拘《かか》わらず、王宮内で疎まれ、孤独に育たざるをえなかった。

王妃は、黒獅子の頭を持つ王子を産んでしまったことで心を病み、ダルガートが物心つく前に塔から飛び下りて自死した。

――なぜ黒獅子頭の王子が生まれたのか。

それを知っているのは、老婆の呪いの言葉を聞いた先駆けの兵士だけだった。

老婆はもしかして、その兵士が国王にそのことを告げて、謝罪に訪れることを期待したのかもしれない。そうすれば、呪いは解けたのかもしれない。

しかし、親衛隊の中でも一番の下っ端の一介の兵士が国王に謁見することなどできるはずもなかった。また、王子の黒獅子頭が国王のせいだなどという恐ろしいことを誰かに言えるはずもなく、真実は兵士の記憶の中だけに留《とど》まってしまった。

何も知らない国王は、ダルガートを悪の化身として疎み避け、新たに迎えた王妃が八年後に産んだ第二王子のみを可愛《かわい》がった。

しかし、第一王子が国を継ぐと法律で定められているガルムザール王国では、ダルガートに国を継がせなくてはならない。国王も王妃も、そして王宮の官僚たちもそうさせたくはなかった。黒獅子頭の国王など、とうてい受け入れられるものではなかったのだ。

そこで一致団結してダルガートを亡き者にしようと画策しはじめる。

毒を盛り、暗殺者を放ち、狩り場に罠《わな》を仕掛けた。しかし、思慮深く賢かったダルガートは、それらすべてから逃れた。やがて体が大きくなり剣術を身に付けると、わずか十三歳で戦に出された。戦死することを望まれて。

十八歳の時には、海の向こうからの侵略を防ぐために、単隊で前線に送られた。

ダルガート隊の兵士は、自分たちが捨て兵だと知っていた。ダルガートが見捨てられていることも勘づいていたし、なによりも敵は強大で、たかが一大隊で防ぎきれるとは思えなかったのだ。だから、国王はダルガート以外の一族を連れて、親衛隊とともに都から離れた山城に籠ったではないかと。

しかし、ダルガート隊は勝った。敵の船を撃沈し、浜に上がった敵兵を海に追い返し、武装船団を退却させた。敵兵たちが「獅子頭の大将だ」「獅子になんか勝てるか」とダルガートの姿に恐れをなして総崩れになったのもその一因だった。

兵士たちは歓喜した。

「ダルガート王子、万歳！」

「そうだ、考えてみればダルガート王子は今まで無敗じゃないか。ダルガート王子といれば死なないぞ！」

「陛下が見捨てた都と民を、ダルガート王子が助けたんだ」

一部兵士の間でダルガートの評判が上がっていくのを見て、王妃一族は作戦を変えた。

「陛下、ダルガートに無理難題を押し付けましょう。そしてダルガートが少しでも反抗的な態度を取れば、陛下に対して謀反を起こしたとして王籍を剝奪し、処刑すればいいのです。そのほうがよほど確実ではありませんか？」

「なるほど、では、どのような難題を押し付ける」

「ダルガートもすでに二十歳。さすがにそろそろ王妃を迎えねばなりません。であれば、小人族の族長の一族から娶《めと》らせるというのはいかがでしょう」

「しかし、小人族は滅多に女が生まれない。今の族長の一族にも娘はいないはずだ」

「陛下、それだからです。仮に小人族に姫がいたとしても、体格があまりに違うので子を生《な》すのは無理です。小人族を指定する時点で後継ぎを諦めることになりますし、さらに姫がいなければ男を娶って笑いものになるしかないのです。そのようなこと、さすがのダルガートでも我慢ならないでしょう」

「――そして反抗して謀反とされ、死罪となる、ということか」

「その通りです陛下。そして、私たちの愛《いと》し子のガルグル王子が陛下の跡を継ぎます」

王妃が妖艶にほくそ笑み、国王も満足げに笑った。


翌日の朝議で、国王はいきなりダルガートに告げた。

「我が王家が、併合した小国や部族の王族からあえて妃《きさき》を迎えているのは周知のとおりだ。それは、それらの併合地に敬意を表するとともに、妃を人質として側《そば》に置いておく意味がある。ダルガート、国王として命じる。そなたは小人族から妃を迎えよ」

朝議の場がざわめく。

小人族は、通常の人間の半分にも満たないほど小さい。あまりに体格の差がありすぎてどう転んでも子は生せないため、これまで一度も小人族から妃を迎えたことはなかったのだ。さらにダルガートは、通常の人間よりも二回り三回り大きい巨漢だ。

「どうする、ダルガートよ」

反抗する言葉を期待して、国王は玉座から尋ねる。

だが、ダルガートは深々と頭を下げた。

「御意。陛下の命に従います」

そして物語は動き始めた。

◆

その日、小人族の族長の屋敷では、王宮から届けられた勅命書を前に族長一族が頭を抱えていた。ため息をついて頭を掻《か》くたびに、民族衣装に付いた鈴がシャランと音を立てる。

「――妃となる娘を差し出せと……」

「いったいどうしたことか。これまで一度もそんなことを言われたことはなかったのに」

「どうする。今、我ら一族に未婚の女はおらん」

「しかし断れば……。まさか一族が滅ぼされることはないと思うが、とんでもなく税が高くなることは明らかだ。どうしたものか」

齢《よわい》八十を超えた老婆が「これは嫌がらせじゃの」とため息とともに呟いた。彼女は、現族長の祖母であり、先々代族長の妻でもある。小人族には珍しい長寿で、若いころは呪術を学んでいたこともあり、「ばばさま」として小人族の尊敬を集めている。

「嫌がらせ？　我ら小人族にか」

「違う。ダルガート王子へのじゃ」

「ダルガート王子？　あの、二年前の海の向こうからの侵略を防いだ時に指揮官だった黒獅子王子？」

「そうじゃ。今、王宮はダルガート王子ではなく、ガルグル王子を第十五代国王にしたいという空気で満ちているらしい。これは、ダルガート王子に小人族を娶らせて、子を作らせないようにしようという策略じゃ。もしかしたら、さらに、今我々には姫がおらんことも知っているかもしれんのう」

「――知っているみたいだぞ、ばばさま。どうせ子は見込めないのだから、姫がいない場合は王子でもいいとの一文がある」

「ほら。完全にダルガート王子に対しての嫌がらせじゃ。小さな男を嫁に迎えさせて、笑いものにしようという魂胆じゃ」

ふう、と再び場にため息が満ちる。

「どうしたものか」

「どうしたもんかのう……」

その時だった。

「どうしたの、ばばさま、父上。難しい顔して。あれ、叔父さんたちもみんないるんだ」

鈴の音とともに、明るい声が中庭から飛び込んできた。

太陽を練り込んだような明るい金髪を顔の横で三つ編みにした、青い瞳の青年だ。首のまわりに布を巻き、泥だらけの上着のフードを被《かぶ》っている。

「おう、リラ。採鉱から戻って来たか。今日の収穫はどうだった？」

「最高。見て！」とリラはばさりとフードを取ると、腰に下げた巾着袋から赤い透明の結晶を取り出した。ちょうど両手で包めるくらいの大きさのそれは、一か所から十本近い結晶が放射状に伸び、まるで花が咲いたように見える。

「おお、これはいいな」

「どう、綺麗《きれい》な蓮《はす》の形だろ。しかもこの見事な赤。こんなの滅多に採れないよ」

「やっぱりリラはいいのを見つけるな」

ふふん、とリラが嬉《うれ》しそうに泥だらけの顔を拭った。

これが小人族の収入源だ。

小人族がいるこの地域の地底には、貴石の鉱脈が網の目のように広がっている。それは美しい宝石であったり、貴重な金属だったりするのだが、なにせその洞窟が細く入り組んでいて、小人族の人間しかその中に入れないのだ。しかもそれらは繊細で、洞窟の中に草のように生えている状態のため、強引に壁を崩して採集すると壊れたり欠けたりして価値がなくなってしまう。

この宝石や希少金属はガルムザール王国の独占輸出品の一部でもあるため、小人族は小さく力がない種族でありながら、こうして自治を認められているのだった。

「で、難しい顔して額を突き合わせてどうしたの？」

リラは鮮やかな空色の瞳をきらめかせて、年長者たちが集まっている屋根の下を覗《のぞ》きこんだ。

小人族は全体的に色素が淡い。肌は白く、髪は金髪か銀髪、瞳は淡い青か茶色。今でこそ彼らは地上で暮らしているが、昔地下で暮らしていた時に色素が退化したためだ。その中でも特にリラの瞳は、美しい透き通るような空色をしていた。

「いや、実は王宮が難題を押し付けてきて」

「難題？」

族長の説明を聞いた直後、リラはいきなり「それ、俺が行きたい！」と言い出した。

「リラ？」と族長が驚いて問い返す。

「王妃だぞ？　女として行くんだぞ？」

「周りもみんな承知の上なんだろ？　だったら大丈夫だよ。男だってことを隠して女のふりしろって言われたら大変だけど、男のままでいいんだろ？」

「いやいやいや、ちょっと待て。リラ、お前は軽く考えすぎだ」

「べつに軽く考えてなんかいないよ」とリラは明るく笑い返した。

「父上たちが悩んでるのは、断れないからなんだろ？　断れるんだったら、ばしっと断ればいいんだから。で、どうせ誰か出さなくちゃいけないいんだったら、俺が行くってこと」

「行くって簡単に言うけど、お前……」

「なんで？　なにが問題？　女子がいないんだったら誰か男子が行くんだろ？　俺は三男だけど一応は族長の息子だし、ちょうどいいんじゃない？　俺に行かせてよ」

あまりに積極的な息子に、族長一族は目を白黒させるばかりだ。完全に押されている。

「ちょっと落ち着けい」

それを鎮めたのは、族長の祖母だった。

「リラや。なんでそんなに行きたいのじゃ。小人族を助けるため？　都が見たい？　それとも単に興味があるとか？」

「違うよ、王子様にお仕えしたいからだよ。相手がダルガート王子じゃなかったら、行きたいなんて言わない」

きっぱりとした答えに、その場の皆が息を呑む。

「ほら、二年前の戦の時に、ダルガート王子がこのあたりを守ってくれたじゃん。まるで戦の神様みたいに強くて格好良くて、ものすごく凜々《りり》しかった」

鈴の音を響かせて身を乗り出し、リラはきらきらと言葉を続ける。

「覚えてる？　逃げ遅れた小人族の子供たちが駆け込んだ小さな洞窟を、ダルガート王子が先頭に立って隠して守ってくれたこと。本当ならあんなところで足止めされないほうがよほど早く進軍できたのに。あれから、俺の中ではダルガート王子が英雄なんだ」

「英雄って、……黒獅子頭だぞ。悪の化身だぞ」

「それがなに？」とリラは笑った。

「ダルガート王子は、俺たちになにも害を与えてないよ。むしろ俺たちを守ってくれた。どうしてそれを悪の化身だと言える？」

族長たちは黙った。

「ダルガート王子は、王宮で一人ぼっちなんだろ？　だったら、俺だけでも味方になるよ。というか、小人族の王妃が男だってことはどうせ知られるんだから、俺がそばで力になりたい」

ふう、と老婆がため息をついた。

「苦労するよ、リラ」

「そんなの承知の上。それに、途中参加の俺なんかより、生まれてからずっと悪の化身だと言われてきた王子様のほうがずっと苦労してるよ」

「そういうことではなく、あえて苦労に身を投じることはないということじゃ、リラ」

「そう？　憧れのダルガート王子のそばにいて、唯一の味方になれるなら、それほどわくわくすることはないと思うんだけど」

にこにこと答えるリラに、ぷっと族長が吹き出した。くつくつと笑いながら、「では、ここで決を取ろう」と言う。

「まずは、王宮からのこの無茶な勅命書に従うかどうかだ。皆の者、どう思う」

しばらくの沈黙の後、ひとりの男がぽつりと言った。

「従うしかなかろう。現国王は賢王ではあるが、歴代の国王の中でも群を抜いて強引だと聞いている。断ったら小人族がどうなるか……」

「──そうだな」

他の男たちも頷《うなず》く。

「では、誰を行かせるか」

「だからそれ、俺でいいって言ってるじゃん！　悲壮な覚悟で他の子を行かせるくらいだったら、俺が行きたいって言ってるんだよ」

「リラはちょっと黙れ」

ぷうとリラが膨れる。

「……と、リラは言ってるがどうする」

「リラでいいかもしれんな。優秀な鉱石の採り手を失うのは痛いが」

「子供たちが泣くな。リラは小さい子たちの人気者だから」

「まあでも、能天気なリラだったら、きっとどんな逆境でも笑っていられるだろう。……この役目には最適かもしれんな」

能天気という言葉にぴくりと表情を動かして、「せめて前向きと言ってほしいよな」と呟くリラに、くくっと族長が笑った。

「よし、リラリルカに命じる。国王の勅命に則《のっと》り、王宮に赴いてダルガート王子のもとに輿入《こし》れしろ」

ぱっとリラの表情が輝いた。

「ありがとう父上！　ありがとう、叔父さんたち！」

眉を寄せて笑いながら、族長が深いため息をつく。

「こんな命令でまさか礼を言われるとはな」

「だって、本当に嬉しいから。ありがとう。俺、目いっぱい頑張るよ！」


こうして、小人族族長の三男リラリルカは、十八歳にしてガルムザール王国の黒獅子王子のもとに嫁ぐことになった。

◆

ほわぁ、とリラは王宮を見上げた。

口はぽかんと開きっぱなしだ。

「大きい……」

森の木々の何倍も太い柱に支えられた、信じられないくらいに高い白い天井。繊細な彫り物は目を凝らさないと見えないくらいに遠い。あまりに高くて目が回りそうだ。

小人族の集落では、すべてのものが小人族に快適な大きさで作られていた。小人族は常人の半分以下の身長だから、単純に計算すると建造物も半分の大きさで足りる。ただでさえ二倍なのに、王宮はガルムザール王国の建造技術を誇るかのように、大きく豪華に造られていたから、リラにしてみたらとんでもなく巨大で手の込んだものに見えるのだ。

呆気《あっけ》に取られて見つめていたら、いつの間にか近衛兵と大きく距離が離れてしまっていて、リラは服の裾を翻して大慌てで走って追いかけた。

身長が半分ならば、歩幅も半分だ。普通についていくのも小走り状態だったのに、ぼんやりなんかしていたら瞬く間に置いてきぼりを食らってしまう。シャラシャラと鈴の音を響かせて走る小さなリラを、王宮の人間が興味深げに見送る。

リラの身長は二、三歳の子供くらいしかない。だが、その体つきは子供のそれではなく、すらりとした立派な成人だ。頭は小さく、肩幅も腕も細い。ガルムザールの人々にはない輝くような金髪をひとつの三つ編みにして横に垂らし、小人族伝統の色鮮やかな文様をふんだんに刺《し》繍《しゅう》した民族衣装を身にまとった姿は、まるで動く人形のようで目を引いた。

「あれがダルガート王子の……」

「見ろよ、本当に小さいぞ」

こそこそとしゃべる声が耳に入ってくるが、リラは気にしない。小人族はほとんど領地から出なかったのだから、珍しがられて当然だと思っている。

花でいっぱいの中庭を抜ける回廊を通り、王宮本体とは別の平屋建ての建物に行きついた。屋根が低くなり、リラは少しほっとする。大きな木の扉に辿り着いたところで、近衛兵は足を止めた。

「ダルガート王子。リラリルカ様をお連れしました」

「入れ」

扉の向こうから聞こえた声にリラはどきりとする。

低い、痺《しび》れるような声だった。これがダルガート王子の平静時の声なのだろうかと思う。

「ここからはおひとりでどうぞ」

扉も開けないままいきなり告げられて、「え?」と驚く間もなく、近衛兵はリラに背を向けて歩き出してしまった。戸惑いながら、リラは扉の取っ手に手をかけた。

「――失礼します」

声をかけながら扉を押すが、――開かない。

重いのだ。上品に押してもびくともせず、両手で押してもじりじりと開く程度。最終的には背中を扉につけ、足を突っ張らせて全体重をかけて押した。それでも扉はほとんど開かない。

「どうした。入って来い」

「――と、扉が重くて……」

顔を真っ赤にして全身で扉を押しながら答えたら、突然扉が開いた。

「わっ」と鈴の音を響かせながら、背中から部屋の中に転がり込んでしりもちをつく。慌てて顔を上げたら、取っ手を摑《つか》んで扉を引いている巨大な獣人の姿があった。

――お、大きい……。

「想像以上に小さいな」とダルガートは少し感心したように言った。

リラは慌てて立ち上がった。それでも、彼の足の付け根くらいまでしかない。

「は、初めまして。小人族のリラリルカと申します」

ぴょこんと頭を下げたリラに、彼は「見れば分かる。早く入れ」と短く言った。

「あ、はい」

リラが室内に入ったのを確認してダルガートが扉から手を離すと、扉は勝手に閉まった。自重で勝手に閉まる構造になっていたのだ。それではリラが押し切れるはずもない。

部屋は、王宮の本体とは違って、少し庶民的に見えた。

正面に橙《だいだい》色の紗布《しゃぎぬ》に覆われた床まである大きな窓があり、花でいっぱいの中庭が見える。木を張り合わせて模様を作った床の上には、ガルムザール伝統の幾何学模様の絨毯《じゅうたん》が敷かれ、部屋の中央に椅子に囲まれた大きなテーブルがあった。執務中だったのだろう、書類が並んでいる。

窓の左側には天蓋に覆われた大きな寝台、右側には大量に本が並んだ棚と大きな姿見、鏡台。鏡台の横には、赤い紗布が垂れ下がった入り口が見えた。風呂場だろうか。

なによりも、とにかく白い大理石で構成されていた王宮に比べると、ここはところどころ木材が使われていて温かい感じがするのが良かった。リラはほっと息をつく。

「座ったらどうだ」と声をかけられてはっとする。気づけば、彼は床に敷いた絨毯の上にどっかりとあぐらをかいてリラを見ていた。

――大きい。

リラは何度目かの感嘆のため息をつく。そうやって座ってくれてやっと、大きな黒獅子の頭が直立するリラの頭と同じ高さに並ぶ程度だ。

「座らないのか」

「あ、はい」

リラはダルガートの前にちょこんと正座する。シャランと鈴の音が響いた。

そして、深々と頭を下げてお辞儀をする。

「改めてご挨拶申し上げます。小人族のリラリルカと申します。ダルガート様にお仕えするために参りました」

「そうかしこまらなくても良い。面を上げよ」

　リラは顔を上げた。

　二年前、海の向こうの敵から小人族を守ってくれた時からずっと憧れ続けた王子が目の前にいる。リラの心臓がとくんと音を立てた。

　あの時は、遠目に見るだけだった。声も聞こえなかった。ただ、大勢の兵士たちの先陣を切り、馬に乗りながら指揮をしている姿が勇ましく頼もしかった。逃げ遅れた小人族の子供たちをかくまい、助けてくれたと聞いた時には、自分もその場で一緒に戦いたかったと思った。

　人は、その黒獅子の頭を悪の化身として忌み嫌う。不幸を呼ぶと言ってそばに寄ることさえ厭《いと》う。だが、リラにとっては、この黒獅子頭の王子は、英雄でしかなかった。

　――きれい。

　リラは、ダルガートの黒い獣の頭を見上げてうっとりする。

　なんて艶《つや》やかで美しい黒い毛なんだろう。豊かな鬣《たてがみ》も、風が吹き渡る草原のように整っている。心臓がどきどきする。

　――凜々しい鼻。たくましい牙。

　本物の森の獣よりもよほど強そうだ。さらに何よりも素晴らしいのは、森の獣にはありえない知性を持った金色のまなざし。

　――洞窟から出て最初に見た時の太陽みたいだ。

瞳が射られるくらいに痛くて思わず目を眇めてしまうけれど、でも、なによりもありがたくて大切な、まばゆい太陽の恵み。

ガルムザール伝統の衣装に身を包んだ体軀《たいく》はがっしりしていて、この上なく頼もしい。広い肩幅、厚い胸。服の上からでも分かる太い腕や腿《もも》、大きな肉厚の手。それは、小人族のリラには全く縁のないものだ。

吸い寄せられるようにダルガートを見つめていたら、「リラリルカ」と声をかけられた。

はっとしてリラは目を瞬《またた》く。

「は、はい！　すみません」

自分が彼を見ていたように、彼にも自分が見られていたことに気づいてどきりとする。

ダルガートは、リラを見たままゆっくりと口を開いた。

「これまで、わが王国は一度も小人族に輿入れを求めたことはなかった。体の大きさがあまりに違いすぎるからだ」

「はい」

リラは神妙に耳を傾ける。

「今回、小人族に輿入れを求めたのは、政略的なものだ。それだけ小人族の存在がガルムザール王国にとって大きなものになってきていると誇っていい。よって政略的な意図がある限り、そなたを小人族に戻してやることはできない」

そこでダルガートはいったん言葉を切った。

数秒口を閉じてから、改めて言葉を続ける。

「だが、最初に言っておく。——私は、そなたを妻として扱う気はない。体格差がどうこういう以前に、そなたは男だからだ」

きっぱりとしたその言葉は、強い拒絶としてリラの心に冷たく刺さった。まるで存在自体を抹殺する宣言をされたように感じて、思わず息を呑む。

しかし、ダルガートはリラから目を逸《そ》らすと、少し語調を緩めて言葉を続けた。

「それでも、対外的には私の妻だ。きっとそなたは、私の妻だというだけで、多くの嫌がらせに遭うだろう。男の身で輿入れさせられた時点で屈辱でしかないのだろうに」

リラは目を瞬いた。話の方向が変わってきた気がする。

ダルガートが、再びリラをまっすぐ見た。

「私がこんななりをしているために、そなたにも多大な苦労を掛けるだろう。今のうちに改めて謝っておく。——申し訳ない」

リラの心がふわっと温かくなる。

——ああ、この人はやっぱり温かい。

妻として扱う気がないと言ったのは、拒絶したのではなく、リラの男としての尊厳を守るための思いやりの言葉だったのだ。リラの心臓がとくとくと音を立てる。

——二年前に感じた憧れは間違っていなかった。

おもむろににっこりと微笑《ほほえ》んだリラに、ダルガートが少し驚いたように目を瞠《みは》る。

「とんでもありません。俺は、——私じゃなくて、俺でいいですよね。俺は、ダルガート様のおそばに来られて本当に嬉《うれ》しいです」

「悪の化身の黒獅子王子だぞ」

「俺にとっては英雄です。覚えていらっしゃいますか？　二年前の海の向こうからの襲来の時、ダルガート様の隊が小人族の領地を守ってくださったんです。あれから、俺はずっとダルガート様に憧れていました」

ダルガートが戸惑うように目を瞬く。

リラは、にこにこしながら話し続けた。

「少しでもダルガート様のお力になれるなら、それほど嬉しいことはありません。なんでも言いつけてください。俺はまず、なにをすればいいですか？」

「——なにもしなくていい。婚礼の日取りは占者が決める。それまで好きにしていい」

思いがけない言葉を聞いて、リラの胸が高鳴る。勢い込んで「好きに？」と尋ねたリラに、ダルガートが微妙に怪訝《けげん》な顔をして「ああ」と頷いた。

「本当に、なんでも？」

「ああ、この離宮でできることなら」

「だったら、ダルガート様の毛づくろいをしていいですか？」

今度こそ驚いて、ダルガートがわずかに上半身を持ち上げた。

「──毛づくろい？」

「はい。さっき初めてお目にかかってから、ずっとその美しい黒い鬣に触れたくて仕方なくて。ぜひ梳《と》かさせてください」

にこにこと興奮した様子でリラは言う。

「……美しい？」

「はい。ものすごく。それとも、他人に鬣を触られるのは嫌ですか？」

「──べつに、構わぬが」

「やった！」とリラが立ち上がる。

「ダルガート様、櫛《くし》はどこですか？　あの鏡のところですか？」

「ああ」

「取ってきていいですか？」

「──ああ」

ダルガートは完全にリラの勢いに呑まれているようだった。

リラは鈴の音を響かせて鏡の前に走ると、精一杯背伸びをして鏡台の上の櫛を手に取った。

ダルガートの手の大きさに合わせた櫛は、リラの手にはかなり大きい。リラがいつも使っている櫛の倍はあるそれを手に、リラはダルガートの前に走って戻った。

「――梳いて、いいですか?」

「ああ」

わくわくしながらダルガートの鬣に櫛を当てる。それは思った通りに美しく滑《なめ》らかだった。後頭部から首周りにかけては特にふわふわで、差し込んだ櫛が奥まで埋まってしまいそうになる。想像以上の心地よさに、リラの心臓がどきどきと高鳴った。この首筋に抱きついて、立派な鬣に顔を埋められたらどれだけ最高だろうと思うが、さすがにそれは憚《はばか》られてぐっとこらえる。

「もっとしっかり強く梳いたほうがいいですか?」

「――いや」

「気持ちいいですか?」

「……悪くはない」

ダルガートの返事に、リラはふふっと笑った。

「俺も、すごく気持ちいいです」

ダルガートが戸惑うように目を細める。

その眉間の毛も梳きたくなり、鼻の上あたりに櫛を当てようとしたら「前はいい。自分でできる」とダルガートに止められ、がっかりしながら、リラは櫛をダルガートの後頭部に戻した。

でも、後頭部だけでも最高だ。心地よい弾力と滑らかな櫛通りにうっとりしながら、リラはダルガートの毛を梳くことに没頭してしまう。

どのくらいそうして梳いていたのか、「リラリルカ」と声をかけられてリラははっとして手を止めた。

「もういい。十分だ」

「もういいんですか?」

「ああ。仕事に戻る」

それを聞いて、リラは大人しくダルガートから離れた。

「わかりました」とにっこり笑う。

「また毛づくろいさせてくださいね。あと、リラリルカじゃなくて、リラでいいです。小人族の村では、みんなそう呼んでいたんで」

大きな櫛を体の前で抱きしめてにこにこと笑うリラを、ダルガートがどこか落ち着かなそうな表情で見ていた。

◆

ゴンッとテーブルの角で大きな音がした。

——ああ、またぶつかった。

「いったぁ……」と額を押さえてテーブルの前でうずくまるリラを、ダルガートはペンを握る手を止めて見つめた。

この部屋に来て三日、リラは本当にしょっちゅうテーブルに頭をぶつけている。ちょうど執務テーブルの天板の高さがリラの額の上あたりにくるのだ。

「……うー、いたた。また同じところぶつけた。なんで俺学ばないんだろう」

背を丸めて呻《うめ》く小さな後ろ姿は、まるで宮殿の王族の女性たちが飼う愛玩《あいがん》動物のようだとダルガートは思う。鈴の音を響かせながらちょこまかと落ち着きなく動き回る様子はまさにそれだ。

リラは本当にじっとしていない。最初の日にダルガートの髪を梳き終え、ダルガートが執務に戻った後は、部屋の中をそろそろと歩きながら、あちこち見て回っていた。そしていちいち「本当に大きいなー……」と感嘆の呟きを口にする。

ダルガートはそれが落ち着かない。

そもそも、この部屋に自分以外の人間の気配があったためしがないのだ。本来王族は王宮で一緒に暮らすものだが、国王は、ダルガートを隔離するためだけにこの離宮を作った。

近衛兵も料理人も、離宮の入り口まではやってくるが、ダルガートの部屋に入ることはない。悪の化身のダルガートに近づき、災いを自分の身に移されることを恐れているのだ。掃除や洗濯など、ダルガートの身の回りの世話をする使用人は、ダルガートが留守をしている時間を狙って作業する。だから、ダルガートが数日続けて部屋にいたりすると、床に埃《ほこり》が溜《た》まり、洗濯物は籠から溢《あふ》れることになる。あまりにそれが度を超すと、さすがに生活に支障が出るため、ダルガートはわざと遠乗りに出て時間を潰したりしていた。

ダルガートは物心ついてからずっと、この離宮で一人で過ごしてきたのだ。

不幸中の幸いだったのは、その生活しか知らないから、淋《さび》しいと思ったことがなかったことだ。むしろ今、リラがちょこまかしていることが気になって落ち着かない。

——ああ、復活したか。

うずくまっていたリラが額をこすりながら顔を上げる。痛みが治まってきたようだ。首を左右に振って、肩をとんとんと叩《たた》いて「よし」と呟いて勢いよく立ち上がり……。

「あ」とダルガートが声を上げるのと同時に、またゴンッと鈍い音が響いた。

「——……っ」

今度はテーブルを下から突き上げたのだ。脳天を両手で押さえて、またリラがうずくまる。そうとう勢いよく激突したようで、今回は呟きもない。ただ丸くなって震えている。

——こんなに何度もぶつけて、今に頭が割れるんじゃないか。

学んでないと反省したそばからこれだ。呆《あき》れるとともに、ひそかに心配になる。

「リラ」

ダルガートは声をかけた。

「……はい……」と涙声が返ってくる。

「大丈夫か」

「……大丈夫です」

会話はそこで途切れる。大丈夫だと言われてしまえば、ダルガートは次の言葉を探せない。これまでほとんど話し相手もなく育ってきたダルガートは、他人と話すスキルが身についていない。思ったことを言葉にするのが苦手なのだ。

もやもやしたものを抱えながら、ダルガートはペンを握りなおした。

——ああ、動きだした。

それでもリラのことはつい見てしまう。今度はちゃんとテーブルを見上げながら立ち上がったリラに心の中でほっとしながら、ダルガートは改めて書類に視線を戻した。

チリチリとリラが身に着けている鈴の音が聞こえる。リラが持ってきた小人族の民族衣装には、どれも小さな鈴か金属の飾りがついていた。歩くたびにチリチリシャラシャラと小さな音を立てる。それもまた、ダルガートには落ち着かない。

だが、最初の日に「何か着るものの指定はありますか」と聞かれて「ない。持ってきたものを着ればいい」と答えてしまったのは自分だ。今更撤回はできない。

というよりも、リラの体形に合う服がないのだ。王宮としては作る気もないのか、リラを呼んで採寸した気配もない。まあ、作るとなると、男物を着せるのか女物を着せるのかでまた迷うだろうから、どちらともとれる小人族の衣装のほうがいいだろうとダルガートは思う。

それに……。

――確かに似合っているし。

慣れ親しんできた服装だからか、色とりどりの刺繍をふんだんに施した小人族の民族衣装は、リラの金髪と細い体によく映えた。ガルムザールのかっちりとした王族の衣装はきっとリラには似合わない。そう思うと、やはりこのままでいいと思ってしまうのだ。

リラの鈴の音が遠くなった。

やっと少し落ち着いて、ダルガートは改めて執務に集中しようとする。

だが次の瞬間、今度は部屋の外でガラガラガシャンと物が倒れる音が響いた。「ぎゃっ」と一緒に聞こえたのはリラの悲鳴だ。

「どうした！」

慌てて立ち上がり、部屋の外に飛び出てダルガートは呆気にとられた。リラは離宮の外側にある倉庫の前で、倒れた掃除道具の中に埋もれていた。

「リラ……？」

「すみません、部屋に埃が溜まってきたから掃除しようとしたんですけど。掃除道具を取り出そうとしたらまとまって倒れてきて、支えきれなくて……」

しゅんとしてリラが答える。

ダルガートはため息をついた。支えきれなくて当然だ。掃除道具はすべてリラには大きすぎる。箒《ほうき》やモップに至っては、リラの身長の倍以上あるのだ。

「掃除などしなくていい。使用人がする」

「でも、俺がここに来て一度も掃除してないですよ。いつお掃除するんですか？」

「私がいなくなればやりに来る」

「ダルガート様がいなくなれば？　それはいつですか？」

「……婚礼の日まで予定はない」

「婚礼の日取りは決まったんですか？」

「いや、決まっていない」

その返事に、リラは少し考える様子になる。そして、突然にっこりと笑った。

「だったら、やっぱりお掃除しましょう。ダルガート様、ここにある掃除道具をいくつか分解して、俺が使えるように小さくしていいですか？」

「――ああ」

「ありがとうございます！」

リラはぱあっと表情を明るくすると、床に散らばった掃除道具の中から、箒とモップを一本ずつ摑んで引っ張り出した。

自分の身長の倍以上あるそれをずるずると引きずって部屋の中に持っていき、どうするのだろうと見ているダルガートの前で、自分の衣装箱の中から取り出した工具で分解し始める。

「小さい道具だな」

「小人族のものですから」

すべて分解し終えると、箒の先だけを集めて紐でぐるぐると縛った。なるほど、とダルガートは感心する。体が小さいリラにとっては、柄がない状態がちょうど腰高の箒になるのだ。

次にリラは鈴の音を響かせて中庭に降り、太く長い木の枝を一本取って戻ってきた。今度はそれに、ばらしたモップの先を括《くく》り付けて小さなモップに組み立てなおす。多すぎて余ったモップの先は、針と糸で器用につなぎ合わせて雑巾にしてしまった。

その時間ほんの数分。「器用なものだな」と思わず感心したダルガートに、リラは嬉しそうに「ありがとうございます」と笑った。

そしてその直後に、はっとした顔で部屋の外に顔を向ける。

「あ、そうだ。掃除道具を片付けなくちゃ。倒れたままだ」

「私が行ってこよう。あれはリラには大きすぎる」

「――ありがとうございます」

またリラが嬉しそうに笑う。金髪はきらきらと輝き、頬《ほお》はほのかに赤い。

その表情が目に慣れなくて、ダルガートはすっと視線を外した。ダルガートはこれまで、こんな好意の視線を向けられたことはない。彼に注がれるのは、嫌悪と恐怖、敵愾心《てきがいしん》がほとんどだったのだ。リラが浮かべるようなきらきらした笑顔は、誰かが他人に向けるのを垣間《かいま》見ることがあったとしても、自分には縁のないものだと思っていた。

――ありがとうございます、か。

感謝の言葉も、ダルガートの耳に慣れない。

――落ち着かない。

仕事に集中できないのも、つい目で追ってしまうのも、言葉に心乱されるのも、ダルガートのこれまでの二十年の人生にはなかったものだった。

――疲れる。……これが他人と暮らすということなのか。

ふう、とダルガートは掃除道具を倉庫に戻しながらため息をついた。


夜、ダルガートとリラは同じ寝台に眠る。もともとダルガートが左右に二回寝返りを打っても落ちないくらい大きな寝台だ。ダルガートの寝相も悪くないし、リラ一人増えたところでたいして邪魔ではない。

なにより、リラは小さいのだ。体を伸ばして横になると、ダルガートの肩のあたりに頭があり、腰くらいにつま先がくる。子供に近寄ったことがないダルガートには分からないが、幼な子はこのくらいの大きさなのだろうかと思う。

ダルガートは、隣で眠るリラをまじまじと見つめた。

リラは、寝床に入ると、まるで意識を失うように一瞬で眠りに落ちる。

——よく動き回ってるからな。体力を限界まで使っているのだろう。

この小さな体で、リラは大きなダルガートの部屋を隅から隅まで掃除するのだ。床だけならまだいいのだろうが、リラは、背中に乾いたぞうきんを縛り付けて、鏡台や飾り棚の上に這《は》いあがって埃を取ろうとする。飾り棚など、ダルガートの身長くらいの高さがあるのだ。それを一段ずつ全身を使って登っていく。かなりの運動量だ。

それに加えて、洗濯物が溜まっているのを見て中庭で洗濯までしはじめた。黙って任せていたが、よくよく考えてみたら、ダルガートの衣装はリラの服の三倍近く大きい。洗うのも大変だが絞って干すのも一苦労だろうと庭に出たら、案の定、干し損ねた洗濯物に埋もれてもがいていた。

「無茶をするな」と呆れて手を貸せば、あのきらきらした笑顔と「ありがとうございます」が返ってくる。それでまた落ち着かなくなって、ダルガートは目を逸《そ》らす。

――落ち着かない。

鈴の音を響かせてちょろちょろされるのも落ち着かないし、こうして隣で寝ているのも、潰すんじゃないかと気がかりだとダルガートはため息をつく。リラが来てから五日、リラが気になり、自分でも仕事の効率が悪くなっていると感じている。集中できないのだ。

――これも、義母上《ははうえ》の策略のうちなのだろうか。

ダルガートは、父王と義母が黒獅子頭の自分を嫌い、死んでほしいと思っていることを知っている。

――王位など、いつでも弟のガルグルに譲るのに。こんな姿かたちで生まれてきた自分が悪いのだから。

だが、ガルムザール王国の伝統がそれを許さない。王族直系の長子が継がないと国が滅びると言い伝えられているのだ。

これまで、毒をしかけられたり、刺客を差し向けられたり、不利な戦場に行かされたり、いくらでも危機はあった。毒だと気づいていながらわざと飲んだことさえあった。誰にも気づかれていないが、死んだほうがいいと思いつめ、首に刃を突き立てたこともあった。

だが、なぜか生き延びてしまうのだ。むしろ、死ぬことが許されないというほうが正しい気がしてくるほど、ダルガートは命を繋《つな》いでしまう。

――疲れた……。

ダルガートはすでに生きることに疲れていた。人々は、黒獅子頭で生まれたダルガートを、生まれる前からの咎人《とがにん》という。黒獅子頭で生まれるほどの悪事を前世でしたのだろうと。

——だから、母上は精神をおかしくして身罷《みまか》り、父王にもいらぬ恨みを生じさせ、……このまま私が国を継げば、きっと王国にも不幸をもたらしてしまうだろう。

ダルガートは目を閉じた。

——どうして生まれてしまったのだろう。前世の咎だとしても、せめて王族ではなく市井《しせい》に生まれればよかったのに。……いや、それでは足りないほどの咎ということか。もっと苦しめと……。

考えても仕方がないことと分かっているが、頭に浮かんでしまうのはどうしようもない。

ダルガートは静かに目を閉じ、眠りが近づいてくるのを待つ。眠っている間だけは、何も考えずに済むのが救いだった。

「ダルガート様、お疲れですか?」

翌日の夜、寝床に入ろうとしたらいきなりリラに言われて、ダルガートは驚いた。今日も執務があまり進まず、昨晩のように鬱々と考えてしまっているところだったから尚更《なおさら》だ。

「――なぜそう思う」

「ここのところ、ため息が多いので」

それはそなたがいるからだという言葉を喉もとで飲み込む。リラが好きで常時ここにいるわけではないことはダルガートも分かっている。通常なら、王族の妻になる女性は、日中は王宮で女性のみでお茶会をしたりして過ごすのだ。リラに声が掛からないのは、ダルガートの妻だということと、小人族の男だからだろう。逆にきっと、女性たちのサロンではリラのことが最低な語られ方をしているのだろうと思う。

それにそもそも、ここに来ることになったのだって、ダルガートに対する嫌がらせだ。自分のせいで巻き込まれたリラに、ダルガートはとても文句など言える立場ではない。だが、疲れていないとは言えず、ダルガートは「そうだな」と呟いた。

「だったら、背中をお揉《も》みしましょうか」

突然の申し出に、ダルガートは意表を突かれて目を瞬いた。

「背中？」

「はい。得意なんです。揉ませてください」

にこにこと言うリラを、ダルガートはなかば呆気に取られて見つめた。本当に、この小さな人間が言い出すことは想像がつかない。リラはダルガートの予想をことごとく覆す。

「うつぶせになっていただけますか？」

リラの押しに負けて、ダルガートは寝台にうつぶせに寝転がった。その背中にリラは小さな手を当てる。

「――……ここかな」と、寝間着越しとはいえ、なんの気負いもなく自分の背中に触れるリラに、ダルガートは不思議な気持ちになった。他の人間は、そばに寄ることどころか、この部屋に入ることさえ嫌がるのに。

「うーん、ここだな。よし」

満足したように呟くリラの声が近くなる。尖ったものがその場所に当てられ、ぐっと押し込まれる感覚に、ダルガートは思わず「うっ」と呻いた。

「あ、強かったですか？　すみません。もう少し緩く押しますね」

「――……何をした」

「体の星を肘で押したんです」

「星……？」

ぐりぐりとその場所を押されるたびに、変に息が上がり、体が熱くなっていく。

「人間の体には、百か所以上の星があるんです。血の巡りを良くする星、頭痛を取る星、熱を下げる星、上げる星。全部役割を持ってます。俺は今、ダルガート様の筋肉の緊張をほぐす星を肘で押してるんです。ばきばきに背中が固くなってますから」

リラが等間隔に押すたびに、動悸《どうき》が激しくなっていく。初めての感覚に、ダルガートは目を見開いた。リラがしゃべる声が、ぼわんぼわんと耳の中で拡散する。

「小人族って小さいから弱いと思われてますけど、そんなことないんですよ。意外と強いんです。じゃなかったら、あの鉱脈は守れません。でも、体が小さくて力がないのは事実だから、星を攻撃するんです。腕が上がらなくなる星、目が見えなくなる星、息ができなくなる星、いろいろあるんですけど、そういうのを弓や刃物や、尖った武器で正確に突くんです」

「――それは、……恐ろしいな」

ふふっとリラが笑った。

「小人族に伝わる戦術です。裏を返せば回復法です。星を壊せば致命傷ですけど、弱った星を揉んで甦《よみがえ》らせれば、こうやって体を回復させることができるんですよ」

肘が離れ、手と腕でゆっくりとほぐされる感覚。背中がほかほかと温かい。どくどくと血が巡っている気がした。

「どうですか？　少し楽になりました？」

「楽になったかは分からないが、……温かい」

リラが笑う気配がした。

「じゃあ大丈夫です。明日を楽しみにしていてください。きっと背中と肩がすごく軽くなってますよ」

「――明日……」

リラの声が柔らかい。あまりに温かくて、心地よくて、急激な眠気が襲ってくる。ダルガートの瞼《まぶた》がとろとろと落ちていく。

「はい。明日」

いろいろと考えて眠りにつけなかった昨晩が嘘《うそ》のように、ダルガートはすんなりと眠りに落ちていた。

最後まで聞こえていたのは、リラがしゃべる穏やかな声だった。子守歌など聞かせてもらったことはない。だけど、子守歌はこのようなものなのだろうかと、消えゆく意識の片隅でダルガートは思った。

翌朝、確かに体が軽かった。

鏡に映った自分の姿も、どことなく背筋が伸びているように見える。

驚くダルガートに、リラは「楽になったでしょう?」と得意げに笑った。

「ああ、確かに」

「良かった」ときらきらとして笑顔を見せるリラに、「そんなに嬉しいのか?」とダルガートは問う。

「もちろん。やっとダルガート様のお役に立てたんですから」

その言葉に、ダルガートは顔をしかめた。

「役には、立っているぞ。掃除や洗濯もしてくれているではないか」

「でもそれは、俺じゃなくて、ほかの誰かでもできることでしょう？　むしろ、ほかの人がやったほうが要領がよくて早いかもしれない。でも、背中を揉めるのは俺だけ。俺しかできないことが見つかったのが嬉しいんです」

にこにことしゃべるリラに、ダルガートはまた不思議な気持ちになる。自分にしかできないことがあるのがそんなに嬉しいのだろうか。

「また揉ませてくださいね」

「――ああ」

ダルガートの返事にリラはにっこりとして笑い、……次いでいきなりダルガートの背後に目をやって「あっ」と声を上げた。

「どうした」

振り向いても、そこには午前の太陽が照らす中庭があるだけだ。

「いえ、あの。太陽が出てきたなって」

「太陽？」

問い返したダルガートを、リラは意を決したように見上げて口を開いた。

「――あの、……踊ってもいいですか？」

「踊る？」

「小人族は、太陽が照ると踊るんです。本当は日が差すたびに踊りたかったんですけど、鈴がうるさいからお仕事の邪魔になるかなって……。今ならまだお仕事を始めてないから踊ってもいいでしょうか」

ダルガートは目を瞬いた。あれでも、仕事の邪魔をしないようにリラなりに気を遣っていたのだ。そう思ったら少し可笑《おか》しくなった。

「いいぞ」と答えれば、ぱあっとリラの顔が明るくなる。

「ありがとうございます！」

叫ぶと、リラは勢いよく走って中庭に飛び降りた。そして陽光が差し込む庭の真ん中で、ステップを踏みながらくるくると踊りだす。

シャンシャンと鈴がリズミカルに音を立てる。民族衣装の袖を高く持ち上げ、裾を翻《ひるがえ》して、咲き誇る花々の前で、まるで蝶《ちょう》のように小鳥のようにリラは舞った。ただでさえ明るい金髪が、太陽の光を受けてきらきらと輝き、それにも負けないくらい明るく楽し気にリラは微笑む。

ダルガートは、その姿から目を離せなかった。視線が吸い寄せられる。

――なんだろう、これは。

今まで、ダルガートの前にこんなに生命力にあふれた生き物はいなかった。眩《まぶ》しいくらいに感じて、ダルガートは思わず目を眇める。

リラはそうしてしばらくくるくると踊っていたが、やがて満足したように部屋に上がってきた。

「どうした。まだ太陽は出ているぞ」

結局最初から最後まで見続けてしまったダルガートが尋ねる。

「疲れちゃいました」とリラが上気した赤い頬で答えた。額に汗が浮かび、血行が良くなったせいか唇もいつもよりも鮮やかな桃色をしている。

「リラでも疲れるのか」

「そりゃあ疲れますよ」

「底なしの体力かと思っていた」

「底なしだと良かったんですけど、悔しいことにちゃんと疲れるんですよ」

へらっとリラが笑う。

ダルガートは、自分が初めて軽口を言ったことに気づいた。体が軽くなったせいか、それともリラの生気に当てられたせいか。どちらにしても、こんな会話は今まで誰とも交わしたことがなかったのに。

——不思議な、気分だ。

リラのせいだというのは間違いない。

――なんだろう、この小さな生き物は。

先ほどの問いかけをまた繰り返したその時だった。

トントン、と扉を叩く音が聞こえた。続いて「ダルガート様、陛下からのご伝言です」と近衛兵の声が届く。

「入れ」とダルガートが応じれば、扉が開き、その向こうで近衛兵が一礼した。

「婚礼の日取りが決まりました」

「――いつだ」

「明日です」

リラが息を呑むのが分かった。

「つきましては、明日の朝、こちらの婚礼衣装を身に着けて王宮までお越しください」

近衛兵は、豪華な細工が施された衣装箱を扉の前に置いた。あくまでも部屋の中に入ってくるつもりはないらしい。

「わかった」

「――あの！」

近衛兵を呼び止めたのは、ダルガートの足元にいたリラだった。

「その中に、俺の婚礼衣装もあるんですか？　体の大きさを計った覚えはないんですが」

「リラリルカ様の衣装はございません。小人族の普段のお召し物でいいそうです」

その言葉に、ダルガートは思わずかっとする。自分が馬鹿にされるのは構わないが、リラがこのように扱われるのは無性に腹が立ったのだ。

だが、ダルガートが言葉を発する前に、リラが「わかりました」とにっこりと返事をした。それを聞き、近衛兵はこんな場所はすぐにでも去りたいという態度を隠さずに、さっさと扉の向こうに消える。

怒りの持っていき場を失ったダルガートが、両手を握りしめて「すまない」とリラに呟いた。

「――なにがですか?」

「衣装も準備していないなど……」

「ああ、そんなの平気です」とリラは笑う。

明るく笑うリラに申し訳なさが募って、ダルガートはリラの前にしゃがみこんだ。視線がほぼ同じ高さになる。

「リラ、明日の婚礼の式が終わると、こんなことが何度も起きるだろう。私の運命に巻き込んで……すまない」

リラはきょとんとした顔でダルガートを見つめ、それからふっと笑った。

「変なダルガート様。明日の式もなにも、俺はここに来た時から覚悟は決めてますよ」

リラは両手を上げて、ダルガートの顔を両側から包んだ。大きな黒い獅子の顔に、小さな白い手が触れる。

「俺は、ダルガート様に憧れて、少しでもお力になれたらと願って、ここに来たんです。こんな小さな嫌がらせ、本当に些細《ささい》なことでしかありません」

リラは笑っていた。青い瞳が宝石のように輝いている。

ダルガートの胸がわずかに締め付けられたように苦しくなった。

「リラ……」

「俺は大丈夫です。あと、俺だけは何があっても、ダルガート様の味方です。それが結婚するということでしょう?」

ふふっと笑って、リラがダルガートの顔から手を放す。

「ダルガート様の衣装、見てもいいですか?」

「――ああ」

近衛兵が置いていった衣装箱を部屋の中に引っ張り込み、いそいそとふたを開けて、「うわ」とリラは声を上げた。

「すごい、真っ白だ。きれい。ふちに金色の刺繍がありますよ」

ダルガートは、リラに楽し気に言われるほどに申し訳なくなり、返す言葉がなくなってしまう。

「俺も小人族の婚礼衣装持ってきておいて良かった!」

「――え?」

驚くダルガートに、リラはにっと笑った。

「ダルガート様の置かれている状況は噂《うわさ》に聞いていましたから、そんなこともあろうかとちゃんと持ってきました」

安堵《あんど》のあまり、ダルガートはふうっと大きなため息をついた。

「……男物？　女物？」

「両方あります。どっちがいいですか？」

「——男物にしよう」

「いいんですか？」と尋ねるリラに、ダルガートは「構わない」ときっぱりと答えた。

「最初にも言ったが、私は妻を娶るわけじゃない。小人族のリラと契るだけだ」

その言葉に、嬉しそうにリラが笑う。

「ダルガート様、お願いがあるんですけど」

「なんだ」

「ダルガート様の婚礼衣装に、小人族の宝石を縫い付けていいですか？」

「宝石？」

尋ねるダルガートに、リラは自分が身に着けている衣装の裾を持ち上げて見せた。

「ほら、小人族はこうやって、衣装に宝石を花の形で縫い付けてもらうんです。幸せになるように願いを込めながら。俺のは曾祖母が縫い付けてくれました」

そしてにっこりと微笑む。

「ダルガート様の婚礼衣装には、俺が縫い付けていいですか？　しっかりと願いを込めますから」

思いがけない言葉に、ダルガートの胸が熱くなる。誰かが自分の幸せを願ってくれることが起きるなんて。

「……リラに縫えるのか？」

「縫えますよ。というか、小人族の男性は誰でも縫えます。小人族は女性が少ないから、女性はみんな子だくさんで子育てに忙しくて、だから料理も裁縫も、全部男性がするんです。はい、ダルガート様、宝石を選んでください」

リラが小袋を懐から取り出し、ざらっと中味を開けた。色とりどりの宝石が床に広がる。

「――この石と、この石がいい」

「青と黄色ですか」

「ああ。リラの瞳と髪の色だ」

驚いたように目を丸くしてから、リラは嬉しそうに笑った。太陽のように。

「じゃあ、たっぷり使って、素敵な花を刺繍しましょう」

◆

婚礼の式は、宮殿の大広間で執り行われた。

ガルムザール王国伝統の純白の婚礼衣装を身に着けた立派な体軀のダルガートの横に、彼の足の付け根ほどまでしかない小さなリラが寄り添う。

リラの婚礼衣装は鮮やかな空色。小人族の婚礼衣装は、女性が太陽の光を表した黄色で、男性が晴れた空を表現した空色なのだという。

小人族の婚礼衣装の特徴は、特産である宝石や鉱物をふんだんに使った飾り物にある。リラも、衣装自体の刺繡のほかに、宝石を繫ぎ合わせた首飾りや腕輪、額飾りなどをこれでもかと身に着けていた。族長たちが「嫌がらせなんかに負けるんじゃないぞ」と気合を入れて準備してくれたそれらは、見事にリラを飾りあげている。

「下手にガルムザール王国の花嫁衣装を準備するより、こっちのほうが断然良かったな」とダルガートが感嘆したほどだ。

玉座にはガルムザール国王と王妃が並んで座っている。王妃の横にはガルグル王子。周囲から常に持ち上げられているのだろう、十二歳の彼はもう自分が王座を継ぐことが決まっているかのように、尊大な態度で玉座に登っていた。

リラが彼らを見るのは、これが初めてだった。王子に輿入れをしたのに、彼らに謁見をする機会は一度も設けられなかったのだ。

リラとダルガートは、玉座から伸びた赤い幅広の絨毯の上で、国王に向かって膝をついている。左右に居並ぶのは、礼装を身に着けた重臣、役人、騎兵長などの位が高い軍人たち。

そこに小人族の姿はない。妃を出すように要求されたのに、族長すら婚礼の式には呼ばれなかったのだ。それが小人族の立場と、さらにはダルガートが置かれた立ち位置を示していた。

リラは、ダルガートに屈辱を与えるためだけの道具に過ぎないのだ。

大広間の二階の回廊から、くすくすと女性たちの声が降ってくる。

「本当に小さいのね」

「しかも男なんでしょう?」

本来なら警備のために閉め切られるはずの回廊だが、今回はダルガートとリラを見世物にするためにあえて開放されたようだった。

「ダルガート様もお気の毒に」

「あら、お気の毒なのはおチビさんのほうかもしれなくてよ。あんな小さな体でダルガート様の巨漢のお相手をしなくてはいけないのですから」

聞こえてるぞ、とリラは奥歯を嚙《か》みしめた。いや、むしろ聞かせるために言っているのだろう。なんて陰険なんだろうと腹が立つが、隣にいるダルガートが平然としているのに救われて

気を落ち着かせた。黒獅子頭のため、ダルガートの表情はもともと読みにくい。だが、今は目を伏せて絨毯に視線を落とし、明らかに落ち着いているように見えた。

司祭が歩み寄り、ダルガートとリラに宣誓を求める。

「汝《なんじ》、小人族のリラリルカは、ガルムザール王国のダルガート王子の妃として、一生を我らがガルムザール王国の繁栄と王子のために尽くすことを誓うか」

「――誓います」

リラが宣言すると、「まあ、妃ですって」と回廊から嘲笑《あざわら》う声が聞こえてくる。

ふうっと息をついて、リラは怒りを体の外に逃した。当の本人のダルガートがこんなに冷静でいるのに、リラが台無しにするわけにはいかない。

リラは宣言のついでに、国王を真正面から見据える。

――……？

国王の顔が真っ赤になり、歪《ゆが》んでいた。

――さっきまでは余裕綽々《よゆうしゃくしゃく》で、馬鹿にするような顔で見ていたのに？

目がいいリラには、国王が爪を立てて玉座の肘置きを握りしめていることまではっきりと見えた。その隣にいる王妃が、苛立《いらだ》ちを隠さない顔でダルガートを睨《にら》みつけている様子も。

司祭の言葉は続いている。次はダルガートの番だ。

「汝、ガルムザール王国のダルガート王子は、小人族のリラリルカを妻に迎え、一生を我が祖国の繁栄のために尽くすことを誓うか」

「誓います」

ダルガートが粛々と宣言する。

「第十四代国王陛下。ただ今の宣言をもって、ガルムザール王国のダルガート王子と小人族のリラリルカは名実ともに夫婦と認められました」

司祭は深々と国王に向かって頭を下げた後、改めてダルガートとリラに向き直った。

「ならばここで、かような良縁を整えてくださった我らがガルムザール王国第十四代国王陛下に感謝の言葉を述べられよ」

ダルガートとリラが揃《そろ》って立ち上がり、玉座の国王と王妃をまっすぐに見上げる。

「賢く剛健たる我がガルムザール国王陛下、そして慈悲深きガルムザール王妃殿下、我にかような才色兼備たる妻を与えてくださいましたこと、心より感謝いたします。我ダルガートは未《み》来永劫《らいえいごう》、王国と陛下のために誠心誠意尽くすことを……」

ここまでダルガートが滔々《とうとう》と述べた時だった。

「黙らんか！」

怒号が響いた。

大声の主は国王だった。国王は足を踏み鳴らして玉座から立ち上がり、真っ赤な顔でダルガートを指さす。

「なにが誠心誠意だ！　なにが感謝します、だ！　怒らんか！　小人族の男などというものを妻として与えられて、なぜ怒らぬ！　なぜ反抗せぬ！」

「――へ、陛下……！」

　隣の王妃が慌てて立ち上がり、国王をなだめようとするが、国王はそれを振り払った。さらに、目の前に置かれた貢物の台を蹴飛ばして玉座から転がり落とす。貴金属やガラスがぶつかり、割れて散らばる音が大広間に響いた。

「誠心誠意我が国に尽くすというのなら、余がそなたに求めるのは、こんなことは納得いかんとこの場で反抗して、謀反人として処刑されて消えることだ！　そうせんか！　たった今そうしろ！」

　リラは息を呑む。

　あまりに酷《ひど》い言いようだと思った。単なる嫌がらせを超えて、最低だと鳥肌が立つくらいに腹が立った。だが、ちらりと見上げたダルガートは、特に傷ついた様子もなくまっすぐに玉座を見据えている。

　その表情に、リラは無性に悲しくなった。こんなことをこんな大勢いる場で言われても平気なくらい、ダルガートは悪意に晒《さら》され、慣らされてきたのだ。

　その様子は国王にも我慢ならないものに映ったらしく、「その目をやめろ！　お前はいつも、怒るでもなく平然として余を見る。馬鹿にしているのか！」と怒鳴る。

その次の瞬間だった。

「う、ぐ……っ」と国王が胸を押さえた。

そして、真っ赤な顔のまま目を見開き、前のめりに倒れこむ。国王は先ほど自分が崩した貢物の残骸の中に転がり落ちた。

「陛下……！」と、王妃が悲鳴を上げる。

重臣たちが駆け寄って「王医を呼べ！」と叫ぶ。婚礼の場は騒然となった。

さすがに目を瞠り駆け寄ろうとしたダルガートを、リラは腕を衣装の裾を摑んで引き留めた。

「駄目です、ダルガート様。行かないほうがいいです」

「──なぜ」

「国王は亡くなります。助かりません。俺は、あの症状を知っています」

心臓の星を突いた時と同じ状態だとは言わない。それは、小人族に伝わる暗殺術の一つだった。あの状態になれば、もう心臓はまともに動かない。

「近くに行けば、ダルガート王子が何かをしたと誰かに濡《ぬ》れ衣を着せられかねません。ここにいてください」

「──しかし……」

そう言っている間に、王医が立ち上がり「陛下は崩御なさいました」と頭を下げ、泣き崩れる。

「陛下ぁぁあぁ……！」

悲鳴を上げたのは王妃だった。

「なりませぬ、陛下。なりませぬ。我らがガルグル王子に王位を譲る前に亡くなってはなりませぬ。このままでは、あの、ダルガートに、悪の化身の黒獅子王子に王位が渡ってしまうではありませんか！　陛下ぁ……！」

絶叫と悲鳴が嗚咽《おえつ》の中に入り混じる。

あまりに冷静なダルガートを見て激昂《げっこう》し、興奮しすぎた国王は、心臓発作を起こして死んだ。

ガルムザール王国第十四代国王崩御の報《しら》せは大陸中を駆け巡り、この日を境に、ガルムザール王国は一か月の喪の期間に入った。


薄暗い部屋の中、ダルガートはテーブルに肘をついて頭を支えてうなだれていた。

リラがそっと近寄り、下からダルガートを見上げる。

「――ダルガート様」

「……まさか、こんなことになるとは。こんなに早く父上が亡くなられてしまうなんて」

悲痛な声だった。

「――一か月後に喪が明けたら、ダルガート様が十五代国王になるんですか？」

「このままならば……」

「自信がないのですか？」

「あるわけがない。こんな、悪の化身の黒獅子頭の私が国王だなんて。――父上のように立派な国王になることなど……」

その言葉に、リラは顔をしかめる。

「俺は、十四代国王が立派だったとは決して思いません。実の息子を、あんなふうに罠にはめて殺そうとするような父親が立派なはずがありません。海の向こうからの侵略があった時だって、自分だけ都を捨てて山城に逃げて……」

だが、「いや、立派なのだ」とダルガートはリラの言葉を否定した。

「父上が見境なくなるのは、私が絡む時だけだった。それ以外は、尊敬される国王だった……私がこんななりで生まれさえしなければ、父上はこんなことにならなかった。母上も死なかった。すべて私の罪だ。私は不幸を呼ぶ。それなのに、国王になるなんて……」

ダルガートは、すべての不幸を自分の存在のせいにしている。だが、リラには決してそうは思えなかった。周囲の人間が自ら呼び込んだ不幸もあるはずだと反論しようと口を開きかけた時、ダルガートが絞り出すように言った。

「怖いのだ、リラ。私はこの国にも、民にも、不幸を呼んでしまうのではないかと」

リラはぐっと息を呑んだ。

ダルガートを二十年間苛《さいな》み続けた不遇は、ダルガート自身をも不幸の色に染め上げてしまっていた。自分が何を言っても、きっとダルガートには通じない。そう感じたら、リラは言葉が出なくなった。

そんなリラの前で、ふうと息を吐いてダルガートは顔を上げた。

「悪かった。泣き言など言っても、何も解決しないのに」

そしてリラを見つめて、気を取り直したように言う。

「リラ。喪が明けるまでの一か月、私を王座に就かせないために、重臣たちの抵抗はいっそう激しくなるだろう。そなたにも危害が及ばないとも限らない。彼らが何を仕掛けてくるか私にも想像がつかない。これまで以上に身の回りに用心してくれ」

ダルガートはリラを見つめて囁《ささや》いた。

「リラ、私の運命に巻き込んですまない」

――なんだよそれ。

戴冠を阻止しようと重臣たちが暗躍するであろうことを、こんな風に当然のごとく言えてしまうダルガートがどうしようもなく哀れだとリラは思った。

「俺のことは、――気にしないでください。自分の身は自分で守ります」

リラは唇を噛み、ぐっと両手を握りしめる。

「あと、巻き込んだなんて言わないでください。俺は、自分で望んでここに来たんです」

リラの言葉に少し目を丸くしてから、ダルガートはふっと泣きそうに目を細めた。


ダルガートの予想通り、風当たりは一気に強くなった。一か月後に国王になる人物だというのに、会議の時間を知らされなかったり、ダルガート抜きで他国の使者との謁見が行われたりなどは日常茶飯事だった。そうして時間すら守れないだらしのない王だと悪評を流すのだ。さらには命を脅かすような攻撃まで仕掛けられた。

「ダルガート様！　その腕……！」

丸太のように膨れ上がった腕を抱えて部屋に戻ってきたダルガートにリラが悲鳴を上げる。

「ああ。机の中にサソリが入れられていた」

「──そんな、ひどい……」

「大丈夫だ。毒は吸いだしてある。おそらく普通の人間なら死んでしまうのだろうが、私には効かない。昔から、毒を飲んでも少し熱が出るくらいで治まってしまうのだ」

「……毒……？」

「そうだ。幼いころから何度も食事に毒が入っていた。それだけ彼らは私を抹殺したいのだ」

そんなことまでされていたのかと、リラは言葉を失う。

ダルガートは腕を抱えながら、疲れたように椅子に腰かけた。

「彼らの気持ちも分かるのだ。こんな悪の化身が王座に就いたら国が滅びると思い、必死に阻止しているのだろう。彼らは彼らで、この国を守ろうとしているのだ」

ダルガートが目を閉じる。

「私も恐ろしい。こんな私でまともな政治ができると思うか？　現に重臣たちにはそっぽを向かれ、国政もままならない。いっそのこと、死んだほうがこの国のためなのではないかとすら思う」

「ダルガート様！」

リラが思わず声を荒らげる。

「ダルガート様、そんなこと言うもんじゃありません。正しい政治を行えば、認めてくれる人は絶対にいます」

リラの言葉に、ダルガートは目を伏せた。ゆっくりとため息をついてから口を開く。

「私も、そう思っていた時期があった。こんな獣の頭でも頑張れば認めてもらえると。――だから、学問も武闘も手を抜かずに精一杯修めた。十三歳で初陣を言い渡されたときには、武勲を立てれば認めてもらえると奮起した。しかし、勝利を収めて戻ってきた私に向けられた父上の視線は冷たかった。……なぜ死ななかったのだと、目が言っていた」

リラは息を吞む。

「幼かった私は、厳しい戦場に赴かせられるたびに、今度こそ父上に喜んでもらえると、認めてもらえるだろうと頑張った。だが、武勲を立てれば立てるほど、父上の心は離れていった。ただの一度も、よく戻ったと言ってくれたことはなかった。そして、私は諦めたのだ」

ダルガートの声は静かだった。

「リラ、二年前に私が海の向こうからの侵略を退けた時も、王宮では凱旋《がいせん》の出迎えさえなかったのだよ。どれだけ国のためになることをしようとも、父王にすら認めてもらえなかった私を、認める者などいると思うか？」

こんなにはっきりとした弱音を、リラはダルガートから聞いたことがなかった。それほどダルガートは追い詰められているのだと感じ、リラはぐっと両手を握りしめる。

「――います。俺がそうです」

絞り出すように言ったリラに、ダルガートはふっと目を細めた。

「リラは、……優しいな」

優しいから言っているわけではない。本当にダルガートを尊敬しているのだと言いたいのに、言葉にならない。

口で言っても、聞き流されてしまうことがリラには分かっていた。そのくらい、ダルガートは絶望に馴染《なじ》んでしまっているのだ。

――だけど……。

リラは、強い視線でダルガートを見上げた。

「それで、――ダルガート様はどうするんですか？　望まれない王だからと言って、ろくでもない治世を行うのですか？」

ダルガートが驚いたように目を瞬く。

「そんなこと、できるはずがないだろう」

その返事に、リラはにっこりと微笑んだ。

「そうですよね。それがダルガート様です。仮にすべての重臣が、民がダルガート様に背を向けたとしても、ダルガート様は彼らを見捨てたりできないでしょう？　彼らを、この国を守ろうと、精一杯力を尽くすでしょう？」

ダルガートは驚いたように目を見開いてリラを見ていた。リラは思いっきりの笑顔を作って、できるだけ力強く言い切る。

「それでいいんです、ダルガート様。ダルガート様がそうして心を砕いて精一杯の善政を敷いていれば、いつか必ずダルガート様を認める者が現れます。――現に、二年前の戦で助けてもらった俺が、こうしてダルガート様の味方になっているでしょう？」

一息ついて、リラは心を込めて言った。

「だから、大丈夫です」

その言葉に、ダルガートはふっと目を細めた。そして、ため息をつくように「不思議だな。リラに言われると本当にそんな気がしてくる」と呟く。

リラは笑った。

「当然です。だって、実際にここにこうやって、ダルガート様の味方になった者がいるんですから。何よりの証拠でしょう？」

「──そうだな」

「そうです。だから、ダルガート様は嫌がらせなんか気にしないで、心置きなく、いいと思った政治を行えばいいんです。俺は心から応援します」

ダルガートはゆっくりとため息をついてから、ぽつりと呟いた。

「……そうか。それでいいのか」

「そうです。それでいいんです。──どうぞ、立派な王におなりください」

改まって口にしたリラをダルガートは目を細めて見つめ、そして天井を見上げた。

「ああ。そうしよう」


その後も嫌がらせは続いたが、ダルガートを弑《しい》したり、失脚させたりするまでには至らず、やがて一か月が経《た》ち、喪が明けた。

ダルガートがガルムザール王国の第十五代国王になる日が訪れた。

◆

戴冠式は、玉座の間で行われた。

婚礼の式を行った大広間の何倍もある空間に階段状の玉座が設《しつら》えられている。その最上部に、ダルガートは王冠を被って座っていた。隣にはちょこんと座るリラの姿が並んでいる。

婚礼の時と違い、来賓には友交国の使者も迎えている。これがガルムザール王国第十五代国王のお披露目の式になるのだ。

各国の使者は、立派な体軀の上に乗った黒々とした獅子の頭を驚愕《きょうがく》の目で見つめた。黒獅子頭の王子だと噂には聞いていたが、先王がその姿を恥じて彼を表に出さなかったために、彼らがその姿を目にするのは初めてだった。しかも、そんな獣の頭から、滔々《とうとう》とした人語が流れ出ているのだ。

「——国は、民があってこそ成るものだ。余は、神聖なるこの場で、ガルムザールのすべての民のために全身全霊で尽くすことを誓う。すべての民が飢えることなく、暑さ寒さに震えることなく、住む家を失うことなく、いつでも笑顔で過ごし、ガルムザールに生まれたことを誇りに思えるような、そんな国になるよう精一杯力を尽くすことを宣言する。そのためにも……」

ダルガートの演説はリラの耳で聞いても立派だった。これまで彼が、どれだけひそかに努力してきたのかが分かる内容だった。ダルガートの容貌に意識を奪われていた各国の使者たちも、いつのまにかダルガートの演説に引き込まれ、最後には盛大な拍手が起きた。

それなのに、白けた空気を漂わせている一角がある。当のガルムザール王国の王族と重臣たちだ。

「よくあんな姿で玉座に立てるものだ。恥ずかしくないのか」「情けない、なんの因果で黒獅子頭の王なんぞを他国の使者に披露せねばならないのだ」とひそひそと馬鹿にして嘆いている。

他国の使者が大勢いる戴冠式での、場をわきまえないふるまいに、リラは怒りを抑えきれなかった。すっくと玉座の上に立ち上がり、大きく息を吸いながら一歩前に出る。

「そこのもの、黙りなさい！　神聖な戴冠の場をなんと心得ますか！」

玉座の間にリラの声が響き渡る。あの小さな体から出たとは思えないほどの大声だった。

まるで人形のように座っていた小さな王妃の一喝に仰天したのは、ガルムザール王国の臣民だけではなかった。他国の使者も、そしてダルガートも驚いて目を丸くする。

「だいいち、黒獅子の頭だからなんだというのです！」

リラはさらに怒鳴った。

「第十五代陛下がなにか悪いことをしましたか？　言えるものなら言ってみなさい」

リラは眼光鋭くその場をぐるりと見渡す。「それどころか、陛下は幾度もこの国を危機から守りました。十三歳で初陣に出て以来、陛下が率いる軍が負け知らずなのは誰もが知っていることです」

「——王妃……」

止めようとするダルガートをリラは無視した。

「特に二年前のあの日、海の向こうからの侵略があった時、単独で軍を率いて港に馳《は》せ、この国を守ったのはこの新しい国王です。先の国王は、無責任にも都と民を見捨てて山城に逃げました。あなたたちのように王宮で安穏として、一緒に山城に逃げた人々は知らないかもしれませんが、私たち下々の民はそれを知っています。この国王が身を賭《と》して港を守らなければ、今の平穏な生活はありえなかったんです！　それだけでもこの方には国王になる資格があるんです！」

はあっと肩で息をつく。大声でしゃべっているために肺が痛い。

「それなのにあなたたちは一体何をもってこの新しい国王を馬鹿にするんですか！　黒獅子頭だからなんだというのですか。この国を侵略から救った、それ以上国王に相応《ふさわ》しい方はいらっしゃらないでしょう！　文句を言うのなら、黒獅子の姿ではなく、この方がこれから施す政《まつりごと》を見て言いなさい！」

小人族の小さな王妃の一喝に、その場にいる誰もが気圧《けお》されていた。ダルガートも呆気に取られている。

やがて、ぱちぱちと拍手が起こった。他国の使者がいる一角だ。

「東の煌陽国《こうようこく》から参りました。新国王と新王妃を支持いたし、繁栄をお祈りいたします」

リラが驚いて目を見開く。

「同じく東の郭国《かくこく》でございます。わが国では、獅子は神獣として崇められています。同じく支持いたします。繁栄あれ」

次々と上がる祝辞に、ガルムザールの重臣たちのほうが動揺し始める。

「——王妃……」とダルガートが感極まったように呟く。

「ご覧ください、陛下。……大丈夫です。陛下を外見で判断しない人はちゃんといます。陛下が、これまで通り良い政を行えばいいんです」

ぎゅっと、ダルガートがリラの手を握った。


戴冠式と晩餐会《ばんさんかい》が終わり、ダルガートは離宮に戻った。

戴冠式が終わった時点で先に離宮に戻っていたリラが「お帰りなさいませ」と出迎える。

「ああ、本当に長い一日だった」

グラスに入れた水をダルガートががぶ飲みする。獅子の口は、ナイフやフォークを使って食事をすることは普通にできるが、グラスの飲み物を上品に飲むことは苦手なのだ。顔を上に向けてグラスの中身を一気に流し込む飲み方をあまり人前で見せたくないため、ダルガートはいつもこうして自室に戻ってから水を大量に飲む。

普段なら即座に返ってくるリラの明るい声が聞こえなくて、ダルガートは不思議に思って振り返った。

リラは、扉の前で立ったまま、両手を握りしめて床を見つめていた。

「どうした、王妃よ」

ダルガートは何気なく尋ね、ぽつりと地面に落ちたリラの涙に驚いて息を呑む。

「どうした。泣いているのか」

ダルガートは今まで一度もリラが泣いたところを見たことがない。リラはいつでも明るく笑っていたのだ。

「ごめんなさい……！」

いきなり謝られてダルガートは驚く。

俯《うつむ》いたリラは、唇を噛み締めて泣いていた。

「……どうしたというのだ、一体」

「あまりの自分の馬鹿さ加減に死にたくなりました」

「──馬鹿さ……？」

「……ごめんなさい、陛下」

「だから、なにを謝っている」

今度こそ慌てて、ダルガートはリラの前にしゃがみこんだ。しかし、リラは俯いたままダルガートを見ない。

「──戴冠式で、俺、とんでもないことをやらかしちゃって。お前は頭に血が上ると抑えが利かなくなるから気を付けろと、ばばさまにもみんなにも言われていたのに……」

ダルガートは目を瞬く。

「あの啖呵《たんか》のことか」

こくりと頷き、リラは「ごめんなさい……！」と涙声で謝る。

「ダルガート様が馬鹿にされたら、俺のせいです。ろくでもない者を妃にしているって、妃一人黙らせておくこともできないのかって、また宮殿の人たちに悪く言われる。もう、俺、どうすればいいのか……」

ダルガートはリラの謝罪を驚いた様子で聞いていたが、くっと笑うと、いきなりリラの両脇に手を添えてひょいと持ち上げた。

「わっ」とリラが声を上げる。

ダルガートはそのままリラを執務テーブルに座らせ、自分はその正面に椅子を引いて座った。二人の視線がほぼ同じ高さになる。その状態で、「王妃よ」とリラの顔を真正面から見つめながらダルガートは囁いた。

「謝る必要はない」

「――でも、俺、大事な戴冠式でいきなり大声で喚《わめ》くなんて、あんな……。考えなしで、本当にごめんなさい」

ぼろぼろと涙を零《こぼ》して泣くリラを、ダルガートは目を細めて見つめた。

「そうか？　私は頼りになる王妃だと思ったぞ」

思いがけないことを言われて、リラが顔を上げる。青い瞳が涙で濡れていた。

「言ってくれてありがたかった。私は、どれだけ腹が立ってもあれは自分では言えない。自分で言えばただの癇癪《かんしゃく》になるからな。――だが、王妃が言ってくれたから、他国の使者もああして味方に付いてくれた」

リラが瞬きをしてダルガートを見つめる。濡れた金色の長い睫毛《まつげ》から滴が散った。

「晩餐会でも、王妃のことは話題になった。王妃を悪く言うものはいなかった」

「――それは、国王本人に王妃を悪く言う人なんているわけ……」

「痛快だったと言った使者もいたぞ。自国での神獣を貶《おとし》める様子に腹が立っていたそうだ」

ダルガートは、唖然《あぜん》としているリラの頬を大きな両手で包んだ。頬だけに触れるつもりだったのに、頭全体を包む形になってしまってわずかに可笑しくなる。

「感謝する、王妃。王妃が怒ってくれたおかげで、私は他国の使者とつながりができた。黒獅子頭を蔑まない国もあると知った。王妃の啖呵がなければ、彼らは私のこの容貌に驚くばかりで、あまり話もできなかっただろう」

リラがぐっと顔を歪めた。

「……優しすぎます、陛下」

「そうか?」

「そうです。こんな堪《こら》え性のない、仕方のない俺に、優しいことなんて言わなくていいんです。怒って、罵倒すればいいです」

「それはできないな」とダルガートは笑った。

「私は、嬉しかったから」

「――嬉しかった……?」

「そうだ。怒ってくれたのだろう?」

「はい。――あんな、神聖な場で、それも他国の使者が大勢いる場で、陛下を馬鹿にすることが悔しくて、許せなくて。我慢できなくて……」

「ありがとう」とダルガートは囁いた。

リラが目を瞬く。涙は止まっていた。

「どれだけ私が嬉しかったか分かるか？　これまで、私を悪く言うものは山ほどいても、それに反論して、私を庇《かば》ってくれるものは一人もいなかったのだ」

ぐっとリラが唇を嚙む。そして、両手を伸ばしてダルガートの首に抱きついた。

「――俺がいます、陛下。俺はずっと陛下の味方です。俺だけは、何があっても陛下を裏切りません」

「……ありがとう」

ダルガートの大きな手がリラの背中に触れる。痩せた華奢《きゃしゃ》なリラの背の感触がダルガートの手のひらに伝わった。

くすん、とリラが洟《はな》をすする。

「陛下。戴冠、――心よりお慶《よろこ》び申し上げます。陛下の前途に明るい光が射《さ》すことを、心より……心の底から、お祈り申し上げます」

ふうっとダルガートが息をついた。

「ありがとう。今日貰《もら》った祝詞の中で、一番嬉しい言葉だ。だから、もう泣くな」

「――はい」

「それにしても、王妃の主張は一貫しているな。良い行いをしていれば道は開けると」

「当然です。俺はそう信じています。良い行いは人によって違いますけど、陛下にとってのそれは『善政』です。この国の王なのですから」

　ダルガートが目を瞬き、ふっと微笑む。

「我が王妃の言葉は、なんでこうも力強いのだろうな」

　リラの背に触れた手にぐっと力が籠った。

「見ていてくれ、王妃。私は負けない。重臣たちにもいろいろと思うところはあろうが、私は今日、国王になったのだ。この国を守るために精一杯尽くすと誓う。黒獅子の頭になど負けない」

　とくりとリラの心臓が音を立てる。リラは目を擦《こす》り、そしてダルガートを見つめて太陽のように笑った。

「はい。——はい。陛下ならできます。必ず」

　テーブルに座る小さなリラがその前で椅子に腰かける大きなダルガートに腕を回し、ダルガートは両手をリラの背に当てて引き寄せる。

　そうして、二人は長い間、初めて抱きしめあっていた。

　隣で寝息をたてるリラをダルガートはわずかに身を起こして見つめた。

きっと、ダルガートが晩餐会に出ている間も自分のしたことを悔いて泣いていたのだろう。閉じた目元がかすかに赤い。

初めて触れた背中の感触が手に残っている。痩せて細い、だけど温かい背中だった。

首に回された両腕。あんなに近くで誰かの匂いと体温を感じたことはなかった。リラからは、陽《ひ》に干した布のような、中庭に咲く花のような、不思議な匂いがした。

——今まで誰も、私に触れなかったのに。

戴冠式でリラが怒鳴った姿が脳裏に蘇《よみがえ》る。小さな体を精一杯怒らせて、顔を真っ赤にして声を張り上げていた。

まさか、あの場でリラがあんな行動に出るとは夢にも思わなかった。驚いたが、でも、焦りよりも胸が熱くなるほうが強かった。その温かさはまだ胸にある。初めての不思議な感覚だった。

眠るリラから視線を外し、自分の枕に頭を戻す。なぜか自分の心臓の音が耳についた。

——なんだろう、これは。

ダルガートはゆっくりと目を閉じた。

◆

ダルガートが王宮で執務に励んでいる間、リラはやることがない。当然ながら王宮の女性たちのサロンには呼ばれないし、かといってダルガートについて回って政《まつりごと》を手伝うわけにもいかない。

ダルガートは、王宮でのことはリラに話さなかった。リラは、あの意地の悪い重臣たちがダルガートを無視したり難題を吹っかけたりしていないか心配で仕方ないが、今はダルガートを信じ、応援するしかできない。

男であっても、リラの立場は「王妃」なのだ。女性は政治に口を出せない。どれだけもどかしくてもそれは仕方がないことだ。リラは毎日、一人で離宮の部屋でやきもきしながら、掃除や洗濯、中庭の花の世話や刺繍《ししゅう》をしながら過ごしていた。

それでもさらに時間が余った時は読書をして暇を潰す。ダルガートの部屋には大きな本棚があり、少し古めの本が大量に並べられていた。ぱらりとページを捲《めく》りながら、リラはダルガートに本棚の本を読んでいいかと尋ねた時のことを思い出す。

「もちろん構わない。リラは字が読めるのか？」

「読めますよ。これでも一応族長の三男ですからね。それにしてもたくさんありますね。あの金文字の背表紙の本なんて、ものすごく貴重なものじゃないですか？」

「ああ、あれは、王宮の書庫にあったものを幼い時に私が持ってきてしまったものだ」

「返さなくていいんですか？」

「返そうとしたら、いらないと言われた。呪われた王子が読んだ本など、誰も手に取らないからと」

リラは息を呑《の》んだ。

「ここにある本は、書庫で捨てられていたのを私が拾ってきたものだ。だから古いものが多いが、学ぶには足りる」

思わず顔をしかめてしまったリラに、ダルガートはふっと目を細めた。

「そんな顔をするな。少なくとも私は文字を教えてもらえたから、本を読むことができる。本は私を賢くし、夢の世界に連れて行ってくれた。それだけでも幸福だ」

きっとダルガートは、幼いころから本を読むことで寂しさを紛らわせていたのだろうとリラは思う。背表紙を指さしただけで、話の内容を説明できるくらいに、何度も何度も、繰り返し。

ぱらりとまたページを捲り、見るともなく文字を眺めていたら、部屋の中が突然ほのかに明るくなった。

「——あ、お日様だ」

雲が切れて太陽が顔を見せたのだ。中庭に落ちた強い昼の日差しに、一気にリラの気分が浮上する。リラは勢い込んで中庭に降りた。

たん、と踵《かかと》を地面にぶつけると、鈴の音がシャンと小気味よく響く。

ダルガートはいないから、仕事の邪魔になるんじゃないかと気にする必要はない。リラは気兼ねなくステップを踏んで、思いきり踊った。くるくると回りながら、思うがままに手を振り、爪先や踵で地面を叩《たた》いて感情を表現する。明るい中庭に、リズミカルな鈴の音が響きわたる。

──ああ、気持ちいい。

そうして踊っていたから、いつの間にかダルガートが部屋に戻ってきていたことに気が付かなかったのだ。満足して部屋に戻ろうとした時、部屋の床に座り足だけを中庭に下ろして自分を見ているダルガートの黒い獅子《しし》頭に気付いてリラはどきりとした。

「──いつ戻られたんですか」

「ついさっき。あまりに気持ちよさそうに踊っているから、思わず見とれた」

なぜか恥ずかしくなって、リラの頰《ほお》が熱を持つ。中庭から部屋に上がったリラがダルガートの横を抜けようとした時、すれ違いざまに彼は「真っ赤だ」とリラの顔に手を伸ばした。

思わずリラはどきりとする。

だが、ダルガートの大きな手の指は、リラの前髪をひょいと摘まんで頭の後ろに流しただけだった。

「こんなに火照って、汗をかくまで踊って大丈夫なのか？」

「──だ、大丈夫です」

「そうか」

そう言ったきり、ダルガートはリラを見つめて動かない。彼があまりにじっと見つめるから、リラはどきどきして目を逸《そ》らした。

あの戴冠式の日以来、ダルガートはこうしてしょっちゅうリラを黙って見つめる。それだけでなく、頻繁に手を伸ばしてリラに少し触れることまでする。

それは、今のように髪を退《よ》けたり、肩から落ちかけたリラの衣装を戻したり、ちょんと爪の背でリラの頬に触れたりする程度のささやかなものでしかなかったが、なにせダルガートは今まで全く自分からリラに触れようとしなかったのだ。それまでのリラとダルガートの接触は、毛づくろいをしたり、背中を揉《も》んだりするなどのリラからのアプローチに限られていた。ここ最近のダルガートの変化にリラは戸惑わずにはいられない。

「——どうして……」

そんなに自分を見るのかと思わず尋ねかけたリラに、ダルガートは「昼食を食べに帰ってきただけだ」とリラの言葉に被《かぶ》せるように答えた。

すれ違ってしまった会話。だけど、改めて聞きなおすのも変な気がしてリラは黙った。

ダルガートは、会食などの用事がない限り、食事は離宮に戻ってきてリラと食べる。その間も、彼の金色の瞳は、正面で食事をするリラをじっと見つめていた。

食事を終えてダルガートが宮殿に戻ってから、リラはぽふんと寝台に寝転がった。

「……疲れた」

見つめられすぎて居心地が悪い。食事も食べた気がしない。

「どうしたって言うんだよ、ダルガート様」

はあ、とリラは大きなため息をついた。


その夜、更に妙なことが起きた。

横になってしばらくしてから、「王妃、寝たか？」とダルガートが声を掛けたのだ。

これまで、寝る体勢になってからダルガートがリラに話しかけたことはなかった。だからきっと睡眠を邪魔されたくないのだろうとリラはいつもぐっと口を閉じていたのだ。

「――いえ」

「ひとつ尋ねてもいいか？」

「……はい」

何を尋ねられるのかと身構えたリラだったが、「どうして太陽が出ると踊るのだ？」という言葉に一瞬呆気《あっけ》にとられる。

――今更？

これまで幾度となくダルガートの前で踊ってきたのに、今になって、しかも踊った前後でもない時に聞かれるとは思わなかった。

「……なんで今？」

思ったことがそのまま口に出るのがリラだ。はっとして口を押さえるがもう遅い。

「知りたくなったんだ。話したくないなら構わない。夜にすまなかった」

「――あ、いえ！」

リラは慌ててがばっと身を起こす。

「聞かれるのは嫌じゃないんです。ただ、なんで今なんだろうと思って。俺は何度も陛下の前で踊ってるのに」

「突然気になった。……不思議だ。今まで他人のことなど知りたいと思ったことはなかったのに。王妃のことはなぜか興味が湧く」

リラは目を瞬《またた》いた。

じわじわと心が温かくなる。リラには分かった。これは好意だ。ダルガートが自分に興味を持ってくれたことが嬉《うれ》しくて、勝手に笑みがこぼれる。

「小人族は、太陽の光を浴びるのが好きなんです。今は地上で生活してますけど、前はずっと地下の洞窟で暮らしていたから、時々地上に出た時に偶然にでも強い日が射《さ》すと、その恩恵を目いっぱい被ろうとして踊るんですよ」

「今はみんな地上にいるんだろう？　それでも太陽が出たらみんなで踊るのか？」

「踊りますよ」

「それは大変だな。あちこちでぶつかって怪我人《けがにん》とか出ないのか？」

「あ、それは大丈夫です。みんなでといっても、くるくると踊るのは多くても五人くらいで、代わる代わる前に出て踊るんですよ。残りの人は手拍子で盛り上げるんです」

「そうか」と顔だけリラに向けてダルガートが答える。リラはダルガートの体の横に膝を抱えて座って話している。

「もうひとつ聞いていいか？」

「いくらでもどうぞ」

「なぜどの服にも鈴が付いているのだ？」

「これは小人族の暮らしの知恵です。地下の洞窟で作業をするでしょう？　洞窟の中って、ものすごく枝分かれしていて狭くて薄暗いんですよ。だけど、鈴の音が響いていたら、だれがどこにいるか分かるじゃないですか。出会いがしらにぶつかることも避けられるし」

「なるほど」

にこにことリラは喋《しゃべ》る。ダルガートに興味を持ってもらえたことが嬉しかった。

「他になにか気になったことはありませんか？　何でもお答えしますよ」

「――そうだな、いくつかあった気がするんだが、王妃の声を聞いていたら忘れてしまった」

そして、ダルガートは手を伸ばして、リラの頭の片側を大きな手で包む。

「王妃の声は、――心地いいな。なんだか今日は……よく眠れそうな気がする」

そして、ゆっくりと目を閉じてすうっと眠りに落ちる。

「……陛下？」

呆気にとられたリラがそっと話しかけても、ダルガートの目はあかない。

「本当に、――寝た……？」

驚くとともに、じわじわと嬉しさがリラの心にこみ上げる。リラは、ダルガートがなかなか眠りにつけずにいることを、薄々感じていたから。自分の声を心地いいと言って、それで眠ってもらえるなら、それほど嬉しいことはない。

頬を赤くしてふふっと笑って、リラは改めてダルガートの隣に体を横たえた。

リラこそいい気分で眠れそうな気がした。


夜が明けた。

眠りが浅いダルガートは、リラが目を覚ますと必ずすぐに目を開ける。どれだけリラがそっと動いても、ダルガートを眠らせておくのは無理だった。

その朝も、リラがぱちりと目を開けたら、気配を感じたのかダルガートも目を開けた。昨晩の幸せな気分が残っていたリラは、ダルガートににっこりと笑いかける。

「おはようございます、陛下。朝の毛づくろいをしましょう」

上機嫌で毛づくろいをしていたら、トントンと扉が叩かれた。朝食だ。

テーブルに食事を広げて向かい合ってさあ食べようとしたら、ダルガートが「いつも思っていたんだが、遠くないか？」とおもむろに言った。

「――そうですか？」

「それに、椅子の高さも王妃に合っていない」

「俺は体が小さいから仕方ないです」

ダルガートの体軀《たいく》に合わせて作られているテーブルと椅子は、当然リラには大きすぎる。まともに座ると頭の先しかテーブルの上に出ないので、リラはいつも椅子の上に立って食べていた。

「ここに座ったらどうだ？」とダルガートが指さしたのは、自分のすぐ横のテーブルの縁。

「え？」とリラが目を瞬く。

「このあいだ、――王妃が泣いた夜に気付いたんだが、王妃がテーブルに座れば、私と目の高さが同じになるのだな」

かあっとリラの頰が赤くなる。ぽろぽろと泣いた戴冠式の夜の記憶は、リラにとっては忘れてしまいたいほど恥ずかしいものだった。

「――テーブルに座るなんて、行儀悪くないですか?」

「椅子に立って食べるのとあまり変わらないと思うが」

思わず黙ったリラに、ダルガートがくっと声に出して笑う。

――え? 笑った……?

思わず目を疑ったリラの驚きに気付かず、ダルガートは「こっちに来い」とリラを手招く。

「行儀が悪くても構わない。どうせ、私と王妃の二人しかいないのだから」

「――はい」

ダルガートの斜め前に、テーブルの天板から足を下ろして座ったリラに、ダルガートは目を細める。

――また、笑ってる?

確かにそもそも獣の顔は表情が読みにくいものだが、ダルガートはこれまでリラの前でこんなにはっきりと笑ったことはなかった。目を細めたり、ふっと息をついたり、笑いのように見える顔をしたことがあった程度だ。だが、今日のこれは、明らかに笑顔に見えた。

リラの心臓がどきどきと鳴り始める。

さらに驚いたことに、ダルガートは「ほら」と肉をフォークに刺してリラの口元に寄せた。

「――え……?」

「食べろ。王妃は細すぎる。このあいだ背中に触れて驚いたぞ」

「……小人族はみんなこんなもんですよ。狭い洞窟の中で作業をするから……」

「今はしていないのだから、食べろ。それとも肉は嫌いか？」

「……好きですけど」

「だったら、ほら、口を開けろ」

「はい」と戸惑いながら開けたリラの口に、ダルガートが肉を落とす。

「美味《うま》いか」

「美味《おい》しいです」

「ならば、何をそんなに赤くなっている」

「──食べさせてもらうなんて、子供みたいで恥ずかしいです」

くくっとダルガートは笑った。

──あ。また笑った。

なにがなんだか分からないが、ダルガートが楽しそうなのはリラも嬉しくて、心がじわじわと温かくなる。

「大丈夫だ。ここには誰も来ない。私と王妃しかいない。さあ、次は何を食べたい？」

「──じゃあ、そのお野菜を」

「分かった。これだな」

「でも、待ってください。俺にばかり食べさせないで、陛下も食べてくださいね」

ダルガートは意表を突かれたように目を丸くすると、「分かった」と答えてまた笑った。なんだか嬉しくなって、リラも笑った。

リラがダルガートから初めての贈り物を貰ったのは、その十日ほどあとだった。

「王妃、こういうものは好きか?」

椅子の上に立つリラにダルガートが差し出したのは、翡翠《ひすい》色の宝石を削って作った兎《うさぎ》の彫り物だった。リラの片手にちょうど乗るくらいの大きさだ。

「かわいい!」とリラは明るい声を上げる。

「謁見に来た他国の使者からの貢物だ。価値があるものらしい。王妃は宝石に詳しいからな。好きなのではないかと思ったが、当たりか」

その言葉にリラの心が温かくなった。

「当たりです。ありがとうございます、大事にします」

両手で包んでにこにこと笑うリラを、ダルガートが見つめる。

「そんなに嬉しいか?」

「嬉しいです。陛下からの最初の贈り物ですから」

「貰《もら》いものだぞ？」と尋ねたダルガートの声は怪訝そうだった。

「はい。でも、俺が好きそうだからって持ってきてくださったんでしょう？　その気持ちもすごく嬉しいんです」

「そうか。ならば良かった」

そしてダルガートはふいと目を逸らしてしまう。

「仕事に戻る」

「もしかして、これを渡すためだけに、王宮から戻ってきてくださったんですか？」

「ああ。王妃が好きそうだと思ったら、すぐに渡したくて。謁見と謁見の合間に抜けてきた」

リラは驚いて目を瞬いた。

「――ありがとうございます。嬉しいです。そういえば、今日謁見があるなんて言ってましたっけ？　無事に謁見に間に合って良かったですね」

ダルガートの黒獅子頭を嫌悪し恥じている重臣たちは、今でも隙あらばダルガート抜きで使者と会おうとするのだ。

「相変わらず知らされていなかったのだが、中級の官吏がこっそりと知らせてくれた」

「こっそりと……？」

「そう。自分が伝えたと上の者には言わないでくださいと言いながら」

リラは目を瞬いた。そして、じわじわと心が温かくなる。

嬉しかった。その官吏はきっと、ダルガートが謁見に出ることに意味があると、重臣だけではだめだと思ってくれたのだ。ダルガートの真摯な姿勢を認める人が少しずつでも増えてくれているならいいのにとリラは思う。

「今晩はその使者と晩餐会《ばんさいかい》がある。遅くなりそうだから、夕飯を食べたら先に寝ていてくれ」

「分かりました」

大股で部屋を出ていく大きな背中をリラは見守る。心がほかほかした。

手の中の兎が温かい。もしかしてダルガートがずっと握りしめていたのだろうかと思ったら不思議な気持ちになった。

「——かわいい」

後ろ足で立って、両手で何かを抱えている小さな兎。それは確かに、リラの好みだった。リラは小さなものが好きだ。

「すごいな、小人族の鉱山にはこんな色の宝石はないや。若葉の色だ」

光に透かすと、柔らかい色になる。初めてのダルガートからの贈り物を両手で握りしめて、リラはふふっと笑った。

ダルガートの戻りは確かに遅かった。できるだけ待っていようと頑張ったが無理だった。リラは兎を片手に握ったまま、寝台に寝転がる。

そもそも小人族は、日の出とともに活動を開始して、日が暮れるとともに就寝の準備を始めるような健康的な一族なのだ。ダルガートがそばにいて相手をしてくれるならともかく、夜が更けてからこんな静かな部屋に一人でいたら、睡魔に勝てっこない。リラはあっという間に眠りに落ちた。

真夜中に首筋がくすぐったくて目が覚めた。

——……？

うっすらと目を開けてリラはびっくりする。

ダルガートがじっと自分を覗《のぞ》き込んでいた。首に触れていたのはダルガートの太い指。ダルガートは、リラが目を開けたのに気づくとその指をすっと引いた。

「へ、陛下。おかえりなさいませ」

「ああ」と答えたきりダルガートは黙った。そして、リラの顔とその横を交互に見る。

何があるのだろうとリラも顔を横に向けて、翡翠色の兎がそこにあるのに気づいた。

「あ、——嬉しくて、つい、手に持ったまま寝ちゃって……」

なぜか焦って言い訳を口にしたリラに、ダルガートは唐突に「触れていいか?」と尋ねた。

「え? あ、——はい」

なんのことだか分からずに、リラは答える。最初のころのダルガートならともかく、最近のダルガートは、リラの髪に触れたり、ひょいと抱き上げて椅子やテーブルに乗せたりと、一日に何度も触れていたからだ。今更許可を求められる意味が分からない。

だが、触られて分かった。ダルガートの大きな手は、リラの頬から首筋にかけてゆっくりと撫《な》でるように辿《たど》ったのだ。そして、確かめるように爪で、指の腹で、何度も喉や顎《あご》を撫で上げる。

「……へ、陛下……」

焦って、リラは声を上げた。これは、いつものような触れ方ではない。親が子供を愛《め》でるようなものとも違う。性的なものが見え隠れして、リラは混乱した。

——どうして? 嫌がらせで婚姻させられただけだから、女としては扱わないと、男として見てくれると言ったのに。

だが、ダルガートにはその焦りは伝わっていないようだった。平然と「なんだ」と問い返す。

「——なんで……」

どう尋ねていいか分からなくなって黙ったリラに、ダルガートは静かに「触れたくなった」と答えた。

「どうしてですか……？」

「分からん。兎を握りしめて眠っている王妃を見たら、なぜか触りたくなったんだ」

そして、礼服を着たままリラの隣に体を横たえると、肘をついて上半身を支えたまま片手でリラの耳や頬、首などの布に覆われていない個所《かしょ》をゆるゆると撫で続けた。しかも、リラをじっと見つめたまま。

リラは真っ赤だ。ダルガートの表情は読めない。もともと獣の頭なので読みにくくはあるが、今はまったく分からなかった。

——ちょっと待て。……待って。

平然としているダルガートとは正反対に、リラの頭の中は大混乱だ。こんな触られかたをする日が来るなんて思ってもいなかった。

——女としては扱わないって、言ったのに……！

リラの心臓はばくばくと音を立てている。汗も湧いて、きっと首筋も湿っているだろう。どうすればいいか分からなくなった時、ダルガートがいきなりその指を引っ込めた。そして大きく息をつくと、「気が済んだ」と言ってその場にごろりと仰向《あおむ》けに転がる。

「え？」

慌てて身を起こしたリラの目に映ったのは、瞼《まぶた》を閉じて眠りに落ちているダルガートの顔だった。しかも、寝息まで聞こえてくる。

「——え？　え？」

リラは戸惑って呆然《ぼうぜん》と呟《つぶや》く。

「……もしかして、酔ってた……？」

そうとしか思えない。でなかったら、こんなことをするはずがない。

はあっと大きなため息をついて、リラも寝台に身を落とした。全身の力を抜く。だが、ばくばくとした心臓は鎮まらず、リラは何度も寝返りを打った。

その夜、安らかに眠っているダルガートとは対照的に、リラはなかなか眠りにつけなかった。


寝不足の夜が明けた。

目がしぶしぶして何度も擦っているリラとは違い、寝台を下りたダルガートが気持ちよさそうに大きく伸びをした。

「どうした？」

「——いえ」

いったんはそう答えたものの、やはり気になって、リラは「昨晩はかなりお酒を飲まれたんですか?」と尋ねてしまう。

だが、ダルガートの答えは「酒?　飲んでいないぞ」というものだった。

「え?」

戸惑うリラを、ダルガートが不思議そうに見た。昨晩と違い、ちゃんと表情が読める。

「――いえ、だったらなんで昨晩、触りたいなんて……」

「触りたくなったからだ」と平然と答えられてリラのほうが驚く。

しかもダルガートは、まだ寝台の上に座り込んでいるリラに手を伸ばして、さらりとその首筋を撫で上げたのだ。

「――へ、陛下……っ」

リラは一気に真っ赤になった。

だが、ダルガートにいたって不思議そうに「どうした。なぜ赤くなる」と尋ねられて、リラはようやく気づいた。ダルガートにとっては、この接触に性的な意図はないのだ。単に、触りたくなったから触ったのだと理解する。

「……いえ」

「変な王妃だな」とリラックスした表情で言われ、リラは複雑に笑い返すしかできなかった。

だが、いきなり脇に手を入れて抱き上げられて、リラは「わっ」と声を上げた。さらにそのまま赤ん坊を抱くように横抱きにされて慌てる。こんな抱き方をされたことはない。

「いつも思っていたが、本当に軽いな」

「小人族ですから……っ」

ひょいとテーブルにおろされても、リラの心臓はばくばくと暴れたままだ。乱れたリラの金色の髪を、ダルガートが「絡まっている」と撫でる。

「私が梳《と》こうか」

「い、いえ、自分でできますから」

「だが、王妃は私が自分でできると言っても、私の毛を梳くではないか。やらせろ」

そう言われればリラは拒否できない。テーブルの上にペタリと座った寝間着姿のリラの髪を、椅子に腰かけたダルガートが小さな櫛《くし》で梳く。

「痛いか?」

「……いえ」

「王妃の髪は細い。まるで絹のようだな」

「……小人族ですから」

ダルガートが笑う気配がした。

「王妃は今日はそればかりだな。今度、髪の結い方を教えてくれ。王妃の髪を結いたい」

とんでもない、と言いかけたが、あまりに楽しそうにリラの髪を梳くダルガートの様子に、その言葉は喉もとで止まった。

——そうか。

これはきっと、ダルガートにとって初めての他人との接触なのだと気づく。リラ以外に、彼にこんな風に触らせる人はいなかったのだろうから。それが嬉しくて、ダルガートはこんなに楽しそうなのだろう。性愛の感情ではなくて、親愛なのだ。ダルガートはようやく、普通の人ならば幼いころから行っている体験を始めたのだ。そう思ったら、リラはもう断ることなどできなかった。

「そうですね。今度、結ってください」

リラの言葉に、ダルガートは目を細めて笑った。


しかし、ダルガートの要求は、その夜にさらにエスカレートした。

「脱がせていいか？」

二人で横になった直後にいきなり尋ねられて、リラは「え」と戸惑いの声を上げる。

「——どうして」

一気に鼓動が限界まで跳ね上がった。

しかし、また昨晩のように平然と「見たくなった」と言われ、思わずため息が出そうになる。

――これは、昨晩と一緒だ。

精一杯気持ちを落ち着けて「どうぞ」とリラが返事をすれば、ダルガートは片手で器用にリラの寝間着の紐《ひも》をほどいた。リラを全裸にするのではなく、寝間着の前をはだけて上半身の前側だけを露《あらわ》にしたことから、やはりこれは性的な意図はないとリラは感じる。

だが、大きな手をぺたりと胸に当てられれば、どきどきせずにはいられない。

――熱い。

鼓動が伝わりそうで恥ずかしくなったリラに、ダルガートが「小さな胸だな」と呟く。

「小人族ですから」とリラが答えれば、「またそれだ」とくすりと笑う。

ダルガートは、リラの肌を見つめながらゆっくりと撫ではじめた。思いがけない行動にリラは焦り、一気に肌を火照らせたが、続いたダルガートの囁《ささや》きにはっとする。

「綺麗《きれい》な、肌だな」とダルガートは呟いたのだ。

「薄くて、柔らかくて、醜い私とは全然違う」

息を呑み、興奮が一瞬で鎮まった。リラは自分の胸に触れる大きな手に両手で触れて「醜くなんかありません」とはっきりと言う。

「俺は、陛下の姿が大好きです。この凛々《りり》しいお顔も、金色の瞳も、大きな手も太い指も」

だが、ダルガートは嘲《あざけ》るように笑った。

「黒獅子のこの頭を？　そんなことを言うのは王妃だけだ」

リラはぐっと奥歯を噛《か》みしめる。そんなことを笑いながら諦めたように言ってほしくないと強く思った。

「そんなことありません。小人族の村では大勢がそう思っています。言ったでしょう？　二年前に陛下に助けていただいたのがうちの村だって」

リラは本心からそう告げたのに、ダルガートは「王妃は優しいな」と笑うだけだ。単なる慰めとしか思われていないことを思い知り、悔しくて、切なくて言葉を失うリラに、ダルガートはゆっくりと囁いた。

「――本当に、優しい」

そして、「舐《な》めていいか？」といきなり尋ねる。

「え？」

――舐める……？

それはもう親愛を超えている。思わず戸惑ったリラに、彼はどことなく切なそうに「やはり獣に舐められるのは怖いか」と呟いた。

「――いえ！」

リラは力いっぱい否定する。そうするしかできなかった。

「怖くなんかないです。黒獅子の頭ですけど、陛下ですから。獣じゃありません」

「そうか」とダルガートが囁く。

「王妃は、本当に、――優しい」

「俺は、陛下が大好きですから」

覚悟を決めて寝転がったものの、大きな獣の舌で肌を舐められる刺激は想像以上だった。

――熱い。

ざらざらとしたネコ科の舌の表面は、敏感なリラの肌をさらに敏感にする。くすぐったいのか、痛いのか、舐めあげられるたびにびくびくと体が震えてしまって、抑えようがない。ぞくぞくして悶《もだ》えてしまう。

味わうように舐めながら、「甘くなった」とダルガートが囁く。「甘い」などという感想が生まれるのは、獣の舌だからか。囁かれるたびに、リラは一層赤くなって震えた。

そのうちに、リラは自分の体が性的に反応しはじめてしまっていることに気づく。いつの間にか股間が熱くなっていた。

――まずい。

これだけ繰り返し舐められて、ぞくぞくする刺激を与えられれば当然だ。しかも舐められているうちに寝間着はさらに乱れて前が大きく広がってしまっている。まだ股間は隠れているが、このままダルガートが舐め続ければ、いつかそこにも舌が届いてしまうだろう。

――どうする。

ダルガートは親愛の気持ちで舐めているのに、自分だけが興奮して性器を昂《たかぶ》らせていることなんて知られたくない。そう悩むそばから、夢中で舐めるダルガートの舌が寝間着をかいくぐってリラの性器の付け根を掠《かす》める。

びくっと大きく震えて、リラは思わずダルガートの鼻面に両手を当てて押し返した。

ダルガートが驚いたように顔を上げた。

「どうした？」

「いえ、――あの、寒くて」

全く寒くないのに、むしろ全身が火照って暑いのに、ついそんな言葉が口を突いて出た。

「そうか。舐められれば当然だ。悪かった」

ダルガートは身を離し、リラの寝間着の合わせを直してくれる。さらに彼はリラにぴったりと寄り添い、リラを覆うようにその腕で包んだ。

「これで少しは寒くないか」

リラは動揺する。こんなにくっついて同衾《どうきん》するのは初めてだった。寒くないどころか、いっそう心臓が暴れて体が火照ってしまう。

「――はい」

リラはそう答えるしかなかった。

ダルガートの鼻が頭のすぐ上にある。彼は、リラの頭に鼻を近づけて「王妃はいい匂いがする」と囁いた。

「……太陽の、匂いだな」

そしてそのまま、またすうっと眠りに入ってしまった。昨晩と同じだ。心臓がばくばくしすぎてリラがなかなか眠れなかったのも昨晩と同じ。翌朝、あくびをかみ殺すリラの髪を、前日の朝と同じようにダルガートが梳かした。

そしてお返しにリラもダルガートの毛づくろいをする。鏡台の前で椅子に座るダルガートの後ろにさらにもう一つ椅子を置き、その上に立って爪先立ちをしながらリラはダルガートの鬣《たてがみ》に大きな櫛を通した。

その滑らかな感触にうっとりしながらふと顔を上げると、自分を見つめるダルガートの金色の瞳が鏡に映って目に飛び込んできた。とくんと心臓が音を立て、リラは慌てて目を逸らした。櫛を動かすことに集中する。

――たくましい香り。

昨晩ダルガートはリラの髪を太陽の匂いだと言ったが、ダルガートこそその匂いがするとリラは思う。豊かな鬣が取り巻いたふわふわの首筋に顔を埋められたら、どれだけ気持ちがいいだろうか。ちらりと視線を上げたら、まだダルガートが自分を見ていた。

再び慌てて視線を逸らしたリラに、ダルガートが「どうして目を逸らす」と尋ねる。

「陛下が……ずっと見ているからです」

「見ることなど前からしているだろう」

「――そうですけど……」

視線が以前と違う気がするとはリラには言えない。口ごもったリラの頭に、ダルガートは突然後ろ向きに手を伸ばして触れた。

鏡のなかに、大きな黒い獅子頭のダルガートと、その斜め後ろに立って鬣を梳かす小さなリラの姿がある。ダルガートの大きな手はリラの頭に包むように触れ、金色の瞳は鏡越しにリラを見つめていた。

「――……なんでしょうか」

「小さな頭だな」とダルガートが囁く。

「王妃を見ていると不思議な気持ちになる。胸の奥がうずうずして落ち着かない。王妃に触れると体が熱くなる。姿が見えなくなると無意識に捜してしまう。王妃がいない場でも、王妃の顔が頭に浮かぶ。王妃の笑顔を見ると私も気持ちが明るくなる」

真っ直《ま》ぐ《す》に自分を見ながらいきなり囁かれた言葉に、リラは目を瞬いた。これではまるで睦《むつ》言《ごと》だ。

「王妃よ、教えてくれ。これは、もしかして……愛なのか？」

リラはぶわっと赤くなる。まさか、真っ向から問いかけられるとは思わなかった。

だが、そう尋ねなければ分からないほど、これはきっとダルガートに縁のない感情の動きだったのだろうと思うと、ぐっと胸が苦しくなった。その気持ちが自分に向けられていることが泣きそうに嬉しいのとともに、ダルガートは今までなんと孤独だったのだろうと悲しくなる。

リラは、ゆっくりと口を開いた。できるだけ微笑みながら。

「――そうだと思います。俺と同じだから」

「そうか。王妃も同じなのか？」

「はい。陛下のそれに加えて、笑ってもらうためなら何でもしたいような、自分が何でもできてしまいそうな、不思議な勇気が湧いたり……」

ふっとダルガートが目を伏せて笑う。

「陛下、今笑いましたよね。そんな小さな微笑みでも、俺も嬉しいんです」

「よく分かるな。獣の顔なのに」

「分かりますよ。――俺は、ずっと陛下ばかり見ているから。笑ってもらえると嬉しいから。……陛下と同じです」

「そうか、王妃には分かるのか」

そしてダルガートは振り返り、後ろに立つリラを片腕で抱き寄せた。リラはダルガートの足の間に立って向き合う状態になる。

「王妃、……強く抱きしめてもいいか」

「――もちろんです」

両腕を回して、ダルガートがリラを抱きしめる。あまりに強く抱きしめられて、リラの足が浮いた。

「すぐ壊れてしまいそうに細い。ずっと、王妃に怖がられるのが怖くて抱きしめられなかった。こうして、……抱きしめたくなるのも愛なのか？」

リラは小さく微笑む。

「俺も、ずっと陛下に抱きつきたかったから、きっとそうです」

「――王妃も？」

ダルガートが驚いたように腕を緩めた隙に、リラは自分の両腕を引き抜いてダルガートの首に巻きつけた。豊かな毛に覆われたがっしりとした首に、ぎゅっと抱きつく。

「いつも陛下の毛を梳きながら、ずっとこうして陛下に抱きつきたいと思っていました。やっと、夢が叶《かな》いました。やっぱり、陛下も太陽のような匂いがします。温かいです」

豊かな黒い毛に顔を埋めてうっとりと言ったリラを、ダルガートが感極まったように抱きしめた。両腕で包み、リラの肩の上に大きな顎を押し付ける。

「――……王妃、胸が痛い。喉が」

リラは感動で泣きそうになりながらその言葉を聞いた。

「……そうか、これが愛なのか。幾度か本には出てきたが、私には分からなかった。黒獅子頭の私には与えられることも、誰かに与えることも許されない感情だと思っていた。だが、……

なんと温かくて、それなのになぜこんなに胸が絞られるように苦しい……」

きっと、ダルガートは泣きたいのだ。もし人間の頭だったら、きっとダルガートは泣いたのだろう。だけど、獣の頭は涙が出ない。だから、リラも「泣いていいんです」とは言えない。

ダルガートの大きな手が、リラの後頭部や背中を狂おしく撫でる。

「王妃、こうしていつまでも撫でていたいと思うのも、きっとそうなのだろうな。この薄い服を剝《は》いで、昨日のように生のままの姿を愛でたいと思うのも。——前側だけでなく、王妃の体を余すところなく舐めたくてたまらない」

かあっとリラの顔が熱くなる。これはきっとダルガートの初恋なのだろう。そんな彼の愛情表現は、常識を知らない分、直情的で正直すぎて恥ずかしい。

「——きっと、そうです。……でも、それは夜にしませんか」

結果的に、リラは真っ赤になりながら自分でダルガートに夜の誘いをする羽目になった。

「今ではだめなのか」

ダルガートはリラの寝間着をたくし上げようとしていた手を残念そうに止める。

リラはわずかに身を離してダルガートの金色の瞳を覗きこんだ。

「今はまだ……朝ですから。陛下はこれからお仕事でしょう?」

「——そうだな。確かにそろそろ朝食が届く時間だ」

「夜、……夜には、俺にも陛下の生のままの姿を見せてください。陛下が、俺の体を撫でたいみたいに、俺も陛下の体に触りたいです」

「……触りたいのか？」

「はい」

「この、獣の体を？」

「……でも、陛下でしょう？」

リラの言葉に感極まったように、ダルガートはリラを抱きしめた。

強く、強く、再びリラの爪先が床から浮いてしまうくらい。


その夜、ダルガートは、全裸にしたリラを舐め倒した。

小さなリラの体を、仰向けに返し、うつぶせに転がし、足を大きく広げさせ腕を上げさせて、言葉通り頭から爪先まで余すところなく大きな舌で舐めた。敏感なリラが悶えても、ダルガートはやめてくれない。

「――陛下、……陛下……あっ……」

ダルガートの舌は熱くて、ざらついて痛くて、それで拡《ひろ》げられた股間なんかを舐められたら、刺激が強すぎて声が止まらなくなる。

獣の口はその構造上吸うことができないから、ひたすら舐めるのだろう。鎖骨や脇の窪《くぼ》みのように凹《へこ》んだところや、耳たぶや顎や乳首、股間の性器など変わった形をしたところを、ダルガートは執拗《しつよう》に舐めまわした。

「——ん、……っ」

リラは堪らない。

「愛《う》いな。——愛い」

乱れるリラをとろけるような目で見ながら、ダルガートが今日覚えた感情の名称を繰り返し囁く。

「王妃が初めてこの部屋に来た時には、こんなに愛《いと》しくなるとは思いもしなかった。愛しい、可愛《かわい》い、離したくない、あとどんな言葉がある」

リラはぶるっと身を震わせた。興奮したダルガートの告白はいちいち直球で、触覚だけでなく聴覚でもリラを痺《しび》れさせる。今まで愛ある言葉を受けていなかっただけに、ダルガートは加減が分からないらしい。すべてがだだ漏れだ。

「へ、陛下、——俺も……」

ダルガートも全裸だ。黒い立派な鬣は、頭から首の付け根まで豊かに飾っている。胸や背は塊のような筋肉が覆い、綺麗な逆三角形を作って腰に繋《つな》がっていた。腕も腿《もも》も見とれるくらいに太くて力強い。筋肉があるんだかないんだか分からないようなリラとは全く違う。

その体に触れたくて、撫でたくて、リラは何度も手を伸ばしたが、そのたびにその手は捕えられ、ダルガートに舐められて性感帯になってしまう。

ようやくダルガートが舐めるのを止めてくれた時には、リラは疲れ果ててぐったりと寝台に転がるしかできなくなっていた。

愛しそうにそれに寄り添いながら、ダルガートが「疲れたか」と尋ねる。

「いえ、……はい」

一旦は否定したが、騙《だま》しきれる気がしなくてリラは正直に答える。

「陛下は?」

「私はまだまだ平気だ。王妃がぐったりとしてきたからやめただけだ」

あまりにも自分と違う体力に落胆しながら、リラはダルガートの腕に顔を摺《す》り寄せた。ようやく落ち着いて肌に触れられると思った。——のに。

「王妃もここは元気そうだな」と股間に大きな手を当てられてリラは跳ね起きた。

一気に真っ赤になる。さんざん舐められて、性感帯を刺激されて、そこが硬くならないはずがない。リラの性器は緩やかに立ち上がっていたのだ。

「——あ、あの、これは……、陛下に舐められて……」

「私は王妃に舐められてもいないのに硬いぞ。なぜここはこんなことになるんだ?」

真面目な口調で問いかけられて、リラは目を瞬く。確かに、ダルガートの腰に掛けた掛布は不自然に盛り上がっていた。だが「なぜ」とは……？

「陛下、もしかして、ここがこんなふうになったことは……？」

「まれに朝硬くなっていることはあったが、こんなに脈打って熱くなることはない。ずきずきとして変な感じだ。これはなんなのだ？」

ダルガートは、本気で分からずにリラに尋ねているようだった。

もしかして、誰もダルガートにこのようなことを教えなかったのかもしれないとリラは気づく。ダルガートに子作りをさせたくなければ、そんな知識を与える必要もない。本棚の本にもそんな褥《しとね》のいろはは書かれていない。

また、愛情を与えられていなければ、自分から誰かを好きになることも、恋に胸を熱くして眠れない夜を過ごすこともなかったのだろう。リラの胸がまた切なくなる。

「――陛下。これは、好きな人と抱き合うとなるものなんです」

幼い子供に説明をするように、リラはゆっくりと話した。

「私が王妃を好きだからこうなっているということか？」

「はい。俺が陛下を好きだということでもあります。男女で抱き合う時は、――ここを女性の体に入れて繋がるんですよ」

ダルガートが目を細める。そうとう予想外だったのだろう。なんだそれは、という顔だった。

素直な反応にリラは思わず笑った。

「もし俺が女で、陛下と同じくらいの体の大きさだったらそれもできたんですけど、ちょっと無理なので……」

リラが、ダルガートの股間に掛かっていた布を取る。

「──うわ」

飛び出した立派な屹立《きつりつ》に、思わず声が出た。

筋肉隆々の体躯に相応《ふさわ》しく太く長い。くびれもしっかりしていて、見るからに硬そうだ。ちらりと自分のものを見て、大きさは仕方ないとしてその形の貧相さにため息が出そうになる。

「どうした？」

「……いえ！」

慌ててリラは首を振り、ダルガートの屹立に両手を添える。二つの手でも握りきれないくらい、それは太かった。

──熱い。

そして、想像通りがっしりと硬い。両側から添えた手にぐっと力を込めて上下させたら、ダルガートが「うっ」と声を上げた。

「──気持ちいいですか？」

さらに太さが増したことからそれは明らかだったが、リラはあえて尋ねる。

「体の中に入れるのは無理ですから、せめてこうして、中にいる時みたいに包んで扱《しご》くと……」

「扱くとどうなる？」

返事に困りつつ、少し考えて「子種が出ます」とリラは答えた。

「それでおしまいです。それが、愛し合う行為の最後までいったということになります」

まさかこんなことを説明するとは思いもしなかった。自分でも綺麗に纏《まと》めすぎたとは思うが、嘘《うそ》は言っていない。恋愛初心者には妥当な言い方だろうと自分を慰める。

経験がなかったからだろうか、リラの手の中でダルガートの屹立はどんどん硬く熱くなっていく。息を乱す様子が愛しくて、リラは無意識にその先端に口を近づけていた。

大きく口を開けて割れ目を覆えば、ダルガートが「リラ……ッ」と悲鳴のように声を上げた。どきりとする。リラと呼ばれるのは久しぶりだった。婚姻の式を行った後から、いつの間にか彼はリラを王妃としか呼ばなくなっていた。それが嬉しくてちゅうちゅうと吸いながら夢中で手を上下させていたら、いきなり足を引かれた。リラは寝台に這《は》う状態になる。

「私もする」

ダルガートだった。足を引っぱってリラの体を引き寄せたダルガートが、リラの股間の小さな屹立を三本の指で摘まんだ。

「陛下……っ。陛下はそんな……」

「私が気持ちいいのなら、リラも気持ちいいのだろう？　同じ男の体なのだから」

「でも、そんな……っ……、あ……っ」

強く扱かれて、リラの腰が一瞬で痺れた。ぶわっと快感が膨れ上がる。

「──あ、……あっ」

声を殺せずに真っ赤になって乱れながら、それでも必死にダルガートの先端を舐めようとするリラの様子に、ダルガートがぺろりと舌を舐めた。

「なんと……瑞々《みずみず》しくて色っぽい」

「──陛下……っ」

「リラ、──リラ、……っ」

ダルガートが感情を抑えきれないようにリラを呼ぶ。熱い声だった。

快感を駆け上がり、二人同時に弾けるのに時間はかからなかった。はあはあと息を切らす小さなリラを、ダルガートは自分の胸の上にうつぶせに乗せた。ダルガート自身も息が上がっている。リラ、と呟きながら、ダルガートがリラの髪や背を狂おしく撫でる。

「リラ、──リラ」

自分を呼ぶその声を、リラはどうしようもなく幸せになりながら聞いた。

「……その呼び方、好きです」

「リラ、か?」

「はい。陛下は最近、王妃としか呼んでくださらなかったから」

「リラこそ、陛下としか呼ばないではないか」

微妙に不服そうにも聞こえる声に、リラは目を瞬いた。ダルガートの胸に腕をついて頭を起こす。

「——威厳を損なわないように、陛下って呼んでいたんですけど、もしかして、ダルガート様のほうが良かったですか？」

「それは、——そうだ」

リラはくすりと笑った。ダルガートの胸の上で伸び上がり、「ダルガート様」と獣の耳に口を近づけて囁く。精一杯優しく。

ふっと、ダルガートが笑った気がした。

「リラのそのしゃべり方が、——私を呼ぶ声が好きだ」

「俺も、ダルガート様がリラって呼んでくれるのが好きだったみたいです。さっき気づきました」

「さっきか」

「はい、さっき。久しぶりにリラって呼ばれて、ものすごく嬉しかったんですよ」

「——リラ、リラリルカ」とダルガートが恋人の名を呼ぶ。

「ダルガート様」とリラも甘く答える。

「リラ」

「ダルガート様」

子供の遊びのように何度も呼び合いながら、くすくすと笑ってリラはダルガートの首に両腕を回して抱きついた。黒々とした立派な鬣にリラの金色の柔らかい頭が埋まる。

「ダルガート様の鬣、すごく気持ちいいです」

「そんなことを言うのはリラだけだ」

「じゃあ、俺が独り占めですね」

くくっとダルガートが笑った。リラの背中を何度も撫でる。リラも、ダルガートの大きな顎を撫でて嬉しそうに笑った。

それは、つたない形ではあったけれども、確かに恋人たちの甘い褥の時間だった。

結局、リラもダルガートも、陛下、王妃、と呼ぶことをやめなかった。相談の末に、互いの威厳を保つために公の場ではそう呼ぼうと決めたのだ。

だが、部屋に戻って二人きりになると「リラ」「ダルガート様」と嬉しそうに呼び合う。

そして、覚えたばかりの睦みあいを毎晩のように交わした。

裸になって、あるいは半裸のまま、肌と肌を合わせて精一杯の触れ合いをする。ダルガートはひたすら舐め、そしてリラの柔肌を傷つけないように硬い爪を短く切った太い指で、リラをあちこち撫でた。ダルガートのつたないながらも心がこもった愛撫《あいぶ》はリラを熱くして悶えさせた。

一方のリラは、小さな手と唇で精一杯ダルガートに奉仕するが、なにせ大きさが違いすぎて、どれだけ乳首を吸っても摘まんでも、立派な性器を両手で扱いても舐めても、きっと満足させきれていないと思うともどかしくて仕方ない。楽天的で前向きなリラが、生まれて初めて小さな体を悔しく思った出来事だった。

だがそれは、ダルガートも同じだった。リラの体をあちこち舐めながら、ある時彼は唐突に動きを止めてぽつりと言ったのだ。

「接吻《せっぷん》ができない」

悔しそうに、切なそうに呟いたダルガートにリラははっとする。獣の頭と小さな体。互いにもどかしさを感じているのは同じだったのだ。

「できなくてもいいんです。こうやって、ダルガート様が俺を抱きしめてくれるだけで、俺はものすごく幸せです」

「だが、恋人同士というものは接吻するのだろう？　私がこんな獅子の頭だから……」

リラはダルガートの顔を見つめた。

「それを言うなら、俺こそ、体が小さいからダルガート様を満足させてあげられなくてごめんなさい。せめて普通の大きさの体だったらもっといろいろとできたのに」

ダルガートが慌てたように首を振った。

「何を言う。リラがこうして抱き合ってくれるだけで、私がどれだけ満たされているか」

そして、はっとしたように言葉を止めた。

「――同じか……？」

「そう、同じなんです。ダルガート様」

リラはダルガートに抱きついた。そして心を込めて耳元に囁く。

「俺たちは、俺たちの愛し方でいいんだと思います。だって、それでもこんなに幸せなんだから」

「そうか」とダルガートが小さく笑った。

「リラは不思議だ。リラといると心が楽になる。世界の色が少しずつ変わっていく気がする」

「どんな色に？」

「――無色だったのに、色が見えてきた」

その返事に、リラは切なくなって、さらに強くダルガートを抱きしめた。寒色とか灰色ではなく、無色だったのだ。それはどれだけ淋《さび》しい世界だったのだろう。自分がいることで世界が温かく明るく変わっていくのなら、どれだけでもそばにいたいとリラは思った。

そうして、黒獅子頭の国王と小さな王妃が不器用ながらも精一杯の愛情を育てあって二か月ほど経《た》った時、それは起きた。

◆

花が咲き乱れる昼下がりだった。

ダルガートを午後の執務に送り出し、さあ花の世話でもしようかと中庭に降りたリラの前に突然、一人の年老いた兵士が現れたのだ。

「リラリルカ王妃でいらっしゃいますか」

「――はい」

驚きに心臓をばくばくいわせながら、リラはこっそりと剪定《せんてい》ばさみを逆手に握りなおした。

この中庭への訪問は滅多にない。外れくじを引いた庭師が嫌々やってくるか、あるいは、ダルガートによれば暗殺者が時々来た程度だと言う。用心するに越したことはない。

だが、兵士は深々とその場でリラに敬礼した。叫ぶように言う。

「私、北の辺境警備隊のゼグと申します。陛下にどうしてもお告げしたいことがあり、失礼を承知で中庭から参りました」

――なぜ、この人はこんなに必死なのだろう。

リラは、まじまじと兵士を観察しながら思った。

泣きそうに顰《しか》められた眉。深く刻まれた額の皺《しわ》。頭を覆う白髪。だが、外見に反して姿勢は悪くない。動きも早い。

――もしかして、意外と若い？

首をかしげながら、リラは口を開く。

「――陛下は、午後の執務に出られたばかりです。戻られるのは夕刻になりますから、明日出直されたほうが……」

だが、彼は地面を見つめたまま叫んだ。

「明日は辺境警備に戻りますので、今日しか時間がないのです。どうかこのまま待たせてください……！」

「――分かりました」

「感謝します、王妃様！」

彼は震える声で言った。あまりにも妙だとリラは思う。暗殺者にしては怯《おび》えすぎているように見えるし、でも、時折唇を噛む様子からは、強い信念も見え隠れする。

——用心はしておこう。

「兵士さん、お茶を飲まれませんか？」

「いいえ、私はそんなお気遣いいただく立場にございません」

「でも、兵士さんに飲んでいただかないと、私も一人では飲みにくいので」

リラが言えば、彼は驚いたように顔を上げてリラを見た。

「——ありがたく、頂戴します」

そして、丁寧に茶を飲む様子に、リラは彼が上流階級に属する人間だと判断する。

彼は「ごちそうさまでした」と茶器を置くと、なぜか目を細めてリラを見つめた。

「小人族でいらっしゃるのですね」

「はい」

「お気の毒に。このように小さな身で……」

その言いように多少むっとしたが、王宮に来てからさんざん囁かれた言葉だ。リラはあえてにっこりと答える。

「全く気の毒などではありません。私は、望んで陛下の妃《きさき》になりましたから。陛下はとてもお優しいですよ？」

「望んで？」と彼は目を丸くした。

「はい」

「――王妃様は、国王陛下を愛していらっしゃいますか?」

「もちろんです」

リラがそう答えた次の瞬間だった。

彼の目から唐突に涙が零《こぼ》れた。そして、鼻と目の周りを赤くして「良かった」と呟く。

――え?

それはリラにも予想外の反応だった。「良かった。――本当に良かったです」と泣きながら呟く彼を、リラはしばらく呆気に取られて見つめていた。

それは、リラが王宮に来て初めて見た、ダルガートの幸せを喜ぶ人の姿だった。


「北の辺境警備隊のゼグと申します。以前は、十四代国王の親衛隊におりました。陛下がお生まれになった時には、親衛隊の先駆けをしておりました。陛下にどうしてもお告げしたいことがあり、こうして参りました」

ゼグは、夕刻に戻ってきたダルガートに、深々と頭を下げながらそう言った。

「分かった。なんだ」

ダルガートとリラは並んで椅子に座り、その前にゼグは直立して立っている。

ゼグは言いにくそうに顔を歪《ゆが》め、それでも躊躇《ため ら》いを振り払うように口を開いた。

「陛下の、黒獅子の頭のことです。陛下が黒獅子頭になったのは、陛下のせいではありません。十四代国王陛下のせいなのです」

場が凍った。ダルガートが目を細め、リラは動揺して身を起こす。

「……どういうことだ？」

ダルガートの声は低かった。

「先ほど、先駆けをしていたと申しました。先の王妃様が、——陛下のご母堂が産気づかれて、十四代陛下が急いで王宮に戻られるとき、私もその場にいたのです。十四代陛下は急ぐあまり老齢の呪術師に無礼なことを行い、呪術師が呪いをかけたのです」

「——呪い？」

「呪いです。私は今でもはっきりと覚えております。呪術師の『そなたに呪いをやろう。生まれる王子を見て驚くがいい』という震えるような恐ろしい声を」

ダルガートが驚愕《きょうがく》の表情で立ち上がった。

「申し訳ありません、陛下！」とゼグが叫んだ。

「王子様が黒獅子頭になったのが国王陛下のせいだなどと言えば侮辱罪で粛清されます。家族も皆殺されます。ですから、今まで、恐ろしくて誰にも話せませんでした……！　ですがこのたび、最後の身内が亡くなり……。今頃、本当に申し訳ありません、陛下！」

「――そのことを知っているのは……」

「私だけです。国王ご一行が駆けて行って、最後に私一人が残っていたときに、彼女がそう言ったのです。だから、その言葉は私しか聞いていません」

ガタン、と音を立ててダルガートは倒れるように椅子に腰を落とした。呆然としたように片手で頭を押さえている。

「――ダルガート様……」

リラが寄り添う。

「……この黒獅子頭が、父上のせいだと……？」

「はい。陛下は悪の化身なんかではありません。陛下は何一つ悪くないのです。前国王の呪いを代わりに被っただけなのです……！」

ゼグは泣きながら叫んだ。

「幼い陛下が、悪の化身と言われて、そもそもの原因の国王陛下にも疎《うと》まれているのを見ていられず、私は親衛隊を辞して辺境警備に替えてもらいました。逃げたのです。――本当に、本当に、申し訳ありません……！」

ああ、この年寄りのように見える外見はそのせいなのかとリラは思った。彼は、この二十年間ずっと一人で秘密を抱えて苦しんできたのだ。

「陛下、今からでも、私は皆にこのことを言います。陛下は悪の化身ではないと。――最後の身内も昨日亡くなりました。もう私に守るべき家族はありません。今から……」

「――いや、言う必要はない」とダルガートは首を振った。

「今、そなたがそれを公表したとしても、誰も信じまい。父王がいなくなってこれ幸いと、私が自分の噂《うわさ》を消すために作り話を言わせていると思われるだけだ。しかも、亡くなった前国王に罪をかぶせて」

「……陛下。申し訳ありません。私に勇気があれば……もっと早く……」

ゼグが泣き崩れる。

「いや、そなたの判断は正しい。父上が生きているときにこのことを言ったものなら、そなたは侮辱罪でもうこの世にはいない。そして、言ったからといって私も救われはしなかっただろう」

「――陛下、では、私はどうしたら良かったのでしょうか……」

ダルガートはしばらく何も言わなかった。離宮の部屋に、ゼグが咽《むせ》び泣く声だけが響く。

「……過去のことは、もう仕方ない」

やがてダルガートがぽつりと言った。

「だが、こうして勇気をもって告げに来てくれたそなたには感謝する。何も言わずに墓場まで抱えていくこともできたのだろうに」

ゼグが信じられないという顔で頭を上げた。リラも驚いてダルガートを見つめる。

白髪の兵士に、ダルガートは立ち上がって手を伸ばした。

「ほかの誰に告げるわけでもなく、こうして私にだけ告げに来てくれたことで、私はそなたの言葉を信じることができる。そしてそれが、どれだけ私を救ったか分かるか？」

ゼグはのろのろとダルガートの手を取る。全く恐れることなく獣の手を握った姿に、リラは彼の本心を見た気がした。ゼグは、本当にダルガートを恐れてはいないのだ。彼が悪の化身ではないと知っているから。

ダルガートはゼグを見つめた。

「私は、生まれてから今まで二十年間、私が咎人《とがにん》だから、——私に罪があるからこんな容貌なのだと言われ、私もそう信じて生きてきた。生まれたこと自体が罪なのだと、すべてを諦めて生きてきた」

リラは息を呑む。辛《つら》かったこれまでの彼の生がリラの心に突き刺さった。ゼグも苦しげに顔を歪める。

「だが」とダルガートは言葉を続けた。

「そなたが教えてくれた。黒獅子頭になったのは、私の罪ではない。私は悪くない。……それが明らかになったことが、どれだけ私の心を救ったか分かるか……？」

ダルガートの声は震えていた。もし彼が黒獅子頭でなかったのなら、きっと涙を流していたのだろうとリラは思う。

——ダルガート様、……良かった。

涙を流せない彼の代わりに、リラの青い目から涙が零れる。それに気づいたダルガートがリラを抱き上げた。子供を抱くように腕に座らせたリラに、ダルガートが頰を摺り寄せる。甘えたいのだ。その気持ちが分かって、リラはダルガートの首筋に力いっぱい抱きついた。

「——私は、生まれてきて良かったのだな、リラ。私は……生きていていいのだな」

「そうです。ダルガート様、そうです」

ダルガートがぎゅっと目を瞑《つぶ》る。涙を堪《こら》えるように。

「リラ、私は、……私が王になっても、この国を不幸にはしないのだな」

「もちろんです、ダルガート様」

涙声でリラは答えた。

「——良かった。それが、何よりも嬉しい」

その言葉に、リラの胸がぐうっと苦しくなる。本当に良かった、と心から思う。

「そうです。ダルガート様は悪くないんです。罪びとだから黒獅子の頭になったんじゃないんです。単なる呪術師の呪いだったんですよ。しかも前陛下のとばっちりの……」

そこまで口にして、リラははっと気づいた。

——呪術？

若いころは呪術師の弟子をしていたという曾祖母の言葉が頭に蘇《よみがえ》った。

『呪術は、解法と対じゃないと発効しないんじゃ。それが呪術である限り、解法は存在する』

どくんと心臓が音を立てた。

「ダルガート様！」

いきなり叫んだリラにダルガートが驚いた顔をする。

「――なんだ」

「呪いだったら解けます。呪術だったら、元に戻す方法が存在するはずなんです！　その呪術師のところに行きましょう」

頬を紅潮させて言ったリラを、ダルガートが、そして涙だらけの顔のゼグが驚いて見つめた。

◆

半年前に輿《こし》入れするときに通った道を、リラはダルガートとゼグとともに逆方向に辿ってい
た。小人族の村に行くためだ。
呪術師は彼らの居場所を基本的に明らかにしない。呪術師の居場所は呪術師に聞くしかないのだ。そして、小人族の村にはかつて呪術師の集団に属していた者がいる。

リラの曾祖母。二代前の族長の妻だ。

「闇雲にあちこち探すより、ばばさまに聞いたほうが早いかもしれません」

リラの提案で、三人は小人族の村への道を辿っていた。

リラは、馬に乗るダルガートの前にちょこんと座っている。小人族のリラは馬に乗り慣れていない。馬の上下の振動に疲れると、ダルガートが自分の上着の前を開けてその中にリラを入れて休ませた。

上着の合わせから顔を出すリラと視線を合わせて、ゼグが少し照れたように笑う。三人で行動するようになって三か月も経つというのに、リラとダルガートが仲睦まじくしているのを見ると、彼はまだ照れるのだ。

辺境警備隊にいたゼグを、唯一の国王付きの親衛隊員として側に仕えさせたのはダルガートだった。それをダルガートに進言したのはリラだ。リラがダルガートを愛していると告げた時に「良かった」と涙を零して彼の幸せを喜んだ姿が忘れられなかったのだ。

国王の座に就いたとはいえ、ダルガートの周りはまだ敵だらけだ。前王妃もガルグル王子の戴冠を諦めていない。そんな中でも、ゼグならダルガートの味方になり心から守ってくれるだろうと感じたリラの勘は間違っていなかった。彼は泣いて喜び、ダルガートに一生の忠誠を誓ってくれた。

呪いを解こうと決心してから今まで三か月もかかったのは、ダルガートの仕事がなかなか片付かなかったからだ。王妃の里帰りに同行したいというダルガートを、王宮の重臣たちは仕事を増やして阻止しようとした。それは明らかに嫌がらせだった。彼らはとにかくダルガートの政務の邪魔をして、国王失格の烙印《らくいん》を押そうとする。

だが、黒獅子頭が自分のせいではないと知ったダルガートは強かった。運命だから仕方ないと諦めていた態度を捨て、善政を敷けば認めてもらえるはずだとすべてに積極的になったのだ。生き生きとし、表情まで変わったダルガートがリラは嬉しくてたまらない。そしてそんな明るいリラに、ダルガートはまた勇気を貰う。

二人の歯車は、確かに良い方向に回り始めていた。

やがてごつごつとした岩山が見えてくる。

「ダルガート様、あのあたりが小人族の村です。あの岩山の下が鉱山なんですよ」

リラは顔を輝かせて言うと、ダルガートの上着の中から這い出て、いきなりぴょんと地面に飛び降りた。

「リラ?」

「俺は近道で先に行きますね。近道は馬は通れないので、ダルガート様とゼグは道なりに進んでください。村の入り口で待ってます」

大きく手を振って叫ぶと、リラは鬱蒼《うっそう》とした茂みに突入して消えた。

「――まったく相変わらずリラは……」

ため息とともに呟いたダルガートに、斜め後ろで馬に乗っていたゼグがくすりと笑う。

「ですが、嬉しそうです」

「それはそうだろう。故郷なのだから」

「いえ、陛下が」

ゼグの言葉に、ダルガートは多少気恥ずかしくなって目を逸らした。

ダルガートよりも十七歳年上でダルガートに絶対の忠誠と愛情を持っているゼグは、今やダルガートの兄や父のような立ち位置になっている。二十年の間抱えていた悩みがなくなった彼は、相変わらず白髪ではあるが表情に張りが出て、年相応に見えるようになっていた。

しばらく歩くと、道の上でリラが待っていた。明るい笑顔で大きく手を振っている。

「ここに馬をつないで、そうっとついてきてください。今、小人族の子供たちが面白いことをしているんです」

リラに先導され、ダルガートとゼグは茂みの中を身を屈《かが》めて進む。

木々の間にぽっかりと空いた広場では、リラのさらに半分程度の背丈しかない小人族の子供たちが走り回って遊んでいた。二十人くらいだろうか。ダルガートは、そのうちの何人かが顔に黒い木の皮を面のように着けて棒切れを振り回しているのに気づく。

　面を着けた子供は超人的な立場のようで、逃げ回る悪役の子をばたばたと倒していた。

　リラがダルガートに囁いた。

「ダルガート様、分かります？　あの黒いお面はダルガート様なんですよ。どんな時でも助けに来てくれる正義の戦士です。先の戦いで、ダルガート様に助けてもらった子供たちが始めた遊びです」

　思わず耳を疑ったダルガートににっこりと笑いかけると、リラは突然子供たちの中に「おーい」と飛び出していった。

「リラ！」

「わあ、リラだ！　おかえりー！」

　子供たちが一斉にリラに駆け寄っていく。

「リラ遊ぼ遊ぼ、どこに行ってたの？　いきなりいなくなったからびっくりしたよ」

「王宮に行ってたんだ」

「王宮？　すごーい！　王子様に会えた？　ねえねえ、王子様いた？」

「いたよ。王子様は今では王様なんだよ」

「すごいすごい！　ねえ王様ってどんな人？　怖い？　優しい？」

「それは……。自分で質問してごらん」

リラの視線を追って、子供たちの目はダルガートたちが隠れている茂みに向いた。

「これは、姿を見せろということだろうか、ゼグ」

「そうだと思いますよ」

半ば戸惑いながらダルガートが立ち上がった次の瞬間だった。

「え？　王様……!?」と叫び声が上がる。

それは戦の時にダルガートが助けた子供たちだった。

慌てる年嵩《としかさ》の彼らを置いて、幼い子供たちは「王様だーっ」と駆け寄ってくる。

無邪気なその表情には、ダルガートを疎ましく見たり馬鹿にしたりする色は欠片《かけら》もなく、みんなリラと同じようにきらきらとしていた。ダルガートが呆気にとられる。

遅れて歩み寄ってきたリラが、「ね？　だから、うちの村はみんなダルガート様のことを尊敬して大好きだって言ったでしょう？」と得意げに胸を張った。

「これまでダルガート様は戦の時以外ほとんど王宮から出なかったからご存じなかったかもしれませんけど、ガルムザール王国の民にも、ダルガート様が国を守ったことを知って、尊敬しているものはちゃんといるんです」

ダルガートの胸が不思議な音を立てた。

「そうか」と泣きそうになりながらダルガートが呟く。

「そうですよ。これまでダルガート様が、孤軍奮闘しながら国のために尽くしてきた成果です」

リラの言葉に、ダルガートは固く目を閉じた。初めて獣の頭で良かったと思った。そうでなければ、幼い子供たちの前で涙を見せてしまうところだったから。


呪いをかけた時の呪術師の特徴をゼグから聞き、「ああ。それはきっと北の森の呪術師だねぇ」と彼女は言った。

ダルガートたち一行と小人族の族長、曾祖母は、小人族の村の真ん中の広場に敷物を広げて向かい合っていた。体が大きいダルガートとゼグは小人族の建物の中に入れないからだ。その周囲を興味津々な小人族の村人たちが囲んでいる。

ほとんどが男ばかりなことにダルガートは驚いた。そして全員がリラと同じように鈴のついた民族衣装を身に着けているために、あちらこちらでしゃらしゃらと音がする。

「ばばさま、その呪術師と繋ぎが取れないかな。俺はダルガート様が黒獅子のままでも全然構わないんだけど、ダルガート様が気に病むのなら解いてあげたいんだ」

ダルガートの隣に座ったリラが身を乗り出して尋ねた。

「どうだか。北の森の呪術師は呪術師の中でもひときわ偏屈だったからのぅ。数年前にいた場所なら知っておるが、今もそこにいるとは限らんぞ」

「それでもいいよ！　そこを教えて！」

敬語ではない言葉でしゃべるリラを、ダルガートは不思議な思いで見つめた。

こうしてここで見ると、リラは普通の元気のいい青年に見えた。王宮でのリラが、できるだけ中性的に見えるように、しゃべり方や動作も含めてすべてのことに気を遣っていたことによ
うやく気づく。

「ところでリラ、今、ダルガート様が黒獅子のままでも構わないと言ったか？」

にやにやと曾祖母がリラに突っ込む。

「言ったよ。だって、ものすごく格好いいと思わない？　ほら、この鬣だって黒々としてつや
つやして、瞳もこんなに凛々しくて」

立ち上がったリラにいきなり抱きつかれてダルガートのほうが慌てる。

「――リ、リラ……っ。ここは外だ」

「大丈夫。俺の村だから」

確かに、小人族の彼らはそんなリラを見てもけらけらと楽し気に笑っているだけだ。

驚くダルガートに曾祖母が話しかける。

「このリラは、むかしからダルガート王子ダルガート王子ってそればっかりだったんですよ。

助けていただいた先の戦いの時以来、本当に王様が大好きでたまらないんです。みんなそれを

知っているから、こうやってリラが楽しそうなのが嬉しいんです」

「——本当にそんなに前から？」

「おや？　リラの言葉を疑っていました？　リラほど隠し事の下手な馬鹿はいませんよ」

「ばばさま、馬鹿はないよ！」

赤くなって反論するリラをさらっと無視して、曾祖母はダルガートに頭を下げた。

「馬鹿ですけど素直でまっすぐな良い子ですから、末永く可愛がってやってください。小人族の先の族長の妻としてお願い申し上げます」

「ばばさま、それ。けなしてるんだか褒めてるんだか分かんない」

「どっちもだよ。完全な赤か青かなんてありえないんだよ。たいていは混ざってるのさ。空の色もそうだろ？」

「哲学的な話じゃなくて！」

喚《わめ》くリラに、曾祖母は「そろそろ出発しなくていいんかい？」と北の方角を指さした。

「呪術師の隠し道を使えば、北の森はここからそう遠くないよ」

リラの表情が一気に引き締まった。

「——行く。ばばさま、行き方を教えて」

そして、ダルガートを見上げる。

「ダルガート様。北の森の呪術師のところに行きましょう。呪いを解く方法を聞きに」

獣に獣道があるように、呪術師にも呪術師にしか見えない道があると、かつて呪術師の弟子だった曾祖母は言った。

だがその隠し道は呪術師が先導しないと通れないため、曾祖母も同行することになった。

リラはダルガートの肩にちょんと座り、曾祖母はゼグの肩に乗っている。

「すごいね、ばばさま。これで弟子なの？」

霧の中のような白い空間を歩きながらリラが感心した口調で言う。

「いつまでも師匠のもとにいて独り立ちしなかったから弟子だというだけで、たいていの術は学んだよ」

「なんで独り立ちしなかったの？」

「じじさまと恋に落ちてしまったからのぅ。呪術師は子を生《な》すと力が半減するんじゃよ。そうでなければ、初めての小人族の呪術師になっておったかもしれんの」

「もったいない」と声を上げるリラに、彼女はほっほっほと笑う。

「いいんじゃよ、じじさまと一緒になって、呪術師になる以上に幸せだったから」

二人の会話を聞きながら、リラの楽天的な性格は曾祖母ゆずりかもしれないとダルガートは思う。勢いで道を選んでも、それを後悔しない強さはいつもダルガートを救う。

「ほら、そろそろ着くぞぇ」

白い霧が薄れていく。

だが、徐々に露になっていく緑の森の姿に、ダルガートは息を呑んだ。曾祖母も顔をしかめている。

そこに現れたのは、生い茂る蔦《つた》と同化して歪んだ崩れかけの小屋だった。扉も蔦に覆われて、最近開いた様子はない。

「ばばさま」とリラが不安そうに呟く。

「――これはあまり期待できんかもしれんな。北の森の呪術師はもうここにはいないかもしれない」

だが、状況はもっと悪かった。

蔦を剝がして扉を開け、中に入ったダルガートたちが見つけたのは、干からびた呪術師の骸《むくろ》だった。遺骸のそばには葉が落ちて朽ちた植物が広がっている。それは、呪詛《じゅそ》や魔術に使用する薬草が枯れ果てた姿だった。信じられない思いで息を呑む。

「――ダルガート様……」

リラが泣きそうに唇を噛んで、ダルガートの頭に抱きついた。

「ごめんなさい、希望を与えておきながら、こんな……。こんなことだったら、呪術師を捜しになんか来なければ良かった……」

　曾祖母を肩に乗せたゼグが痛ましそうにリラとダルガートを見つめる。

　ダルガートはぐっと奥歯を噛みしめた。呪いが解けるかもしれないと期待しただけに、ショックは大きかった。だが、落胆した様子を見せたらリラがもっと落ち込むことが明らかだから、彼はあえて明るく「大丈夫だ」と背を伸ばす。

「状況は間違いなく好転している。リラとゼグという味方ができた。この黒獅子頭が私のせいではないという真実も得た。私を認めてくれる小人族の人々もいる。――これまでの人生と比べると、なんて明るく晴れ晴れしいことか」

　ダルガートは片手を伸ばしてリラの頭を撫でた。

「リラが来てから今までが順風過ぎたのだ。一度くらい躓《つまず》く必要もある。問題ない」

「――ダルガート様……」

　それでも唇を噛んでダルガートの鬣に顔を埋めるリラを、ゼグは何も言えずに見ていた。

　そのゼグの肩にいた曾祖母が、地面を見つめて「ん？」と突然呟く。

「ゼグよ。あの干からびた木の実を拾ってくれ。――そう、それじゃ」

　それは、ゼグの親指の先ほどの丸い木の実だった。くすんだ赤い色をしている。

「ほう」と曾祖母は感心したように言った。

「リラや。これは願いを叶える木の実じゃ」

「え？」

リラが驚いて顔を上げる。

「ただし、干からびているから効力は半減している。それでも、夢の中で願いを叶えることくらいはできようぞ。持って帰るか？」

リラとダルガートが顔を見合わせる。

——夢の中で願いが叶ったって、目が覚めて空《むな》しくなるだけなんじゃないだろうか。

リラはそう思って躊躇ったが、「持って帰ろう」と答えたのはダルガートだった。

「いいんですか、ダルガートさま。夢の中で叶えたって……」

「夢の中だけでもいいから叶えてみたいことがあるのだ」

「わかった。ゼグよ、できるだけたくさん探せ」

「了解です。ばばさま」

いつの間にか曾祖母と意気投合していたゼグが、気を取り直して笑った。


小人族の村の立ち去り際、リラは幼い子供たちに群がられて身動きが取れなくなっていた。

それを目を細めて見つめているダルガートに族長が歩み寄った。

「リラは、うまくやっているでしょうか」

リラの父親だということを、ダルガートは当然知っている。敬意を表して彼と目線をそろえるためにダルガートはしゃがみこんだ。

「――はい、とても」

「それなら良かったです。小人族で、しかも男だというのに大丈夫なのかと、心配していたものですから」

二人は並んでリラを眺める。

「――族長、教えてください。小人族は皆あんなに、太陽みたいに明るいのですか」

族長がダルガートを見た。

「リラは特別です。あんなに賑《にぎ》やかで楽天的で馬鹿みたいに前向きなのはあれだけです」

ほうっとダルガートが深い息をつく。

「ならば、……私は運命に感謝しなければ」

「感謝ですか？」

「ええ。黒獅子頭でなければ、小人族をあてがわれることもなく、リラに出会うこともなかったでしょう。リラに出会えたことは、私の山ほどの不幸の中の数少ない僥倖《ぎょうこう》です」

噛みしめるように言い、ダルガートは族長を見つめた。

「私に太陽を授けてくださって感謝します」

驚いたように目を丸くしてから、族長がふっと微笑《ほほえ》んだ。

「良かった。――リラは、幸せなのですね」

「幸せでいてほしいと、いつも願っています」

祈るようなダルガートの言葉に、族長が感極まったように目を潤ませ頭を下げた。

「――息子をよろしくお願いします」


王宮に戻ったその夜、ダルガートとリラは、願いを叶える実を食べて寝台に上がった。

干からびていなければ鮮やかな赤い色をしているその実は、食べた人の小さな願いごとを現実にする力を持っている。例えば、視力が回復する、歌が上手《うま》くなる、探し物が見つかる、などだ。叶う事柄自体はささやかなものだが、上手く使えば大事を成すために、権力者はそれをいつも欲しがった。

ダルガートたちが拾った実は、干からびているために願い事を現実にする力は持たないが、夢の中で願い事を叶えることは可能で、さらに「会いたい」とお互いに強く願えば、同じ夢の中に入ることも可能だと曾祖母は言った。

「おやすみなさい」リラとダルガートは、見つめあって微笑んだ。

同じ夢の中で出会えるように互いに身を寄せあい、しっかりと手を握って二人は眠りについた。

◆

リラは白い霧の中のような空間にいた。

――これが夢の中？

呪術師の隠し道のようだが、足元の感覚が違う。硬くもなく柔らかくもなく、でも立っていられる不思議な感触。

――ダルガート様はどこだろう。

もしかして、同じ夢に入るのに失敗したのだろうかと思った時だった。

遠くから「リラ」と呼ぶ声が聞こえた。

「ダルガート様？」

振り向けば、霧の中にぼんやりと人影が見える。

――ダルガート様だ！

リラは走り出した。

しかし、霧の中の人の姿が見えだしたところで、リラは戸惑って走るのをやめた。

そこにいたのは、黒獅子頭の愛しいダルガートではなく、自分よりも一回り大きい程度の、黒い瞳に黒髪の男性だったのだ。緩やかに巻く黒髪が、意志が強そうながらも優しげな整った顔を覆っている。

——誰……？

さっき自分を呼んだのはこの人ではなかったのだろうか。困惑するリラに、彼は嬉しそうに微笑んで「リラ」と呼んだ。リラは目を瞬く。

「……ダルガート様、ですか？」

「そうだ」

「——え？」

リラは仰天して言葉を失う。

「リラ」と嬉しそうに口にしながら、彼はリラを抱き寄せた。包むように背に腕を回し、「リラ、——リラ」と繰り返す口調に、リラははっとした。

——この抱き方と口調は……。

「……本当に、ダルガート様……？」

「ああ」

リラは少し身を離して、両手で彼の頬に触れる。彼は感動で目を潤ませていた。

「――いったい、何を願ったんですか？」

「獣の頭でなく、人間の頭になりたいと願ったんだ。……どうしても、リラに接吻がしたかったから」

「――接吻？　それが北の森で言っていた夢の中だけでもいいから叶えたかったこと？」

「そうだ。一度でいいから、普通の恋人のように、リラに愛を告げたかった」

真正面から見つめられて、リラの顔がじわっと赤くなる。ダルガートは、人間の姿になっても凛々しく精悍《せいかん》だった。

「リラは何を願ったのだ？」

「――俺は、ダルガート様と同じくらい大きくなりたいって」

「なぜ？」

「……いつも、気持ちよくして頂くばかりなので、俺も、ちゃんと抱き合ってダルガート様を満足させたいって思って……」

そこまで言葉にして、自分がいかに破廉恥なことを口走ったのか気づいて、リラは一気に真っ赤になった。ダルガートは接吻などという上品なことを願っていたのに、自分は閨《ねや》のことを願ったのだ。

恥ずかしくて目を逸らしたリラに、ダルガートは「そうか、だからこの大きさなのだな」と納得した口調で言った。そして、「リラ」と耳元で囁く。

「顔を上げてくれ。せっかく願いが叶ったのだから、接吻がしたい」

真っ赤になりながら、のろのろと顔を上げたリラに、ダルガートは蕩《とろ》けるような笑顔を見せるとゆっくりと顔を近づけた。

――あ……。

出会ってから半年の月日を経て、ようやく、二人の唇が重なった。


繰り返し唇を合わせながら、互いに寝間着を脱がせあって抱き合う。

同じ大きさの体で抱きしめ合うことはこんなに刺激的なのかと、リラは目を瞠《みは》った。

胸が触れ合う。小さかった時とは違い、自分の鼓動がそのままダルガートに聞こえてしまいそうな恥ずかしさ。腰に回された腕、絡めあった足。すべてがものすごく近い。

ダルガートは、これまでできなかった接吻を取り戻すかのように、リラの体のあちこちに唇を付けて吸い跡を残した。

「――……ん、……あっ」

乳首を強く吸われてリラが仰《の》け反《ぞ》る。ぶわっと汗が湧く。こんな刺激は知らない。

ダルガートの器用な細い指は、もう一方の乳首を押しつぶし、摘まんで撚《ひね》る。そのたびにリラはぞくぞくと全身に走る痺れで身を悶えさせた。

「…………っ、……ん」

自分が耳の下を吸われることにこんなに敏感だなんて知らなかった。舐める音と吸う音で顔中が熱くなり、耳の中まで焼けそうになる。

大きな獣人の体と小さな小人族の体で抱き合っていた時とは全く違う。何もかもが近すぎて、すべての反応が覗かれているみたいで恥ずかしい。焦る。

「リラ」

整った唇から零れる自分を呼ぶ声は、蕩けるように甘い。甘すぎて恥ずかしい。もしかして、黒獅子頭のダルガートも、表情が乏しかっただけで実はこんな顔で自分を呼んでいたのかと思うと、今更ながら砂糖の海に溺《おぼ》れそうな気がした。

ダルガートの裸体は、獣人の時のような筋骨逞《たくま》しいものではなかったが、それでも十分にしなやかで、つくべきところにしっかりと筋肉がついた美しいものだった。盛り上がった肩の筋肉が、腕の膨らみが目の前にある。くっきりと境目がついたそれにリラは見惚《みと》れる。

一方の自分は、相変わらず貧相な体つきだが、ダルガートが嬉しそうにそれを撫でることに救われる。浮いた鎖骨や背骨、一番下の肋骨《ろっこつ》が特に好きなようで、繰り返しそこを指で辿っては口づけて舐めたり歯を立てたりする。そのたびにリラは身を反らせて震えた。

やがて、ダルガートの手がリラの股間に辿り着く。すでに熱くなっていたそれを揉まれて、リラは息を呑んで震えた。

「あ、――あ、待って、ダルガート様」

リラはダルガートの手首を握って止める。そしてリラも、すでに硬く立ち上がっているダルガートの屹立に手を当てた。獣の時ほどではないが十分立派な質量をもったそれを両手で包み、リラはダルガートを見上げる。

「あの、――これを、俺の中に入れませんか」

すでに愛撫に感じて真っ赤になっていた顔を恥ずかしさで更に赤くして、リラはダルガートに囁いた。

ダルガートが驚いた顔でリラを見つめる。

「それは、男女の場合と言っていなかったか?」

「男と男でも……できるんです。あの、手でやるよりも絶対に気持ちいいと思うので」

ふっとダルガートが微笑んだ。

「そんな無理をしなくていい。男と女で体の造りが違うことくらい私も分かっている」

「――いえ、あの、そうじゃなくて。……俺がダルガート様と同じ体の大きさになりたいと願ったのも、それをしたかったからなんです!」

耳まで赤くしてリラは叫んだ。

「ダルガート様が、普通の恋人同士みたいに接吻をしたいと願ったのと同じように、俺も、普通の恋人みたいに……ダルガート様と繋がりたい……です」

羞恥のあまり言葉の勢いをなくして突っ伏したリラを、ダルガートが呆気にとられて見つめた。

「──どこで、繋がるのだ?」

「ここで」とリラが顔を地面につけたまま自分の尻の割れ目に指で触れた。

「……狭くないか? そこに、私のこれが入るとは到底思えない」

「──夢だから、きっと大丈夫です。なんでもできます」

無茶苦茶なことを言うリラに、ダルガートがくっと笑った。

「試すが、無理だと思ったらやめるからな」

リラが顔を上げる。その顔に唇を寄せて、ダルガートは限りなく甘く囁いた。

「リラは泣き顔よりも笑い顔のほうが愛らしいのだから」

「──あ、……あ、ん……っ」

大きく開いた足の間にダルガートの腰がある。閉じられないそこに、灼熱《しゃくねつ》の塊がじりじりと入り込んでくる感覚を、リラは首を振って耐えた。

――大きい……っ。

裂けるのを通り越して、腰が割れそうな気がする。ずきずきと、今まで感じたことのない痛みが腰から這い上がってくる。

「――リラ……大丈夫か」

問いかけるダルガートの声もきつそうだ。

「……大丈夫ですから、もっと、奥まで」

一番太かったのは真ん中だ。それを越えれば楽になると信じてリラはダルガートを誘う。

「――お願い、……一息に……、ああっ！」

言葉に従って一気に突き入れられて、リラは悲鳴を上げた。あまりの衝撃に目の前がちかちかする。

ダルガートが、仰向けになったリラの体の上に頭を落とした。はあはあと息をつく。

「――リラ、全部、入ったぞ。これでいいか」

「いえ」とリラも汗びっしょりになりながら首を振った。

「……動いてください」

「動くのか？」

「そうです。俺がいつもダルガート様のそこを上下に扱くみたいに、俺の体を使って、扱いてください。……気持ちよくなるまで」

ダルガートが息を呑むのが伝わってきた。きっと、リラの体を使ってという表現が悪かったのだろうと思うが、言い換えるのも億劫《おっくう》で、リラは息をつめると、自分の足をダルガートの腰に絡めて前後に揺らした。

「うっ」と呻《うめ》きダルガートが目を細める。

「……気持ちよくないですか？」

必死に微笑みながら問うと、ダルガートはリラを見つめ、そしてリラの細い腰を両手で掴《つか》んでゆるゆると腰を動かし始めた。

「——あ、……っ」

ぞくっと不思議な熱が這い上がる。夢の中だからだろうか。苦痛はあっという間に消え、痺れるような快感が腰から全身に広がっていくのをリラは覚えた。

「ひ、……あ、……ん、あ……ああ」

ぞくぞくとした痺れは瞬く間に全身を埋め尽くし、リラの口から小鳥のような嬌声《きょうせい》を次から次へと零れさせる。

——気持ちいい。

ダルガートの動きもどんどん速くなる。

ちらりと目を開けたら、リラを見つめながら眉を寄せて快感を追う精悍な顔が目の前にあった。情欲に濡《ぬ》れた黒い瞳と視線が触れ合った瞬間、ぶわっとリラの心にそれまでとは別種の熱が弾ける。

「――ダ、……」

最初の一音しか声にならなかったのに、ダルガートは的確にリラの望みを汲《く》んで、リラが伸ばした手を彼の肩に回してくれた。リラはダルガートの首にしがみつく。

ダルガートの体の動きに合わせて、リラも揺れた。ダルガートの体温が伝わる。匂いがする。湿った肌、息の音が、鼓動が、全部すぐそばにあった。

――ああ、一つになってる。

ダルガートと混ざり合って一体になっている。そのことに泣きそうなくらい感動する。

――そうか、だから恋人同士は抱き合うんだ。この幸福が欲しくて。

涙が出そうになる。

――だめだ泣くな。泣くとダルガート様が気にする。

そう思うのに、視界は勝手に滲《にじ》んでいく。

泣いていることを知られないように、リラはダルガートの肩に顔を埋めた。

ふうっと目が覚めた。

リラとダルガートは、眠りに落ちた時と全く同じ姿勢で、手をつないで寄り添って眠っていた。リラが目を覚ますのと同時に、ダルガートも目を覚ましたようだった。気配を感じる。

「――ダルガート様の、夢を見ました」

大きな筋肉隆々の胸に額を押し付けて、リラは囁いた。

「ダルガート様が、人の姿になっていました」

「……私もリラの夢を見た。リラが大きくなっていた」

ダルガートの肉厚の大きな手が、小さなリラの頭を撫でる。

「――幸せな、夢だった」

「……そうですね。俺も幸せでした」

きっと見た夢は同じだ。だけど、二人とも具体的な内容は口にしない。

リラは伸びあがって、巨大な黒獅子の口の端に唇を押し付けた。そして微笑む。

「ダルガート様ができないのなら、俺が接吻します。いくらでも、何度でも」

ダルガートは驚いたように金色の目を瞬き、そしてふうっと吐息とともに笑った。

「人の姿の私はどうだった？」

「――あ、そうか。ダルガート様は自分では見られないんですね。鏡なんかなかったし」

リラは身を起こしてダルガートの頬を小さな両手で包んだ。

「黒い瞳と黒い髪の、すごく格好いい人でした。凜々しくて、笑顔がとても優しくて。……あれがきっと、呪いがかかっていない本来のダルガート様の姿なんですね」

「そうか。そんなに褒められると自分に妬《や》きそうだな」

苦笑したダルガートに、リラは笑った。

「でも、あのダルガート様も格好良かったけど、俺はこのダルガート様が好きです。がっしりしていて頼もしくて。俺が憧れた、戦の時に助けてくれたダルガート様はこのダルガート様ですから。──ね、この艶《つや》やかな鬣もこっちにしかないし」

微笑みながら告げたリラに、ダルガートが目を細める。

「そうか」と告げた声は揺れていた。彼が泣きそうになっていることがリラには分かった。

「そなたは相変わらず変人だな。だが、──なんと愛しい……」

ダルガートがリラを抱きしめる。

「──だが、私も、このリラのほうが愛しい。こうして胸の上に置いて抱きしめられるのも、服の中に入れられるのも、肩の上に座らせられるのも、この小さなリラだけだ」

リラが笑った。

「こんな小さいのがいいだなんて、ダルガート様もかなりの変人ですよ」

「そうか？　こんなに愛しい生き物は、もうどこにもいないと思うぞ。リラが私の妃になってくれて私は本当に幸せ者だ。──このあいだ族長にも話したが、リラがいてくれる今に繋がるのなら、黒獅子頭を与えられた運命も悪くないとさえ思えるようになった。すべて、リラ、そなたのおかげだ」

　いきなり真面目な口調で囁かれて、リラが赤くなった。

「感謝する。――愛してる、私の太陽」

　ぶわっと耳まで赤くなる。

「……お、俺も、――愛してます」

　くくっとダルガートが笑いだした。

「あ、ひどい。もしかして揶揄《からか》いました？」

「揶揄ってなどいない。リラのおかげで、私はいろいろなことに自信を持てるようになった。世の中の色が変わってきた。本当だ」

　くつくつと笑うダルガートをリラは見つめた。こうして笑う彼の姿を見ると、胸の中がじわっと温かくなって、きゅうきゅうと音を立てる。――それはきっと、愛の音。

　リラはにっこりと笑った。

「だったら、ダルガート様、もっといろいろと旅をしましょう。ガルムザール王国の中も外も。俺も一緒に行きますから」

「旅？」

「旅というか、視察かな？　王宮の中にばかり閉じこもっていたらもったいないです。一か所小人族の村を見ただけでも、ダルガート様を慕っている人がいるって分かったでしょう？　ダルガート様はこの国を守った英雄なんですから、俺みたいに感謝して憧れている民はたくさんいるはずなんですよ。俺がそれを証明してみせます」

勢い込んで言うリラに、ダルガートはくつくつとまた笑った。

「本当に、リラは私の太陽だ。リラの言葉を聞いていると、なんでもできそうな気がしてくる」

「そうです。この際、ガルムザール王国の伝説の黒獅子王になりましょう。ダルガート様はまだ一度も戦で負けていないんですから、黒獅子の評判を悪の化身から英雄に変えてしまいましょう。ダルガート様ならきっとできます」

さすがにこの発言にはダルガートも目を丸くしたが、次いで声を出して笑いだした。

「――本当に、そなたは、なんという……」

「俺、かなり本気なんですけど」

だが、リラも釣られて笑い始める。

おかしそうに笑う黒獅子頭の王の前で、小さな王妃が笑っていた。

そんな温かな笑い声を聞いて、部屋の外で見張り番をしていた白髪のゼグが嬉しそうに微笑む。

◆

中庭でリラが踊っている。

シャンシャンとリズミカルに響く鈴の音に、ダルガートはテーブルに広げた書類に目を通しながら耳を澄ます。

――不思議なものだ。最初はあんなに気になって仕方がなかった鈴の音が、今はこんなに心を和ませるなんて。

鈴の音が聞こえると、ふっと肩の力が抜ける自分を感じる。テンポよく踊る音は気持ちを明るくして元気づけてくれる。

鈴の音に合わせてピイピイと鳴く鳥の声は、このあいだゼグが森で拾ってきた小鳥のものだろう。リラの瞳の色と同じ空色の小鳥は、怪我が治っても飛び去らずに中庭に居つき、リラが踊るたびに一緒に羽ばたいて高い声で歌う。

鈴の音が乱れ、ぴたりと止まった。

どうしたのかと中庭に目をやれば、リラが考え込むように動きを止めて目を瞬いていた。そしていきなり「ダルガート様！」と部屋の中に駆け込んでくる。

「――な、なんだ」

太陽の下で踊っていたからか、それとも興奮しているからか、赤らんだ頬でリラはダルガートの膝にしがみついて見上げた。

「俺、大事なことを見落としてました。ダルガート様の呪い、まだ解ける可能性が残っています。北の森の魔術師の弟子を捜しに行きましょう！」

「……弟子？」

「そうです。ああ、俺なんで思いつかなかったんだろう。ゼグが言っていたじゃないですか、呪いをかけた時に女の弟子がいたって。もしかしたらその人が呪いの解き方を知ってるかもしれません」

ダルガートが呆気にとられてリラを見つめる。

「俺、ばばさまに連絡を取って、その弟子の行方を捜してもらいます。呪術師仲間ならなにか知っているかもしれないし」

リラがあまりに興奮しているから、ダルガートは思わず小さく笑ってしまう。

金色の目を楽しげに細めたダルガートに、リラは「なんで笑うんですか」と意外そうに尋ねた。

「――いや、リラがあまりに興奮しているから」

「ダルガート様は、なんでそんなに冷静なんですか。可能性が見つかって嬉しくありません？人間の姿に戻りたいんじゃなかったんでしたっけ？」

「戻りたいのは確かだ。だが、正直に言うと、リラが来てからのこの半年であまりにたくさんの幸せが訪れたから、今はかなり満腹なんだ」

えー、と不服そうにリラは文句を言う。

「ダルガート様は、もっともっと強欲になっていいんですよ。今までが不遇すぎたんだから」

そして、ちょっと考え込んでからにこりと笑って「じゃあ、俺が勝手にその弟子を捜しますね」と言ったリラを、ダルガートはひょいと自分の膝の上に抱き上げた。ぎゅっと抱きしめる。

「な、なんですか」

「――いや、幸せだと思っただけだ」

意表を突かれたように黙ってから、リラが両手を広げてダルガートの胸に抱きついた。

「もっと、もっと、幸せになりましょう。俺も頑張りますから」

「……そうだな。ありがとう」

「だから俺は、ダルガート様の呪いを解くことを諦めませんからね」

「でもリラも、この黒獅子頭を気に入ってくれていなかったか?」

「そうなんですよね！　俺、ダルガート様のこの凜々しくて格好いい頭も大好きなんですよ。どうしよう」

見つめあい、ぷっと二人同時に笑い出す。

くすくすと笑いながら、「でも、いつまでも呪いが掛かったままっていうのは悔しいから、とりあえず解法は探しましょうね」とリラがダルガートの胸に寄り掛かりながら言う。

——ああ、温かい。

ダルガートの胸がほかほかと温かいのは、きっとリラの体温のせいだけではない。

「そうだな、それは賛成だ」

ダルガートの返事に嬉しそうに笑い、リラはぽんとその膝の上から飛び下りた。そして、窓際の小さな鉢を日が当たる場所に移動させる。

「このあいだから気になっていたんだが、それは何の鉢だ？」

「願いを叶える実を植えてみたんです。上手くいけば芽が出ないかなと思って」

「願いを叶える実？」

「そう。ダルガート様の呪いが解けても、俺は小さいままだから。拾ってきた実にも限りがあるし、……夢の中で抱き合うにも、この実が必要じゃないですか。——増やしたいなって」

少し恥ずかしそうに最後の言葉を付け足したリラに、ダルガートは、ははっと声に出して笑った。

「それは両手を上げて賛成だ。あの実はあればあるほどいい」

リラが嬉しそうに笑う。

「おいで、リラ」

近寄ってきたリラを抱き上げて、ダルガートは立ち上がった。子供のように腕にリラを抱いたまま、花が溢《あふ》れる中庭に降りる。大好きな太陽の光を浴びたリラは、嬉しそうな顔を隠さない。その横顔に、ダルガートの胸が不思議な音を立てる。

——ならば私は、リラがいつまでも私の隣で笑っていられるようにと願おう。そのためにも、立派な王になると誓おう。

だが、その言葉は胸が詰まって声にはならなかった。代わりにダルガートは、心の内を短い言葉に言い換える。

「リラ、——私の太陽」

抱き上げたリラの胸に鼻面を埋めていきなり囁いたダルガートに、リラは驚いた顔をしながらも照れくさそうに笑った。

「ダルガート様も、俺の太陽ですよ」

獣の耳に唇を近づけて囁き返して、リラはぎゅっとダルガートの首に抱きつく。

思いがけず、ダルガートの胸がじんと痺れた。

——そうか、……太陽なのか。私も。

陽《ひ》の光が降り注ぐ昼下がり。花が咲き誇る中庭で、黒い獅子頭の王と小さな王妃は幸せそうに抱きあって笑った。

黒獅子王の小さな王妃

その朝、王宮の議場では定例会議が開催されていた。

大きな長テーブルの上座にあるひときわ重厚な椅子に腰かけたダルガートは、居並ぶ二十人を超える重臣たちを見渡しながら漏れそうになったため息をさりげなく噛《か》み殺す。

毎月の初日に開催されるこの会議は、各地の管理を任されている重臣たちが集まり、国王に状況を報告する重要な場だ。議長の進行に従い、順番に発言が行われる。

だが、ダルガートはこの会議が一番苦手だった。

この場にいる重臣たちは、すべて前国王の頃から重用されていた実力者だ。つまり、黒獅子《くろじし》頭のダルガートが国王になることに反対していた者たちばかりなのだ。彼らは、前国王の急逝によりダルガートが国王になった今でも、ダルガートへの嘲りや反発を隠そうともしない。

「ダラム公。西方の領について報告を」

「畏れながら、国王陛下にご報告申し上げるようなことはございません」

丁寧な態度とは裏腹に、報告はあまりに短い。だが、議長はそれ以上促さず、東の領について次の重臣に報告を求める。

「東の領も領内、国境線ともに平穏でございます。郭国《かくこく》にも動きはございません。この際、郭国は『眠れる獅子』ではなく『永眠した獅子』と呼んでもよろしいかと。もう百年以上衝突も起きていませんから」

くくっと小さな笑い声が起きる。

この会議は特にダルガートの存在が無視される。重臣たちは経験豊富で有能な者ばかりで、ダルガートがいなくても目的を終えることができてしまうのだ。ダルガートが一言も発しないことさえある。居心地がわるいことこの上ない。

「では、イルクーツ公。北方の国境の状況について報告を」

立ち上がった老人は、ダルガートではなく議長に向かって「問題ございません」とだけ答えた。そのまま腰を下ろし、報告を終えようとする彼に、ダルガートが「待て」と口を開く。

すべての重臣たちの顔がダルガートに向いた。不愉快そうな視線が集まる。

「イルクーツ公、問題がないとはどのような状況だ。私のところには、北の国境沿いの蛮族が怪しい動きをしていると報告が上がっている」

イルクーツ公が明らかに気分を害した様子で片眉を上げた。

「はて、陛下にはどのようなご報告が上がっておりますでしょうか。確かに蛮族は動き回っておりますが、それはいつものことでございます。我がガルムザール王国に影響がないと判断したからこそ、問題はないとご報告申し上げた次第です」

丁寧ながら反感が満載の口調だ。

「もう一つある。イルクーツ公、北の領の税収が減っている。理由は把握しているか」

「勿論《もちろん》でございます。この夏、北の領は冷夏であったため実りが悪く、税収が減りました。天候等の不可抗力が原因で収穫が減った場合は税を減らしても良いとの陛下のお言葉に従った次第でありますが」

「ならば、税を減らした時にその報告をするのがそなたの義務であろう」

「承知いたしました。来月の会議で報告いたします」

一旦答えてから、イルクーツ公は大げさにため息をついた。

「第十四代陛下は私どもも知らぬ間にお忍びの視察をなさって国内の状況を把握していらっしゃいました。このような些末事《さまつごと》の報告の必要はなく、この会議は重要事項のみ扱う場であったために、準備を忘れてしまいました。――新国王陛下に深くお詫《わ》び申し上げます」

慇懃《いんぎん》な口調で一息に言い切ったイルクーツ公を、斜め前に座っている同じく古参の大臣が
「その言い方はあまりに失礼ですぞ、イルクーツ公」とたしなめた。

「第十五代陛下は、あの大きな黒獅子の御頭のせいで、どこにいても陛下だと知れてしまいお忍びになりようがないのだ。前国王陛下のようなお忍びの視察がおできになるはずもない。無理を言うでない」

泡が立つように、くすくすと議場に笑い声が広がっていく。その笑いを咎《とが》める者はいない。議長ですら黙ってテーブルに目を落としているだけだ。

ダルガートは黙って両手を握りしめた。

会議が終わると、半数ほどの重臣たちは、がやがやと話しながら議場の向かいの広間に歩いていく。前王妃が待っているのだ。

「王妃派」と呼ばれる彼らは、ダルガートに反感を持つ前王妃を中心にした会議に参加することを隠しもしない。彼らは今でも、呪われた黒獅子頭のダルガートを廃し、ダルガートの弟のガルグルを王にすることを諦めていないのだ。

ダルガートが王位について一年、当時ほとんどの重臣が属していた王妃派の数は半分ほどに減っている。それは、ダルガートを認めた者が少しずつ離脱していったからだ。

それはそれで誇らしく嬉《うれ》しいことではあるのだが、重臣の中でも特に力を持った老獪《ろうかい》な者たちに限って王妃派に残っていることが悩ましい。

ダルガートのすぐ後ろを歩いていたゼグが、広間に向かう重臣たちを横目で見ながら苦々しげに小さく舌打ちした。

「毎回毎回、堂々としたもんですね。隠そうともしない」

「ゼグ」とダルガートがたしなめる。

「さっきのイルクーツ公の報告だってふざけたものです。北の国境線のことは私の耳にだって届くくらいなのに」

「ゼグ」

「陛下だってもっとしっかりと叱責すればいいんですよ」

我がことのように憤慨してくれるゼグの姿に、ダルガートの気持ちがふっと軽くなった。金色の目をわずかに細める。

「私が父王のようにまめに視察に出られないのは事実だから仕方がない。私は彼らの報告に頼るしかないのだ」

「ですから、その報告をもっとしっかりさせて……！」

言いかけたゼグが口を閉じる。

「どうした」と尋ねたダルガートに、ゼグがふうと息をついた。

「陛下、笑っている場合ではないと思いますよ」

「そなたも私の笑い顔が分かるのか」

ダルガートの言葉に、ゼグが呆《あき》れたかのようにため息をつく。

「――分かりますよ。ずっと陛下のお側《そば》にいるのですから」

ダルガートが、リラとゼグにしか見分けられない顔で笑った。

離宮に繋《つな》がる回廊を歩いていたダルガートがふと足を止めた。離宮の方向に視線を投げる。

「どうかしましたか？」と尋ねたゼグに、ダルガートは「リラが踊っている」と答えた。

「王妃様が？」

「ああ。鈴の音が聞こえる」

「――私には聞こえませんが」

「私の耳は獣の耳だからな」とダルガートは小さく笑い、「しばらく時間をつぶしていこう」と回廊の手すりに両手を置いた。

不思議そうな顔をするゼグに、ダルガートが柔らかい声で言葉を補う。

「リラは私が戻ると踊るのをやめてしまうからな。駆け寄ってくるのは可愛《かわい》いが、リラの踊りを止めてしまうのは忍びない」

ゼグの顔が思わずというふうにほころんだ。

そよそよと吹く初夏の風が、ダルガートの黒髪とゼグの白髪を揺らす。リラが毎日せっせと世話をしている中庭の草花も太陽の光を浴びて輝いている。

「ゼグ」とダルガートが離宮を眺めたまま尋ねた。

「はい、陛下」

「北の国境は本当に問題ないのか」

ゼグの表情に厳しさが戻った。

「あくまでも『現時点では』問題なしです。ですが、国境の向こう側は何ともないとは言えません。ここ最近、蛮族どうしが頻繁に行き来をしていると昔の仲間から聞いています。そういう時は、なにかを企《たくら》んでいる可能性が高いのです」

北の国境は、大国と面している他の国境と違い、向こう側に複数の民族が存在している。統率している国がないため外交上の常識が通じず、不規則に大小の衝突が発生する。

ゼグは、ダルガートの親衛隊になる前は、北の辺境警備隊の分隊長だった。先ほどの会議でダルガートが言及した報告者とはゼグのことであり、ゼグへの情報提供者は現在の辺境警備隊員だ。おそらく一番正確な国境情報だろう。

「どうするべきと考える?」

「防御を固めて待機でしょうか。なにがあっても、我が国が先に国境を越えるわけにはいきません。向こうから攻めさせ、叩《たた》いて押し返す。現状でできるのはそれだけです」

「それで大丈夫なのか?」

ゼグがにこりと笑った。

「北の国境にいるのは、わが国で最強の辺境警備隊です。余計な外力が掛からない限り、彼らに任せておけば心配はないでしょう」

「外力とは?」

「例えば、このような時期に王族の方が現地を訪れるなどして、警備態勢を乱されることですね」

「――それは、北への視察はやめたほうがいいということか？　イルクーツ公の報告を確かめるために明日にでも向かおうと思っていたのだが。ちょうど明日と明後日は、前王妃が晩餐会《ばんさんかい》を開くため私は公務がない」

「畏れながら、平時ならともかく今回はお控えになったほうが賢明と思います」

ふう、とダルガートがため息をついた。

「つまり、報告をしようとしなかったイルクーツ公は結果として正しいということか」

ダルガートの呟《つぶや》きに、ゼグは何も答えなかった。それはおそらく是ということを示している。

「そろそろ行こう」とダルガートは歩き出した。ゼグも隣を歩く。

背を伸ばし闊歩《かっぽ》しながら、ダルガートは密《ひそ》かに両手を握りしめた。心の中にもどかしさが広がる。

ダルガートは帝王教育を受けていない。先王が黒獅子頭の王子を王にするつもりがなかったからだ。読み書きだけは教わったため、王国史や戦術はかろうじて書物から学ぶことができた。しかし、離宮に追いやられ、戦場に出る以外は軟禁状態で育ったダルガートは、実施で身に着ける交渉術に関しては特に弱い。国政に関しても、前国王がダルガートを同伴させることがなかったため経験が足りず手探りの状態だ。

ガルムザール国王として政務について一年、ダルガートは老獪で陰湿な前王妃派の重臣たちに振り回され続けている。気が休まる時はなく、今日の自分の行動は正しかったのかと自問自答する毎日だ。しかもその答えはない。

離宮に着き扉を開けると、中庭に下りていたリラがはっとした顔をして振り返った。そして「ダルガート様！」と室内に飛び込み、矢のような勢いで駆けてくる。

――なんだ？

その様子に、さすがのダルガートも驚いて一歩後ずさった。

確かにリラはダルガートが戻ったことに気付くと、やることの手を止めて「お帰りなさいませ」と歩み寄って出迎えるが、ここまで激しいことはなかった。

リラは子犬のように駆けつけ、ダルガートに抱きついた。とはいえ、巨漢のダルガートと小人族のリラの体格差は大きい。リラの細い腕が抱きしめたのはダルガートの腿《もも》だ。

「どうした、リラ」

慌てて尋ねるダルガートを反り返る勢いで見上げて、リラが「ばばさまから連絡がありました！」と紅潮した頬で叫ぶ。

「ついさっき鳥が届けてくれたんです！　北の森の呪術師の弟子の居所がわかったって！」

ダルガートの心臓がどくんと音を立てた。ダルガートは逸《はや》る心を抑えてリラを抱き上げ、自分の腕に座らせる。そうするとダルガートとリラの視線はかなり近くなる。

「――本当か？」

「本当です。西の果ての町にいるって。薬屋をやっているそうです。ほら……！」

リラがダルガートに見せた紙切れには、ダルガートが読めない文字が記載されていた。小人族の文字だ。小人族は、貴石の鉱山の秘密を守るために独自の記録方法を持っているのだ。

「行きましょう、西の町に！　ダルガート様の呪いを解く方法を聞きに行きましょう。できるなら明日にでも」

リラの頬は興奮で赤く色づき、青い瞳はきらきらと輝いている。自分の呪いを解くためにこんなに一生懸命になってくれるリラの姿に、先ほどまで抱えていた鬱屈が溶かされていくような気がして、ダルガートは思わず笑う。

「リラ、それはあまりに性急ではないか？」

「――だって、ずっと待っていた報《しら》せだし、今回を逃したら彼女がまた移動して居所が知れなくなってしまうかもしれないし、なにより、早く呪いを解きたいじゃないですか。いや、解かないとしても解き方は知っておきたいじゃないですか」

早口で言い募るリラに、ダルガートはとうとう笑いだしてしまう。

「――な、なんですか」

「いや、リラがあまりに興奮しているから」と笑いながら言ってから、ダルガートは「ゼグ」と振り向いた。

「取りやめた北の国境への視察の代わりに、西へ行くことにしよう。西の果ては北よりも遠い。今晩から動けるか？」

「承知いたしました。準備いたします」とゼグが笑顔で敬礼する。彼もダルガートのために呪いの解法を知りたがっている一人なのだ。

「え？　ダルガート様、今晩ですか？」

「そうだ。早いほうが良いのだろう？」

「やった！」と両手を握りしめてリラが叫ぶ。

「俺も準備します！」と腕の中から飛び降りる小さなリラを、ダルガートが微笑《ほほえ》みながら見つめた。そっと自分の胸に手を当てれば、手のひらに鼓動を感じる。自分の体が温かいと思った。宮殿でどれだけ心が冷えても、リラに会うとこうやって温かさを取り戻せる。

――私の太陽。絶対に失いたくない宝物。

リラに出会えた奇跡をいつものように噛《か》みしめ、ダルガートは顔を上げた。

黒獅子の頭に、先ほどまでの沈鬱さはなかった。

◆

翌日の昼過ぎ、ダルガートとリラとゼグの三人は、ガルムザール王国の西の端にある小さな町にいた。

地方視察と告げて王宮を出てきた彼らは、身分を隠すためにフード付きの粗末な外套《がいとう》で身を隠している。それでも、顔まで隠れるようなフードを頭から被《かぶ》った巨漢のダルガードと、まるで幼児のように小さいリラ、普通の背格好だが騎士ゆえに姿勢が良すぎるゼグの三人組はかなり目立った。町の民が怪訝《けげん》そうに振り返りながらすれ違っていく。

「陛下、あそこの薬屋です」

辿《たど》り着いた薬屋の前で、ダルガートがひょいとリラを抱き上げる。幼子を抱くように片腕に乗せ、もう一方の手は外套の下でさりげなく剣の柄《つか》にかけた。

ゼグが戸を押すと同時に蝶番《ちょうつがい》がキイと音を立て、奥から年配の女性が「いらっしゃい」と姿を現した。

彼女の顔を見たゼグがダルガートに目配せをする。彼女は確かに、ゼグが二十年前に見た北の森の魔法使いの弟子だった。

だが、彼女はゼグのことを覚えていないらしい。静かな表情で「薬がご入用ですか?」と三人に尋ねる。

そんな彼女の前で、ダルガートがフードを取った。

「えっ」という呟きとともに彼女が硬直する。ダルガートたち三人も動きを止めた。

痛いほどの沈黙。それが何秒程度だったのかは分からない。やがて彼女は、ふうっと息を吐くと、その場で腰を落としてダルガートに深々と頭を下げた。

「ようこそお越しくださいました。第十五代国王陛下」

彼女の声は、なぜか泣きそうに揺れていた。

「長い間、ずっと、お待ち申し上げておりました」


「あの術の解き方は、至って簡単なのです」

彼女は小さなガラスの小瓶をテーブルの上に差し出した。

親指ほどしかない小さなガラス瓶には、透明の液体が入っている。

四人は、薬局の真ん中でテーブルを挟んで向かい合っていた。ダルガートの左にゼグが座り、リラは右の椅子の上に立っている。彼女は座らず、三人の向かいに立っていた。

「これを飲めば国王陛下の呪いは解けます」

「……これを飲むだけで……？」

リラがテーブルに身を乗り出して彼女に尋ねる。その声には訝《いぶか》しさが詰まっていた。

「その通りです」

「呪文を唱えたり、陣を書いたりするのではなく？」

「はい」

「――そんな簡単に……？」

リラが絶句する。一方のダルガートは、自分が聞きたいことを次々とリラが口にしてくれるので、まだ一言も発していない。ゼグも黙ったままだ。

そんな三人の前で、彼女は小瓶を見つめたまま口を開いた。

「あまりにも簡単な解法で驚かれたことでしょう。ですが、師匠はわざと簡単にしたのです。第十四代国王が謝罪に訪れさえすればこれを渡すつもりで、ずっと用意しておりましたから」

その言葉に、ダルガートが金色の瞳をわずかに眇《すが》めた。初めて口を開く。

「今、前国王が謝罪に訪れればと言ったか？」

「はい。第十五代国王陛下」

「前国王はこの黒獅子の頭がそなたの師の呪術によるものだとご存じだったのか？」

彼女の答えには数瞬の間があった。

「――はい。第十四代国王はご存じです。師匠が文を届けましたので」

ダルガートの心臓がどくんと音を立てた。

――父上が知っていた……？

くらりと目の前が揺れた気がした。ダルガートの心が衝撃で震える。

もし前国王が呪いだと承知していたのなら、今までの前提がすべて崩れる。彼は、不吉な息子を厭《いと》ったのではなく、息子に呪いを押し付け、そのうえであえて慰み者にしたのだ。

――父上……！

握りしめた手に冷たい指が触れるのを感じて、ダルガートははっとして目を瞬く。リラだった。リラが大きなダルガートの手に小さな自分の手を重ねている。落ち着いてください、というように。すうっと気持ちが静まり、ダルガートはふうと息をついた。

彼女はそれを待っていたかのように、再びゆっくりと口を開く。

「この薬を飲めば、第十五代国王陛下にかけた呪いは解け、ただの人間に戻ります。負けることも、死ぬこともある、ただの人間に」

ただの、という言い方が心に引っかかり、ダルガートが再び目を細め、「どういうことだ？」と尋ねた。

彼女が顔を上げた。初めて正面から視線を合わせてダルガートの顔を見つめる。強い瞳だとダルガートは思った。

「陛下は、術がかかっている限り死ねません」

「――死ねない？」

思いがけない言葉に、ダルガートが尋ね返す。

「はい。師匠は、第十四代国王をより苦しめるために、生まれる王子に黒獅子の頭を与えると同時に、なにがあっても絶対に死なない呪いをかけました。苦しみの原因が早々になくなってしまってはたまりませんから」

ダルガートは瞬きもできずに彼女を凝視した。だが彼女も、そんなダルガートから目を逸《そ》らさずに言葉を続ける。

「さらに師匠は、その王子が絶対に戦に負けない呪いもかけました。第十四代国王が一層悔しがり苦しむように」

ダルガートの心臓は、ばくばくと音を立てていた。自分の手のひらがしっとりと汗ばんでいくのを感じる。

「……そなたの師は、父上に田に落とされたことがそれほど屈辱だったのか」

彼女はしばらく黙ってダルガートを見つめ、そしてゆっくりと口を開いた。

「田に落とされたことだけが原因ではございません。師匠の心には、ガルムザールの王族方に対する恨みがじわじわと積もっておりました。あの日の出来事でその針が振り切ってしまったのです」

ダルガートが目を眇める。

「――恨みとは」

「師匠は、先の師匠を第十三代国王に殺されました」

　ダルガートが息を呑んだ。リラも顔を顰《しか》める。

「先の大戦で、ガルムザール王国は呪術師の力を借りて大国の侵略を退けました。その後の出来事を陛下はどう聞いていらっしゃいますか？」

「呪術師が国を乗っ取ろうと反乱を起こし、第十三代国王が鎮圧した、と伝えられている」

「畏れながら、それは事実ではありません。第十三代国王は、感謝の宴を開くと言って戦闘に協力した呪術師を城に呼び集め、そこで皆殺しにしたのです。まだ幼く、城に連れて行ってもらえなかった師匠は、そのときに先の師匠を失いました」

　ダルガートが愕然《がくぜん》とする。

「それは事実か」

「事実です。ですから、呪術師は王族方を嫌っているのです」と彼女が静かに答える。

「――なぜそんなことを……」と尋ねたダルガートの声は揺れていた。

「第十三代国王は、国を守るほどに強大だった呪術師の力に恐怖を抱かれたのです。その後に国王が発表した『呪術師の反乱』という言葉を民は信じ、英雄であったはずの呪術師は忌むべき存在に堕《お》とされました。師を失った幼い師匠は、悪意に晒《さら》され、命を脅かされながらも、第十三代国王陛下に復讐《ふくしゅう》することだけを支えに独学で呪術を磨いて生き延びたのです」

　彼女はそこでいったん言葉を切った。

　三人はなにも言えず黙ったまま、彼女の次の言葉を待っていた。

「しかし、ほどなく病に倒れられた第十三代国王陛下の跡を継いだ第十四代国王陛下は、若い時から賢王としてこの国に平穏をもたらされました。そのお姿に、いつしか年老いていた師匠も恨みを捨て怒りを呑み込もうと努めていたその時、あの出来事が起きました。師匠の心に恨みが蘇《よみがえ》り、……あの日を境に、師匠はまるで人が変わったようになってしまいました」

ダルガートは膝の上で両手を握りしめた。初めて耳にした真実に動揺が隠せない。

「私がここで薬屋をしているのは、それが師匠の遺言だからです。師匠は、私が呪術師を継ぐことを許してくださいませんでした。忌み嫌われる呪術師になどなるな、与えた知識を生かして薬師を名乗れ、と。薬草の知識にこっそりと術を混ぜて人を癒し、喜びの顔だけを見て暮らせ、と」

そして彼女は、テーブルの上に置いた小さな小瓶に視線を落とした。

「師匠の遺言通り、この薬は差し上げます。いつ飲むかはお任せいたします。今飲んでも、何十年後に飲んでも、効果がなくなることはありません。ただし、必ず一度で全てお飲みください」

小瓶を差し出した彼女に、それまでずっと黙っていたゼグが口を開いた。

「あなたは、黒獅子の頭の呪いを解く方法を知っていました。呪いの本当の対象が先代の国王陛下であることも。それなのに、なぜ今まで黙っていたのですか」

ゼグの言葉には静かな怒りが籠っていた。

「この呪いのために陛下がどれだけ苦しんでいらっしゃったか……！」

感情的になって叫んだゼグを、「それはもういい。ゼグ」とダルガートが遮る。

「ですが陛下……！」

「もういいのだ。過ぎたことだ」とダルガートが繰り返すのとほぼ同時に、彼女が「できなかったのです！」と強い言葉を被せた。

「……陛下がご自分でここに辿り着くまで私から伝えないように、私にも術がかけられていたのです」

それは、ずっと静かに風のように喋《しゃべ》っていた彼女の、初めて耳にする感情の籠った言葉だった。

その言葉にダルガートははっとした。ダルガートを一目見た時の彼女の震えた声を思い出す。

――彼女も苦しかったのだ。きっと、黒獅子頭の王子の悪い噂《うわさ》を耳にするたびに心が痛み、早く気付いてここに来てくれと願いながら日々を過ごしていたのだろう。……彼女もまた、呪いに翻弄された一人なのだ。

ゼグも同じことに思い至ったのか、息を呑むようにして口を閉じている。

重い沈黙が流れる中、ダルガートは手を伸ばして小瓶を摘まんだ。そして、「申し訳なかった」と静かな声で告げる。

「――第十四代国王と第十三代国王に代わって私が謝る」

彼女の目に驚きが浮かんだ。

「いつか、――真実を明らかにして、呪術師の権威を取り戻すと約束しよう」

まさかダルガートが謝るとは思わなかったのだろう。明らかに戸惑った彼女が再度口を開くまで数秒の間があった。

彼女は首を横に振った。

「いいえ。その必要はございません。第十三代国王陛下と第十四代国王陛下は、善き王として民に尊敬されています。わざわざ過去の悪事を明らかにして、今のこの国の平和に波風を立てることを望んではいません。日陰者ではありますが、私もガルムザール王国の民。この国を愛しております」

今度はダルガートが目を見開く番だった。しかし、彼女の言葉に嘘《うそ》は感じられず、ダルガートの胸がぐっと詰まる。

「そうか。ならば、――ゼグ、今持っている金貨をすべてここに置いていけ」

「それも必要ありません」と彼女はまた首を振った。

「師匠の積年の苦しみと恨みを、金に代えて水に流したことにしたくありません。お持ち帰りください」

頑《かたく》なな彼女の声に、ダルガートの息が詰まった。許したい心と許せない心がせめぎあっている様子をひしひしと感じる。

「──ならば、私はどうそなたに報いればいい？」

ダルガートに尋ねられ、彼女はゆっくりと顔を上げた。

「今、第十五代国王陛下に願うことがあるとすれば、この平和が一日でも長く続くようご注力いただき、この国に生まれたことを誇る民をいっそう増やしていただきたい、それだけです」

彼女の瞳は、揺らぎ一つなく、ダルガートの金色の瞳を見つめていた。それが彼女の本心であることは誰の目にも明らかだった。

「──分かった」ダルガートは静かに告げた。

「私も、我が国の民の幸せを心から願っている。そなたの言葉、しかと心に刻もう」

ダルガートは、心を込めて彼女にそう告げた。国王が一介の薬師に「心に刻む」などという言葉を使うことはきっと相応《ふさわ》しくない。だが、この決心を告げるにはその言葉しかないとダルガートは思った。

少しの間の後、「第十五代国王陛下」と彼女が口を開いた。

「その言葉を、どうぞお忘れなきよう。第十五代国王陛下のなさりようをこの国のすべての呪術師が、──そして私も、常に見ております」

彼女の言葉は、刃のように鋭かった。

当然だ、とダルガートは思う。三代続く積年の恨みが一度の謝罪程度で消えるはずがない。

──ならば、時間が掛かろうとも、信じてもらえるような王に私がなるしかない。

ダルガートは息を詰め、両手を握りしめた。

薬屋を立ち去り際、リラがふと立ち止まった。

「もしかして、あれは願いを叶える木ですか？」

リラの青い瞳は窓辺の鉢に注がれていた。ふさふさと茂った緑の葉の間に、ぽつぽつと小さな赤い実が見えている。

「そうです。師匠から株分けされたものです」

「こんな木なんですね」とリラが感心したように呟く。

「北の森の呪術師の小屋に落ちていた実を拾って植えてみたんですけど、芽は出すんですが、すぐに枯れてしまって。——あ、すみません、勝手に実を持ち帰ってしまって……！」

彼女は驚いたように目を瞬いてから、「構いません、王妃様。枯れた実は呪術に使いませんから、いくらでも持ち帰っていただいて大丈夫です」とリラに告げた。

リラに対する彼女の態度は、ダルガートに対する時よりも明らかに柔らかい。それだけでもリラを連れてきて良かったとダルガートは思った。

「あと、この木を種から育てるのはかなり困難でしょう。願いを叶える木を育てる名人と言われた師匠でさえ、株分けと接《つ》ぎ木で増やしていましたから」

「そうなんですか」とがっかりした様子のリラに、彼女は赤い実を二粒ぷちっと摘んで差し出した。リラが目を丸くする。

「どうぞお持ちください、王妃様。落ちる寸前の完熟の実ですので今晩しか持ちませんが」

「——……いいんですか？」

躊躇《ためら》い顔でリラは彼女を見上げた。

「私たちは、あなたのお師匠様を苦しめた王族の一員で、しかも呪いを解く薬を頂くばかりで何もお返しもできていないのに、……願いを叶える実まで頂いていいんでしょうか。お師匠様が怒りませんか？」

　わずかに驚いたような顔をしてから、「構いません」と彼女は柔らかい声で言った。

「第十五代国王陛下は、謝ってくださいましたから。ご自分が師匠を田に落としたわけでもないのに。私が謝罪を要求したわけでもないのに。——あの一言で、私は泥のように淀《よど》んでいた心が少し楽になるのを感じました。きっと師匠も実を分ける程度は許してくれると思います」

　リラが見上げた彼女の顔は、小さく微笑んでいた。

　それは、かすかではあったが、リラたちが初めて見た彼女の笑顔だった。

「ありがとうございます」とリラが赤い実を受け取り、大切に手のひらで包む。

「では、国王陛下には呪いを解く薬を。王妃様には願いを叶える実を」

薬屋を出ると、すでに日が傾き始めていた。

「では、本日の宿に向かいましょう」

フードを目深に被り顔を隠したダルガートにゼグが言う。

「宿を取ったんですか？」と驚いたリラに続けて、ダルガートが「ゼグ、その宿は断ろう」と首を振った。

「そなたは知らなかったのだろうが、私はいつも野営なのだ。呪われた黒獅子頭の自分が泊まったと知れれば、その宿を利用する客が減り、迷惑をかける」

だが、ゼグはにっこりと笑った。

「その噂は存じ上げております、陛下。ですから、今晩の宿は私の季節の別荘です。隣町から少し離れたところにあるんですよ」

ダルガートは驚いて目を瞬き、そしてはっとする。

ゼグは先代国王の近衛隊の先駆けだった。つまり、ゼグの家は、国王の近くに息子を士官させられるほどの名家なのだ。

それなのにゼグは、近しい身内はもういないと言っていた。おそらく、ゼグが結婚しなかったために絶えてしまったのだろう。ゼグもまた、ダルガートの呪いのせいで人生を狂わされてしまった一人なのだ。

「すでに家令に連絡を入れ、部屋を整えさせてあります。ぜひお越しください」

それなのに、ゼグの口調は温かい。ダルガートの胸に申し訳なさと感謝が広がる。主君を助けることのできる誇らしさが滲《にじ》み出ているそれは、先ほど薬屋で傷つき硬くなっていたダルガートの心も少なからず救った。

「では、そうさせてもらおう。感謝する」とダルガートが答えれば、ゼグは嬉しそうに笑った。

「私こそ光栄です。準備が整った後、家令や使用人は帰らせましたので、お寛《くつろ》ぎいただけるはずです」

ゼグの別荘は、隣町を一望できる斜面にある小ぶりの屋敷だった。到着するや否や、ゼグはてきぱきと屋敷を案内した。

「陛下と王妃様はこの客間をお使いください。私は湯あみの用意をしてまいります。着替えはここに……」

ワードローブの戸を開けたゼグの言葉がはっとしたように止まる。ゼグの肩越しに中を覗《のぞ》き見れば、そこにあるのは通常の大きさの着替えだけだった。さあっとゼグの顔が青くなる。

なるほど、とダルガートは状況を理解した。巨漢のダルガートが着られる大きな服も、子供のように小さなリラに合う服もないのだ。

焦ったゼグが頭を下げる。

「陛下、――申し訳ありませんが、着替えが……」

「構わぬ。寝るだけだ。裸でも良かろう」

ダルガートは平然とそう言ったが、ゼグは動揺と落胆を隠せない。主君を裸で寝かせるなんて……という落ち込みが明らかに見て取れる。

その場を救ったのはリラだった。リラはぴょんとダルガートの腕から飛び降りて、明るい顔で二人を見上げた。そして楽し気に言う。

「だったら、さっきの願いを叶える実を食べて、ダルガート様と俺が普通の人の大きさになったらいかがですか？」

予想もしていなかった提案にダルガートが驚く。

「もう使うのか？」

「効果があるのは今晩だけと言っていましたし、それが過ぎて干からびてしまったら王宮にある実と一緒ですから。使わないのは勿体《もったい》ないです」

にこにこと言うリラにダルガートは戸惑う。貴重な実だ。干からびたとしても近い道はあるのだ。無駄に使わずに、取っておいたほうがいいのではないかと思う。

だが、ゼグの言葉で考えが変わった。

「では陛下、この機会に念願のお忍びの視察をするというのはいかがですか。黒獅子の姿でなくなれば、陛下だと気づく者はいません。町で民の声を聞きましょう」

　ダルガートが目を瞬く。

「――それは、……魅力的な提案だな」

　重臣たちに言われたとおり、この黒獅子の頭のために、ダルガートは今まで民の正直な声を聞くことはできなかった。だが、普通の姿になって紛れこめるとしたら……？

「じゃあ、そうしましょう」とリラが明るく言った。

「願いを叶える実のこの上ない有効活用です。ゼグさん、案内をよろしくお願いします」

◆

「あああ、こんなお姿なんですね」

　ゼグは、目の前を歩く人の姿のダルガートをまじまじと見つめて、幾度も感嘆のため息をついている。

「そんなに見るな」

　あまりにも見つめられすぎて、さすがに居心地が悪くなったダルガートがゼグに背を向ける。

だいいちダルガート自身も、初めて自分の姿を見た動揺から抜け切れていないのだ。

願いを叶える赤い実を食べて数分後、鏡の中にいた自分は思ってもいない姿をしていた。緩やかに巻く黒髪に黒い瞳。長い睫毛《まつげ》とくっきりとした理知的そうな眉。鼻筋はすうっと通り、形のいい薄い唇が続く。

「……リラ、これは夢の中の私と同じ姿か？」

「そうです」と答えられてダルガートはなぜか動揺した。ある程度の容貌はリラから聞いていたが、黒獅子頭の自分しか知らなかったので、獣のような野蛮でごつごつした人の姿になると思っていたのだ。だがむしろ、鏡の中にいる自分は凛々《りり》しくありながらしなやかで優し気な面持ちをしていた。

――これが、自分……。

眉の形や額の広さ、輪郭がどことなく父王に似ていた。少なくとも弟のガルグルよりは父王に近い。ああ、やはり親子だったのだと思う。

体格も変わった。全体的に少し小さくなって巨漢ではなくなり、体の厚みは減ったものの逆三角形の上半身のまま俊敏《しゅんびん》そうな筋肉質の体つきになった。ゼグが用意した着替えも誂《あつら》えたように体に添う。今はそれに、庶民が身に着ける上着を羽織っている。

ゼグが再び感嘆のため息をつく。

「黒獅子の時ほどがっしりしてはいませんけど、立派なお体です。さすがです。日々の鍛錬は、こんなところにも現れるんですね。お顔も凛々しくて、――ああ、麗しい」

「ゼグ、もういい。見るな」

「いえ、見させてください。本当の陛下のお姿なのですから、しっかりと目に焼き付けておかなくては」

　少し後ろを歩くリラが、そんな二人のやりとりを見ながらけらけらと笑う。楽しそうなリラの服は少し大きめだ。それに袖を通しながら、「ずるいですよね。人の姿になっても俺はダルガート様やゼグよりこんなに背が低いんですから。願いを込める時に、お二人より大きくしてくれって言えば良かった」と落ちこんでいたリラを思い出す。

　ダルガートに背を向けられて拒絶されたゼグは、今度はリラを振り返り、その顔を見つめてにっこりと笑った。

「な、なんですか。ゼグさん」

「王妃様のお顔が自分の目の前にあるのが新鮮で……。小さな姿の時から大きな目だと思っておりましたが、この大きさになると一層際立ちますね。こんな夕暮れ時でも美しいのですから、月明かりの下で見たらどんなに美しく神秘的でしょうね」

　ゼグはいかにも浮かれている。

「――ゼグさん、別荘を出る前にお酒飲みました?」

「まさか。国王陛下の親衛隊として、陛下や王妃様に同行させていただいている時は、一滴たりとも飲む気はありません。ただ、あまりに貴重なお二人の姿に興奮を抑えきれないだけです。ああ、なんと素晴らしい。願いを叶える実、最高です……！」

両手を握りしめて震えるゼグを前に、ダルガートとリラは顔を見合わせて思わず笑ってしまう。

ゼグは普段から、ダルガートにこれ以上ないくらいの敬意を持って付き添っている。心酔していると言っても良いかもしれない。北の辺境警備隊の分隊長であったゼグは武人としても頼もしく、また良家の出自らしく礼儀作法もしっかりとしている。他人のいる場では非の打ち所のない完璧な主従の関係を見せるが、ダルガートとリラと三人だけの場では多少リラックスした態度になることもある。彼はまさに、今まで誰にも相手にされず孤独だったダルガートにとって兄のような存在だった。

それでもこんなに極端なゼグの反応はダルガートの予想をはるかに超えていた。だが、それが逆に温かい。

「ゼグ、下町に着いたら私たちのことをなんと呼ぶつもりだ。まさか、陛下と王妃と呼ぶつもりではないだろうな」

苦笑しながら尋ねたダルガートに、ゼグが「畏れ多くも、ダルガート様とリラ様と呼ばせていただくつもりでおります。お許しいただけますでしょうか」と答える。

「分かった」とダルガートは思わず笑ったが、その直後にすっと気持ちが沈むのを感じる。薬屋で呪術師の弟子から聞いた言葉の衝撃はまだ消えていない。ふっと気を緩めると、胸が絞られるような苦しさが蘇る。

——父王はなぜ……。

彼女の射るような強い視線も忘れられない。恨みというよりも、審判を下すような瞳だった。重い気持ちに取り込まれそうになったダルガートに、すっとリラが寄り添う。はっとして横を見れば、リラはダルガートと目を合わせてにっこりと笑った。

その途端に、すうっと新鮮な空気が胸に入ってくる気がした。

——リラはいつもそうだ。呑み込まれそうになるたびに私を引き上げる。

「早く行きましょう、ダルガート様。もう日も暮れたし、俺も早く美味《おい》しいものを食べたいです」

「そうです。行きましょう。陛下、夜は短いんです」

二人に揃って急かされ、ダルガートは笑った。

ゼグが十代の頃に家族と一緒に来たという酒場は、ちょうど良い具合に混んでいた。三人が目立つほど閑散とはしていないし、隣の会話が聞こえるほどごった返しているわけでもない。

料理を両手に持って歩き回っている恰幅《かっぷく》の良い女主人の姿を見ながら、ゼグが「私が来ていたころは、下町の男どもが彼女の姿を見るためだけにこの店に来るくらいの愛らしい看板娘だったんですけどね、時というのは残酷ですねえ……」とこの上なく失礼なことを呟く。

「まあ、自分だって髪の毛真っ白で、なにも言えないんですけどね。さてダルガート様、リラ様、なにを召し上がりたいですか？　前と変わっていなければ、どれを食べても美味しいですよ」

尋ねられて、ダルガートとリラは顔を見合わせる。

「ゼグに任せる」と言ったのはダルガートだ。

「私は庶民の食べ物をほとんど知らないし、リラもずっと小人族の村にいたから、外の料理に詳しくないらしい」

「承知いたしました。では、適当に頼みますね」

そうして出てきた料理を一口食べて、リラが「美味しい！」と感嘆の声を上げた。

「ゼグさん、これすごく美味しいです！　何の肉ですか？」

大皿には、野菜と一緒に煮込んだごつごつした肉が載り、ほかほかと湯気を上げている。

「これは羊ですね」

「これは？　このこってりした黒いの」

「芋です。叩いた魚を練りこんで揚げて、砂糖と香辛料を煮詰めたタレを絡めたものです。このあたりの家庭料理ですよ」

「すごく美味しい……！　この飲み物も最高です」

「花茶です。茶葉の代わりに乾燥した花弁を使っています」

次から次と手を出して食べるリラを、ダルガートが「そんなに食べて大丈夫なのか？　気を付けろ」とたしなめる。

「だって、どれも美味しいし」と言った後で、リラは二人に顔を近づけて声を潜めて「小さい体だとちょっとずつ食べるだけでもすぐにお腹《なか》がいっぱいになってしまうけど、大きな体だといくらでも食べられて最高です」と笑いながら言った。

小声で言ったリラの口調は王宮でいつも耳にしている上品なもので、ダルガートは、リラがこの場であえて普通の青年の口調で喋っていることに気付いた。

興味の尽きないリラが、「ゼグさん、他のも食べたいです」ときらきらした顔でねだる。

「いいですよ。どんなのがいいですか？」

「あのテーブルで食べてるあれは？」と視線で示すリラに、「蒸し魚ですね。分かりました」とゼグが答えれば、リラが嬉しそうに笑った。金色の髪がきらきらと光る。

「ちょっと時間が掛かる料理ですけど大丈夫ですか？」

「大丈夫です！　じゃあ待ち時間があるなら、……ダルガート様、俺、あそこに行ってきていいですか？」

リラが小さく指さした先は、酒場の中央部分だった。いつの間にか人が集まり、演奏に合わせて踊りの輪が広がっている。

二階以上が宿屋になっているこの酒場には、たいてい一人か二人楽器を扱える旅人が訪れている。場が盛り上がると誰からともなく踊りだし、居合わせた旅人が楽器を奏でだすのが常だった。それが可能なように、中央部分はあえてテーブルの間隔をまばらにしてあるのだ。

ダルガートが「いいぞ」と許可を出し、「ありがとうございます！」とリラが顔を輝かせて立ち上がった。

二人だけが残されたテーブルで、ゼグが不安そうに「大丈夫でしょうか。リラ様のお姿は王妃様のままです。気付かれてしまうのでは……」と小声でダルガートに尋ねる。

「大丈夫だろう。その辺りはリラも気を付けている。ここにいるリラは口調も仕草も男で、王宮にいるリラとは全く違う。それにリラは、その容貌よりも小人族だという事実のほうが知れている。あの姿ならばほぼ気付かれないだろう。さっきからずっとちらちらとあそこを見ていたからな。自分も踊りに交じりたくて仕方がなかったに違いない」

ダルガートが微笑んでリラの後ろ姿を見つめる。

ゼグはそんなダルガートの横顔をじっと見つめてから、小さく笑って目を伏せた。こっそりと指の背で目尻をこする。

リラを見守るダルガートの横顔があまりに優しかったのだ。黒獅子頭の下にこんなに凜々しい顔が隠れていたことも驚きだったが、それ以上に、彼がリラを見つめる視線の温かさにゼグの胸が詰まった。

良かった、とゼグは心の底から思う。

――孤独だった陛下に、こんなに愛する人できたなんて。

自分が真実を隠し続けたせいでダルガートが二十年も苦しんだのだと自分自身を責め続けていたゼグには、愛し合うこの二人の姿がなによりもの救いだった。

感情が出にくい黒獅子頭の裏で、この方はこんな優しい顔で王妃を見つめていたのだと思ったら、じわりと鼻の奥が滲んだ。大切な人たちが幸せそうなことがどうしようもなく嬉しい。そして、そんな二人の側に唯一の親衛隊として置いてもらえることに、限りない感謝と誇りを感じる。

やがて中央部分に着いたリラが踊り始めた。

最初は控えめに、だが徐々に抑えきれないように動きが大きくなっていく。青い目を細めてきらきらと楽しそうに笑いながら、軽快にステップを踏んでくるくると踊る青年の姿に、「いいぞ、兄ちゃん！」と周囲から声が飛んだ。誰からともなく手拍子が始まり、やがてそれは酒場全体に広がっていく。

リラの踊りがあまりに映えるので、リラが来る前から踊っていた女性が気圧《けお》されて席に戻りそうになるが、リラはそれを引き留め、手を取って一緒に踊りだす。戸惑っていた彼女がリラに誘導されてくるりと回ると、わっと場が沸いた。リラは別の手で今度は男性を引き留め、やはり一緒に踊り始める。

結局、次から次とリラに手を取られることによってほとんどの人が残り、踊りの輪はリラを中心に盛り上がっていく。

心から楽しそうに笑って踊るリラは、ここでも太陽のようだとダルガートは思った。輝く金色の髪、きらきらと明るい笑顔。リラはまるで酒場全体に光を運んできたようだった。踊る人も見る人も、リラと視線が合うと自然に笑顔になる。

「――すごいですね、リラ様は」

ゼグの呟きに、「そうだな」とダルガートが微笑んで返す。

そうしてしばらく二人で、光を振り零《こぼ》しながら踊っているようなリラを見つめていたら、唐突に隣のテーブルの会話が耳に飛び込んできた。

「あれ、小人族かな。あの髪と目の色と踊り。俺さ、宝石の買い付けで小人族の村に時々行くんだけど、なんか似てるんだよな」

ゼグがぎょっとした顔をする。ダルガートもさりげなく横目でその方向を見た。

商人が飲み交わしている席のようだった。三十代くらいの男たちが三人で飲んでいる。食べ物は少なく、代わりに酒瓶が何本も置いてあった。すでに酔っぱらっているようで、彼らの声は大きい。だからダルガートとゼグのテーブルにも声が届いたのだ。

「なに言ってるんだよ。そんなことあるわけないだろ。小人族は小人だから小人族なんだろ。あんなに背が高かったら小人族じゃないさ」

げらげらと笑いながら酒をあおる彼らの会話に、ゼグは焦った顔を隠せない。ダルガートは黙って彼らのやりとりに耳を澄ました。

酔っぱらいの会話は続く。

「小人族と言えば、今の陛下の王妃様も小人族なんだっけ？」

「ああ、そうだよ。俺も最初は、黒獅子頭の呪われた王子に嫁ぐなんて、なんて災難だろうと思ったけど、小人族の奴ら喜んでるんだよな」

呪われた王子という言葉が出た時に、ゼグの表情が明らかに固まった。ちらりとダルガートを見て、次いでリラと店の出口に視線を投げる。できればダルガートに聞かせたくないとの気遣いなのだろう。

だがそれは、物心ついたころから悪意に晒され続けたダルガートには聞き慣れた言葉でしかない。それに、たとえ耳に痛いとしても、庶民のこのような意見もダルガートが聞きたいもののひとつなのだ。ゼグの焦りを横に、ダルガートは平然と彼らの会話に耳を傾けていた。

「喜ぶ？　どうしてだよ。税が免除されたとか？」

「いや、そういうことは一切ないらしい。ただ単純に嬉しいらしいよ。小人族は陛下が好きなんだとよ。買い付けに行った時にそう言ってた」

「それはまた奇特な……」

「俺も最初はそう思ったよ。だけどさ、よくよく聞いたら、三年前の戦の時に、小人族の村は陛下に海の向こうの侵略から守ってもらってるんだとさ」

「ああ、あの時か。陛下の黒獅子頭に恐れをなして敵兵が撤退したっていう……」

「そう。そういうことがあれば感謝もするだろうなとは思ったよ」

「呪われた黒獅子頭も時には役に立つもんだな！」

ゼグが肩を怒らせ、テーブルの上で両手を握りしめている。今にも立ち上がりそうな彼の握りこぶしに、ダルガートが自分の手を被せた。

はっとして顔を上げたゼグに、ダルガートが小さく首を振る。

ぐっと息を詰まらせ、ゼグがダルガートを見つめたその時、「ダルガート様、一緒に踊りませんか？」とリラが遠くから手を振った。

ダルガートは「いや、私はいい」と断ったが、「いいですね。行ってきてください！」とゼグが力いっぱいに薦める。さらにテーブルに戻ってきたリラに「行きましょう」と腕を引かれ、ダルガートは苦笑しながら立ち上がった。

「リラ、私は踊りは知らないぞ」

「大丈夫です。俺の真似《まね》をしてください。適当に踵《かかと》で床を叩いて、音楽に合わせて手と腕を振るだけですよ」

あまりに雑な指導にダルガートがくっと笑った。こんな指示でリラのように踊れたら奇跡だ。自分がどれだけ目立っているのか気付いていないのだろうとおかしくなる。

「そういえば、ゼグさんがぐったりと疲れ果ててますけど、なにかあったんですか？」

「いや、特にない」とダルガートがしれっと答える。

酒場の中央に辿り着き、リラに腕を引かれたダルガートが踊りの輪に足を踏み入れた。

「おやまあ、またいい男を連れてきたね」と手を叩いたのは女主人だ。

「いいぞ色男！」と声がかかり、手拍子に合わせてリラが踊りだす。リラに目配せされ、ダルガートもリラを真似てそれなりに踊りだした。もともと運動神経の良いダルガートだ。音楽のリズムに乗って体を動かすだけで十分目を引いた。

――なるほど、これが踊りか。

確かに気持ちがいいと思った。体を鍛えたり、剣技を磨くのとは違う楽しさがある。

すぐ隣にきらきらとした笑顔を振りまいているリラがいるのもダルガートの気持ちを浮き立たせた。見慣れた小さな妖精のような踊りではなく、自分と同じ大きさのリラが目の前で踊っているのが不思議で、どことなく夢見心地になる。

「若いの、いいぞ！」

酒のコップを掲げた酔客が声をかける。その若いのが国王だと知ったら、驚いてひっくり返るのだろうなと思ったらおかしくなって、ダルガートはこっそりと笑った。

そうしてしばらく踊った後、満足げに頬を紅潮させたリラと、額にわずかに汗をかいたダルガートは、踊りの輪から離れてゼグが待つテーブルに向かった。

「ただいま、ゼグ」とリラが声をかければ、ゼグがはっとした顔で立ち上がる。明らかに焦ったゼグの表情に、ダルガートは例の席の商人たちがまだあの話題を続けていることに気付いた。

しかも、酒が深くなったせいか先ほどより荒っぽい雰囲気になっている。

よりにもよって、ちょうどその時に大きな声が響き渡った。

「やっぱり、呪われた黒獅子頭の王なんてろくでもないんだよ！　ろくでもないから呪われてるんだろ？」

勢いよくゼグが立ち上がる。明らかに議論を止めるために歩み寄ろうとした彼の肩をダルガートは摑《つか》んで引いた。

「気にしなくていい、ゼグ」とダルガートはもといた椅子に腰を下ろす。

「ですが、ダルガート様……」

「構うな、座れ」

戸惑いながらゼグが座ろうとした時だった。一緒に腰を下ろすと思ったリラが、自分のコッ

プを片手にいきなりそのテーブルに向かったのだ。

「――リ、リラ様……っ？」

焦ったゼグが声を上げる。

リラは三人に割って入り、ドンとテーブルにコップを置いた。

にっこりと笑いながら、「でもさ、今の陛下は何も悪いことしてないだろ。なにか圧政でも敷いたか？　ずるいことでもしたか？」と口を挟む。

「なんだお前、さっきまで踊ってたやつじゃないか」

「そう。ちょっと面白そうな話が聞こえたからさ。入れてよ」

言いながら椅子を引き寄せ、リラは勝手にそのテーブルに交ざった。

「さっきの話。陛下はなにも悪いことしてないだろってこと。ただ黒獅子の頭だってだけだ。違う？」

にっこりと笑いながら強引に話に加わるリラを、ゼグがおろおろしながら見つめる。

「悪いことはしてないけど、黒獅子頭って時点でだめなんだよ！　呪われてるんだから」

三人の中で一番体も声も大きい男が、徹底的な現国王反対派のようだった。その他の二人は、もうすでに慣れっこなのか苦笑して彼を見ている。

ふん、と笑ってリラは改めて男に向き直った。

「そう？　俺は格好いいと思うけどね。敵兵が逃げ出すほどの迫力なんだよ」

「なんだよお前、陛下派か？」

片眉を吊《つ》り上げて睨《にら》んだ男に、リラは「そうだよ。俺は断然陛下派だね」とにっこりと笑って返した。

「なんでだよ」

男はかなり不満そうだ。

「当然じゃん。陛下、強くて格好いいもん。あの陛下がどれだけ外からの敵を防いだか知ってるか？　陛下が勝たなかったら、我がガルムザール王国はどれだけ外国に侵略されてたか分かんないんだぞ。今、こうやって平和に酒を飲むことだってできていないかもしれない。俺はそれだけでも陛下派だね」

男はぐっと言葉に詰まってから、「それでも！」と大声を上げた。

「俺は、呪われた黒獅子頭の王様ってのはごめんだ。どれだけ強くてもな」

「なんでだよ。強くて国を守ってくれる王様ってのは最高じゃないか」

リラは飄々《ひょうひょう》と言う
そんなリラを、ダルガートは座るゼグの肩を押さえながら、横目で見ていた。

あくまでもダルガートを庇《かば》うリラの姿に、ダルガートの胸が熱くなる。ダルガートの心は悪く言われることに慣れ切ってしまいもう傷つかないのに、こうして庇われると痛いくらいに疼《うず》くのだ。この感情をなんと言えばいいのか、ダルガートにはまだ分からない。それは喜びというには苦しすぎて、あの場にリラを一人にしておけないような気持ちが湧き上がる。

ダルガートはぐっと息を詰め、自分のコップを持って立ち上がった。「えっ」と驚くゼグの前で、リラたちがいるテーブルに向かい、リラの真向かいに割り込む。

「俺も入っていいか？」

「おう、入れ入れ」と男はあっさりとダルガートを受け入れた。そして「呪われた王様を持ち上げたりすると、何か、でっかい天災でも起きるんじゃないのかと不安なんだよ」とダンとテーブルを叩く。思いがけず大きく響いた音に、店内がざわつきだす。

同席していた二人が慌てて男を落ち着かせようとするが、彼は止まらなかった。彼はリラを正面から睨みつけながら言葉を続ける。

「確かに王様は強い。だから敵からは守ってくれるかもしれない。だが、天災はどうなんだ。噴火、日照り、疫病、そんなものからも王様は守ってくれるのか？」

「天災まで王様のせいにするのか？」

さすがのリラも苛立《いらだ》ち始め、口調から笑みが消えていく。

「ああそうだ、なにせ、呪われた王だからな！」

「天災なんか起きないよ！　起きたとしてもそれは王様のせいじゃない」

「なんでそう言い切れる！」と男が怒鳴り返す。

「お前こそ、なんで王様のせいだって言い切れるんだよ」

「呪われた王だからだよ！」

「なんで王様が呪われてるって決めてかかるんだよ！　呪われてないかもしれないじゃないか」

大声を出したリラを、はっ、と男は鼻で笑った。

「お前、馬鹿だな。黒獅子頭が呪われてる証拠だろ？　あれ以上確かな証拠がどこにある」

ぐっとリラが黙った。

リラはダルガートの黒獅子頭が彼自身への呪いのせいではないと知っている。先王への呪いのとばっちりなのだ。だが、それをこの場で叫んでもどうにもならないことも分かっている。悔しくてたまらないというリラの表情が、またダルガートの胸を締め付ける。

リラが黙ったことを言い負かしたと思い込んで、男がふんと笑った。椅子に腰を下ろして得意気に腕を組む。

悔しくてたまらないリラが歯ぎしりしそうに男を睨んだ時だった。思いがけないところから援護射撃が届く。

「でもさ、俺が最近行った国では、獅子を神の使いとして祀《まつ》っていたぞ。黒獅子も神だった」

同じテーブルにいるもう一人の男だった。

「ああ？」と男が眉を吊り上げる。

「お前、陛下派だったのか？」

「陛下派というか、黒獅子が神という国もあるってことだよ。だったら、必ずしもうちの国に悪いことをもたらすとは限らないんじゃないの、ってことさ」

「その国では神でも、ここはガルムザールだ！」

また男が激昂《げっこう》して叫んだ時だった。

「はい、そこまでそこまで」と大皿料理がどんとテーブルに置かれた。女将《おかみ》だ。

「頼んでないぞ？」

「お隣さんからの差し入れだよ」

女将が顎で指し示したのはダルガートたちのテーブルだった。驚く彼らに向かって、ゼグが不器用に笑いながら「よろしければどうぞ」と手を振る。それは先ほど頼んだ蒸し魚だった。盛り上がりすぎた言い争いを鎮めるためにゼグがこっちに回したのだ。

「いやあ、すみません。良かったらこちらに来ませんか」と激昂していた男がゼグに頭を下げる。変わり身の早さはさすが商売人だとダルガートは思わず感心する。

「いえいえ、仲間がすでに二人お邪魔しているので、私は遠慮します。どうぞ召し上がってください」

ゼグも器用に辞退して、自分のコップに口を付けた。

リラは驚いた顔でゼグを見ていたが、逆にそれで少し興奮が冷めたようだった。ふうと息をついて天井を見上げる。

同じく少し落ち着いた男が、「どうだよ、若いの。あんたは陛下派か？　反陛下派か？」と
ダルガートのコップに酒を注《つ》ぎ足しながら尋ねた。

ダルガートは「俺はどっちでもないよ」とそれを受けながら答える。

「そんなずるい答えがあるか。ほら飲め。本音を話せ」と男がダルガートの背中を叩く。

その時だった。唐突に「わしも、どっちでも構わんな」と声が聞こえた。

中央寄りのテーブルにいる五十代くらいの白髪の老人だった。ダルガートたちを見ている。

「国境を守ってくれる強い王様なら、獅子頭であってもなくてもわしは構わない」

ダルガートたちと視線が合うのを待っていたかのように、老人はゆっくりと口を開いた。

「わしは、国の中で戦が起きるのはもう御免だ。兵士が戦場で死ぬのはまだいい。だが、国境を侵されてみろ。お前たちは知らんだろうが、戦い方なんか知らない女子供が、年老いた両親が、家の中で、道で斬り殺されるんだぞ。生まれ育った家が焼け落ちて崩れ、ぼろきれのようになった家族の骸《むくろ》がころがり、そこかしこが血で染まっているその悲惨さが想像できるか？」

あまりに重い老人の言葉に、誰も返事ができなかった。しんと静まり返った場に、老人の静かな言葉が広がる。

「わしはそんな世の中に戻るのは御免だ。今の陛下が強くて、よその侵略からガルムザール王国を、大切な人たちを、守ってくれるというなら、獅子頭であろうとなかろうとそれでいい」

誰も何も言えなかった。

ダルガートと一緒にいるそもそもの発端の男でさえ、口を引き絞って老人を見つめている。その沈黙を破ったのは女主人だった。

「あたしは、今の陛下で満足してるよ」と静かな口調で彼女は言った。

「女は戦いに行かないからね、陛下の強さは分からない。だけど、今の陛下は小人族の王妃様を大事にしているそうじゃないか。嫌味で宛がわれたと誰から見ても明らかなのに。それだけでもあたしゃ今の陛下が好きだね」

振り返って彼女を見るリラの横顔を、ダルガートはじっと見つめる。リラは真面目な顔で彼女を見ていた。

女主人はにやりと笑って言葉を続ける。

「そもそもこうやって陛下の悪口を堂々と言えるのも、今の陛下が飛びぬけて穏やかだからだよ。前の王様だったら密告されて、この店も取り潰されて、あたしもみんなもあっという間に牢屋《ろうや》だね。違うかい？　この店は、陛下の寛大さで成り立ってるのさ。だからあたしは今の陛下に目いっぱい感謝しなくちゃいけないんだよ」

ははっと男が笑った。

「まあ、そうだな。こうして飲んで言いたいことを言えるのも今の陛下のおかげってことか」

「だな。それは黒獅子頭であってもなくても、呪われていたとしても変わらない。ただひとつはっきりとしているのは、今のガルムザール王国は平和だってことだ」

男が立ち上がって、酒が入ったコップを高く上げた。

「我らがガルムザールの平和に乾杯！」と叫ぶ。

「いいぞ！」と店内の客が呼応して、どこからともなく「負けなしの第十五代国王陛下がいれば大丈夫だ！」と声が上がる。

「そうだ！　続く平和に万歳！」

「ガルムザール王国万歳！」

いつの間にか店内は、王国の平和を喜びあう空気になっていた。楽器の音が響き始める。

そっと席を立ち、自分のテーブルに戻ってきたダルガートに、ゼグが「最高ですね」と笑って囁いた。

「何がだ？」

「リラ様です。陛下の最高の味方ですね」

「そうだな」とダルガートは微笑みながら答える。

振り向けば、リラは隣のテーブルで酒を飲み交わし、商人である彼らが見てきた異国の話で盛り上がっていた。きらきらとした笑顔で楽しそうに笑う姿はよく目立つ。だが、彼が王妃だと気づく者はいないだろうとダルガートは思う。この場にいるリラは完璧な男性だった。

「みんな楽しそうですね。私も、いつまでもこんな平和な日々が続くことを心から願っています」

「ああ、私もだ」とダルガートが返す。

「まあ、陛下がいらっしゃれば大丈夫でしょう。陛下は負けることはないのですから」

「――そうだな」

答えたダルガートの声は静かだった。


酒場を出て、ゼグの別荘に三人で帰る。

「あー、飲んだ飲んだ。楽しかったあ」

リラが大きく両肘を上げて伸びをしながら言う。

「そんなに楽しかったか」と笑いながら尋ねるダルガートに、「ものすごく楽しかったです」とリラが力いっぱい答えた。

「姿が大きくなっただけで、小人族じゃない人とあんなに色々と話せるんですね。いくらでも食べられて、いくらでも飲めて。ああでも、踊るのは小さい時のほうが楽かな。大きな体で踊ると疲れるのが早いみたいです」

そして、「ダルガート様は？　初めてのお忍びの視察はいかがでしたか？」と見上げる。

リラに尋ねられて、ダルガートは視線を遠くに投げた。先ほどまでいた酒場の熱気を思い出す。こうして静かな場所を歩いていると、まるで夢のようだったと思う。

「ああ。――すべてが眩《まぶ》しかった」

その答えにリラが目を瞬く。

「眩しい、ですか？」

「そうだな。人はあんなに賑《にぎ》やかに喋《しゃべ》るのだな、とか、好き勝手に笑ったり怒ったり、思っていることを口に出したり、なんというのか、……生きている感じがした。あんなに熱気にあふれた場所は初めてだった」

ゼグが振り向き、ダルガートの言葉に耳を傾ける。

「あと、誰も私を気にしないのが新鮮だった。この姿だからだな。黒獅子頭の時は、私が姿を見せるだけで場の雰囲気が変わり、私から目を逸《そ》らしながらも、私の様子を息を潜めて窺《うかが》っているのをひしひしと感じていた。だからさっきは、空気のようにその場にいられることが落ち着かなくもあり、気兼ねなく周囲を見渡せることが興味深くもあった」

誰もそばにいない孤独か、すべての人の視線が集まる監獄。ダルガートには両極端な二つの場しかなかった。

「でも、ダルガート様だってしっかり目立ってましたよ」

「そうなのか？」

「ええ、こんなに格好いいんですから。あそこにいる美丈夫は誰だってちらちら見ている人、けっこういましたよ。俺は踊りながら少し離れた場所から見ていたから分かるんです。ね、ゼグさん」

いきなり話を振られたゼグが慌てる。

「まあ、そうですね。ですが、もっと目立っていたのは王妃様ですよ」

「ええ？　俺？」

「ですよね、陛下」

「そうだな」とダルガートが笑う。

「確かに、リラの踊りは皆の視線を引きつけていた。小さい姿の時でさえきらきらとしているのに、この背丈で踊ったら眩《まばゆ》いほどだったぞ。その後には、他の卓の客に喧嘩《けんか》まで吹っ掛けに行っていたからな」

「――吹っ掛けって……」

あまりの言い方に膨れるリラに、ダルガートが「分かっている。私が貶《おとし》められていたから庇《かば》いに行ってくれたのだろう？」と微笑《ほほえ》む。

「そうですけど……。喧嘩を吹っ掛けるって……」

不服そうなリラを、ダルガートがおもむろに抱き寄せた。

「いい夜だった。戴冠式の時を思い出した。リラはいつも私のために怒ってくれる」

リラへの愛《いと》しさが膨れあがって我慢できなくなり、ダルガートは衝動的にリラと唇を合わせていた。

「……っ？」

仰天したリラに力いっぱい胸を押され、唇が離れる。

「——な、何をするんですか。こんな場所で」

耳まで真っ赤になって慌てるリラの姿に、ダルガートが吹き出して笑う。

「あまりに愛しくて我慢ができなかった。だめなのか？」

「だめに決まってます！　誰かに見られたりしたら……」

「見られたりしたら？」

「——は、恥ずかしいし、ダルガート様だって……」

「大丈夫だ、周りに誰もいないことは確認してある。いるのはゼグだけだ」

その言葉にぎょっとした顔で斜め後ろを振り返ったリラが、驚いたように動きを止めた。釣られて振り向いたダルガートも思わず目を瞬く。

ゼグが目を潤ませてリラとダルガートを見ていたのだ。今にも零《こぼ》れ落ちそうに溜《た》まった涙が、月光を映してきらきらしている。

「——な、なぜ泣く、ゼグ」

「陛下と王妃様が幸せそうで、嬉《うれ》しくて……」

ゼグは手の甲で目をこすりながら呟《つぶや》くように返す。

思わず呆気《あっけ》に取られたダルガートの横で、リラがはっと笑った。ダルガートの腕の中から抜け出してゼグに歩み寄り、その背中をぽんぽんと叩《たた》く。

「まったく、ゼグさんは涙もろいんだから」

「——す、すみません」

二人の姿にダルガートの心がまた熱くなっていく。うずうずするような不思議な心持ち。自分の幸せな様子を見て涙ぐんでくれるこんな存在は、今までのダルガートの生には存在しなかった。

——きっとこれが「幸せ」なのだろう。

ダルガートをちらりと見たリラが、照れくさそうに、でも嬉し気に目を逸らす。その表情に、ダルガートの心臓がまたとくんと音を立てた。

——ああ、リラを力いっぱい抱きしめたい。

だが、今は駄目だとダルガートは自分を戒める。ついさっき、リラに突き飛ばされたばかりだ。リラが本気で嫌がることはしたくない。

——別荘に戻ったら……。

その決心通り、ダルガートはあてがわれた客間に入り、ドアを閉められた直後に、リラを後ろから抱きしめた。

「ダルガート様？」

驚くリラを、ダルガートはさらに強く抱きしめる。

「帰り道のあいだずっと、こうしてリラを抱きしめたくてたまらなかった」

髪に唇を付けるようにして言われた言葉に、リラがふっと微笑む。

「キスしたじゃないですか」

「それで怒られたから我慢していたのだ」

「――子供みたいですね」

くすくすと笑うリラの金色の髪に、ダルガートは頬を押し付けた。鼻に届くリラの太陽のような香りに、また心がふうっと楽になる。

「不思議な感じだな、リラが私と同じ大きさで腕の中にいる」

リラが顔を上げてダルガートを見上げながら、「俺もです」と笑いながら言った。

「ダルガート様の声がこんなに近くにあるなんて」

ふふっと笑いながら互いに見つめあう。どちらからともなく唇を寄せ合ったその時だった。

トントンと扉が叩かれた。

この別荘にいるのは、あとはゼグだけだ。

リラがするりとダルガートの腕の中から抜け出て、「ゼグさん?」と扉を開けた。

そこにいたのは、洋酒の瓶とグラスを手にしたゼグ。にこにこと笑いながら「陛下、王妃様。思った通り、いい酒がまだ残っていました。私はつまみを作ってきますので、先に陛下と王妃様で飲んでいてくださいますか?」とダルガートとリラの部屋に入ろうとする。

「この蒸留酒はこの地方の特産なんです。とても味が良いんですよ」とゼグは楽しそうだ。

だがそれにダルガートが待ったをかけた。

「ゼグ、もしかして、三人で飲み明かそうとでもいうのか?」

「はい。三人とも同じ姿で過ごせるこんな夢みたいな夜はもうないかもしれませんから」

にこにこと言うゼグに、ダルガートがわずかに眉を寄せる。

「ゼグよ、それはさすがに野暮というものではないか?」

「——野暮……?」

きょとんとしたゼグの前で、ダルガートがぐいとリラの腰を引き寄せて背中から抱きしめた。

ぴったりと密着させるそれは明らかに性的なもので、リラが焦って赤くなる。

大きなダルガートと小さなリラの状態で子供のように腕に抱かれるのはいくらでも平気だが、対等な体格でそれをされるとさすがに恥ずかしい。

「——ダ、ダルガート様……っ」

その声を耳にしてはっとした表情になったゼグが一気に慌てふためく。

「あの、――陛下、もしかして……？」

「そうだが、なにか？」

ダルガートがさらに強くリラの腰を抱き寄せる。

「いえ、あの、男と男ですし、どれだけ仲が良くてもそれはないかと思っておりまして……」

「悪いが、それも含めて仲が良いのだ。今晩は、私と王妃にとっても、ようやく同じ大きさの体で睦《むつ》みあえる夢のような夜なのだが？」

ゼグが真っ赤になって、ぴっと背筋を伸ばした。

「し、失礼しましたっ！」

赤くなったり青くなったりしながら、ゼグがくるりと二人に背を向けた。洋酒の瓶とグラスを両手に持ったまま、ぎくしゃくと部屋を出ていく。

ダルガートはそれを見送ってから、リラを抱き寄せたままパタンと扉を閉めた。腰を抱き寄せていたリラをひょいと抱き上げ、そのまま寝台に向かって歩き出す。

「ダルガート様？」と尋ねるリラをぽふんと仰向《あおむ》けに寝台に下ろし、ダルガートはその上に両手をついて覆いかぶさった。じっと見つめれば、リラはふっと眉を寄せて笑った。

「どうした」

「なんだか、ずるいなあと思って」

「ずるい？」

「だって、こうやってお互いに普通の人の姿になっても、ダルガート様は俺をひょいと抱き上げられるくらい立派な体で、俺と全然違うじゃないですか」

リラが両手を伸ばしてダルガートの二の腕を触る。

実際、ダルガートの胸や腕の筋肉は、黒獅子頭の時ほどではなくても、硬く立派に盛り上がっている。一方のリラは、体が小さい時のまま、筋肉があるのかないのか分からないくらいに細い。

「リラは普段でも細いからな。だからしっかり食べろと言っているだろう?」

「あの小さな体でダルガート様と同じ量を食べるのは無茶です。けっこう頑張って食べているほうだと……」

喋るリラの唇に、ダルガートが人差し指を縦に置いた。リラが黙る。

「リラ、夜は短い。――抱いていいか?」

見つめるダルガートの目の前で、リラの顔が赤くなる。

リラは眉を寄せて笑いながらダルガートの頬に手を伸ばした。

「勿論《もちろん》です。俺もダルガート様と抱き合いたいです」

その言葉に、ダルガートがふっと笑う。ダルガートを見つめるリラの顔がまた少し赤くなり、ダルガートの心臓がとくんと音を立てた。

――ああ、愛しい。

リラに出会うまで知らなかった温かい気持ちが膨らんでいく。

ダルガートは仰向けのリラの上に体を合わせながら、ゆっくりと口を開いた。

「リラ、酒場でのそなたの言葉、すべて嬉しかった」

「それなら良かったです」とリラが照れくさそうに笑う。

「あそこで言ったことは、全部俺の本心ですよ」

「分かっている。だから嬉しかった」

ダルガートが真正面からリラを見つめる。リラがどきりとした顔で目を瞬き、照れ隠しのようにダルガートの髪に指先で触れた。そして微笑む。

「ね、ダルガート様。味方もちゃんといたでしょう？」

「……いたと言うか、リラが強引に味方に引きずり込んだ感じだったな」

「そうですか？　もともとその要素があったから納得してくれたんだと俺は思いますよ」

「またそうやって、リラは私を甘やかす」

「どんどん甘えてください」と笑うリラに、ダルガートはゆっくりと自分の体を重ねた。リラの体温がじわじわと伝わってくる。

「……リラの体は温かいな」

「そうですか？」と囁《ささや》く声が耳に直接響く。

リラの体温を感じると、ダルガートはいつも胸がうずうずして、締め付けられるような、くすぐったいような妙な気持ちになる。これが愛しさだともうダルガートは知っている。

リラが腕をまわしてダルガートの背中に手を当てた。そっと撫《な》でる。小さなリラではどう頑張ってもできない、今までは夢の中でしかできなかった行為。

こうしてダルガートの背中を撫でるのはリラだけだ。今まで、呪われた黒獅子頭の王子にそのようなことをしてくれる人は誰もいなかった。それを知ってか、リラは夢の中で抱き合うと必ずダルガートを抱きしめて背中を撫でる。

「重くないか?」とダルガートが尋ねれば、リラは「気持ちいいです」と笑った。

「無理しなくてもいいんだぞ」

「無理してないですよ。小さい時はいつも俺がダルガート様の胸の上にいるじゃないですか。こうやって下にいると、上にいる時よりもダルガート様を感じられてなんか嬉しいんです」

そう言ってから、リラは少し照れたように口調を変えた。

「ゼグさんは、あのお酒を一人で飲むんでしょうか。ちょっとかわいそうかも」

ふっとダルガートが笑う。

「ゼグのことはいい。今は私だけのリラでいてくれ」

ダルガートは頭を上げ、リラの体の上で伸びあがった。顔を赤くしたリラの様子が可愛《かわい》いと思いながら、ゆっくりと顔を近づける。

リラの青い瞳が焦点が合わないほど近づき、すうっと閉じられた直後、今度こそ二人の唇がしっとりと合わさった。

リラの吐息が近い。手のひらで触れるリラの肌が熱い。

初めて現実で抱き合ったリラの体は、夢の中で抱き合った時よりもすべてが瑞々《みずみず》しかった。

ダルガートの体の下でリラが悶《もだ》える。特に弱い足の付け根の内側を撫でれば、リラはびくびくと震えた。いつもは大きな肉厚の手で、力を入れすぎないように小さなリラに触れるのに、今は同じ大きさだから躊躇《ためら》いなく撫でられる。

「——あ、……ふ、……っ」

リラの口から零れる息が熱い。

——夢の中で抱き合うのと全然違う。

こうしてぴったりと頭から爪先まで重ね合わせている状態だと、すべてのことが、——乱れたリラの吐息とか激しすぎる心臓の音とか、火照って湿った肌とか、真っ赤な頬とか、なぜか躊躇うように逸らされてしまう瞳とか、リラのありとあらゆる反応がダルガートの体を熱くしていくのを感じる。きっと、自分もリラのように熱い体をしているのだろうとダルガートは思う。

——私の鼓動もこんなに激しいのだから。

頑《かたく》なに視線を逸らすリラを見下ろしながら、ダルガートが「リラ、真っ赤だぞ」と囁く。

耳元で囁かれてリラがさらに赤くなる。

「なぜ目を逸らす？」

「だって、——なんだか、夢の中の時と感じが違って……」

「リラもか？」

「ダルガート様も？」

リラがダルガートを見る。

ああやっと視線が合ったと思った途端、ダルガートの胸がとくんと音を立てた。勝手に顔がほころぶのを自覚する。

「ああ。リラが目の前にいる感じがする」

「目の前……？」

「夢の中の時は、今思えば、……いつ消えても不思議じゃないような不安定さがあった気がする。あれを夢見心地というならまさにそうなのだろうが」

目を瞬くリラがあまりにも愛らしくて、ダルガートは思わずその唇に自分の唇を寄せていた。

ちゅっと唇の先だけを合わせてから、「リラが可愛くてどうしようもない」と囁く。

一気に目元まで赤くなってから「お、俺も……」と口を開くリラに笑いかけ、ダルガートはその顔をリラの胸に近づけた。

「――あ……っ」

小さく尖《とが》った乳首にふっと息を吹きかければ、リラが体をびくんと震わせた。息を詰めるのを感じる。

ダルガートは、リラがそこを触られるのが好きなことを知っている。小さなリラと巨漢のダルガートで睦みあう時も、大きな手の太い指で軽く押し潰すように揉《も》んだり、ざらざらした舌で舐《な》めたりすると、リラは全身をきゅうっと緊張させて一気に体を熱くするのだ。

リラと目が合う。明らかに期待を含んだ青い瞳が恥ずかしそうにぱっと逸らされ、その仕草にダルガートの体もぞくっと熱くなった。触れあっている肌がじわっと湿ったのは、リラの汗かダルガートの汗か。

見つめるリラの目の前で、ダルガートの形のいい唇がリラの乳首を覆い……、きゅうっと強く吸うのと同時に「ああ……っ！」とリラの口から高い声が零れた。

そして、そんな声を出した自分に驚いたかのようにリラが真っ赤になって口を押さえる。

「……な、……なに？」

明らかに戸惑って困惑しているリラにダルガートが笑う。

「ほら、思った通りだ。リラも感覚が鋭敏になっている」

再び乳首に唇で触れながら喋れば、ダルガートの吐息にすら反応してリラは身悶えた。なんて可愛いんだろうとダルガートは思う。

「こうして撫でるだけでも……」

リラの細い腰にくすぐるように触れれば、リラはびくびくと背を反らして震えた。

「――な、なんで……」

戸惑うリラに、ダルガートが伸びあがって深い口づけを与える。

ぴったりと唇を重ねてリラの口腔《こうこう》内を撫でまわせば、リラが応えるように舌を合わせてくれる。それだけでダルガートにもぶるっと身悶えしそうな気持ちよさが広がった。リラの吐息と、唾液の味、触れる舌の柔らかさがじわっと痺《しび》れるような快感を膨らませていく。

背中に回ったリラの手が、ぎゅっとダルガートを抱きしめる。

――なんと可愛い、……愛しい……。

口づけが解かれてはあはあと胸を喘《あえ》がせるリラの体のそこかしこを、ダルガートが唇で触れながら辿《たど》った。

ダルガートの腹に、慎ましげに立ち上がったリラの小ぶりな性器が触れる。それを感じた途端に、ダルガートの心臓がどくんと音を立てた。リラの足の間に片膝をついてうずくまり、それをぱくりと口に含む。

「や……っ」と声を上げ、リラが上半身を撥《は》ね上げるようにして起き上がる。

「ダルガート様、それは……」

止めようと伸ばされたリラの手を握って止め、ダルガートは口に含んだリラの性器をきゅうっと呑《の》み込むように吸い上げた。「ひ、ん……っ」という声とともに、リラの体が一気に熱くなる。

「――や、……っ！　だめです……っ、ダルガート様……っ」

「なぜだ？　いつもリラがしてくれることではないか。小さな口で愛らしく舐めて吸って。私にもさせろ」

咥《くわ》えながら答え、ダルガートはリラの上半身を寝台にとんと押し戻す。きゅうっと吸えばびくんと全身が反り返る。寝台に背を落としたリラの膝を立てさせて押さえ、ダルガートがそこを本格的に舐め始めた。

「ああ、――そんなの……っ、ダルガート様……っ」

「ずっと、私もリラのここを愛《め》でたかったのだ。獣の口では舐めることしかできなかった。こうして唇で包んで舌で愛でて、私が感じた心地よさをそなたにも与えたい」

リラがしてくれたように吸い、甘嚙《あまが》みすれば、リラは足の爪先で敷布を搔《か》き乱しながら悶えた。そのまま手を伸ばして脇も撫でれば、もどかしげに腰をくねらせる。

「――あ、……っ、ああ……っ」

「気持ちいいか？　リラ」

リラは激しく喘ぎすぎて答えられない。リラの腿《もも》がダルガートの頭を挟んでぎゅうぎゅうと締め付ける。無我夢中のリラの様子にぞくぞくする。ダルガートの意識もどんどん茹《ゆ》だるように熱くなっていく。

「――あ、……あ、……っ、ダルガート様、だめ……っ。もう離して……っ」

すぐそこまで限界が近づいて焦るリラがダルガートの頭を押すが、ダルガートは抱えたリラの足を離さない。それどころかダルガートは、爆発を促すようにリラの敏感な乳首をきゅっと捻《ねじ》った。

「あ、ああ……っ！」

リラが全身を突っ張らせる。ダルガートの口の中に、熱いものが満ちた。びくびくと震えながら、リラはそれを幾度も口の中に零した。

「ダ、ダルガート様、ごめんなさいっ！　出してください……っ」とリラが慌てて体を撥ね上げてダルガートの口の前に手を差し出すが、ダルガートはなんの疑問も持たず、それをごくりと飲み干した。いつもリラがしてくれるように。

その途端に、リラが泣きそうになる。

「――もうやだ、なんで、……出してくださいよ」

「なぜだ。リラはいつも舐めて飲んでくれるではないか」とダルガートが手の甲で自分の口を拭きながら言った。

「――俺と同じことをしてくれなくてもいいんです……っ」

「なぜだ？　私は自分がしてもらって嬉しかったことを、でも同じことをしてやれなくてもどかしかったことをリラにしているだけだ。――どうだ、気持ちよくはなかったか？」

リラの体を再び寝台に引き戻しながら、ダルガートもその隣に体を横たえた。片方の肘を立てて頭を乗せ、泣きそうになっているリラの顔を覗《のぞ》き込む。

「……なんでそんなに嬉しそうなんですか。不味《まず》かったでしょう」

「確かに美味《うま》くはなかったが、楽しかったぞ。とても満足だ。ずっとリラにこうするのが夢だったのだ。どうだ、気持ち良かったか？」

リラは目を丸くしてダルガートを見上げていたが、やがてふっと眉を寄せて微笑んだ。

「……気持ち、良かったです」

「そうか、良かった」

ダルガートが心底嬉しくなって笑えば、リラも頬を赤くして笑った。

「ずるい。そんな顔されたら、文句も言えないじゃないですか」

苦笑するリラにダルガートの胸がどんどん温かくなっていく。愛しくてたまらなくなり、ダルガートは、汗で張り付いたリラの金色の髪を額から避《よ》けてそこに唇を押し付けた。

リラがくすくすとくすぐったそうに笑う。

「では、私の願いは叶《かな》ったから、今度はリラの番だ。この特別な夜は短い。リラはなにがしたい？」

予想外の問いかけだったのか、リラが目を瞬く。

数秒そうしてダルガートを見つめてから、リラはおもむろに半身を返してダルガートに抱きついた。

「リラ?」

「じゃあ俺は、――ダルガート様と一つになりたいです」

「それではいつもと同じではないか?」

「でも俺は、それが一番幸せですから」

照れたように言ってから、リラはダルガートの首に顔を埋める。

「……こんなに敏感になってしまった体で繋《つな》がるのは正直言って少し怖いですけど、それでも俺は、ダルガート様と……愛し合いたいです」

言い終えてから、リラは少し体を離してダルガートを見上げた。頬を赤くして微笑むリラを見た途端に、ダルガートの心臓がどくんと音を立てる。かあっと体が熱くなった。

「――怖いのに、抱いていいのか?」

「はい。抱いてください」

微笑んだリラの顔が幸せそうに見えて、ダルガートの視界がくらりと揺れる。ああ、この世にこんなに愛しいものがあったのか、とダルガートは本気で思った。

「――……ん、あ……っ」

リラの予感は大当たりだった。

夢の中で繋がった時とは段違いの強い刺激に、リラは息すらまともにできない。

体いっぱいにダルガートの大きなものが詰まっている気がする。ダルガートはリラの体を案じて動きを止めてくれているが、それがひくりひくりと我慢ができないように痙攣《けいれん》するたびに、リラの体は内側から鋭く突かれたように響いてびくびくと震える。

「大丈夫か、リラ」

声も出せずに、リラはダルガートの肩にしがみついた。リラもダルガートも汗みどろで、抱きついた腕が滑る。

実はここに至るまでも大変だったのだ。

夢の中ではすんなりとダルガートを受け入れたリラの体が、現実ではなかなか柔らかく開かなかった。最終的には鏡台にあったオイルまで拝借し、今、部屋の中にはバラの香りが満ちている。

さすがのリラも夢の中の時のように「一息に来てください」とは言えず、必死で体の力を緩めながら、じりじりとダルガートの長大なものを受け入れ、最後まで入ったのがついさっきだ。

――ものすごく大きい。

浅い息をつきながらリラはダルガートに抱きつく。あまりに充溢感《じゅういっかん》がすごすぎて、少し力を入れただけで自分が腹の中から裂けそうな気さえする。

――でも、なんだか、気持ちいい。

気持ちいいと言うより、満足感なのかもしれないと思う。

ダルガートと一つになっているという充実感。彼が自分の中にいることをこの上なく感じられる幸せ。ひくひくと動く怒張を抑えるのはきっとダルガートだって大変なはずなのに、大丈夫かと気遣ってくれる安心感。

自分は願いを叶えたから、今度はリラの番だと願いを尋ねたダルガートを思い出し、リラの心が温かくなる。褥《しとね》にはあまりにも相応《ふさわ》しくない言葉だ。色気の欠片《かけら》もない。

だが、それがダルガートなのだ。愛情を受け、それを返そうとしてくれる無垢《むく》できれいな子供のような心。そんなダルガートがどうしようもなく愛しい。

あんなに冷たい環境で、彼がこのような心を持ち続けられたことが奇跡だと思う。そんな彼と自分が出会えたことも、こうして抱き合っていることもまさに奇跡だ。

――ダルガート様を守りたい。

そう思うと同時に、勝手に言葉が口から滑り出た。

「……ダルガート様、大好きです。愛してます」

抱きしめていたダルガートの肩がかあっと熱くなり、体の中の屹立《きつりつ》がぐうっと動く。

「――……っっ！」

衝撃に思わず目をつぶって息を詰める。

目を開けた時に、飛び込んできたのは、真っ赤になってリラを見つめるダルガートの顔だった。


――愛していると言ったから……？

リラのほうが驚いてしまい、そして、あの黒獅子の顔の下でいつもこんな顔をしていたのかと思ったら、どうしようもなくダルガートが愛しくなる。きゅうきゅうと胸が絞られる。

「ダルガート様、大丈夫ですか？」

リラが囁けば、ダルガートが「何がだ？」と尋ね返した。

「……ダルガート様の大きなものが、びくびくしてます。動きたいんじゃないですか？」

「そうだな。気を抜いたら動き出してしまいそうだ」

ダルガートがわずかに身を動かし、その衝撃にリラがびくんと震えてぎゅっと息を詰めた。

ぶわっと湧いた汗に焦ったダルガートが「無理ではないか？　やめるか？」と尋ねる。

「……嫌です。絶対に抜かないで」とリラは小さく首を振った。

「今、すごく幸せなんです。ダルガート様をしっかりと感じられて」

「しかし、リラ……」

「少し……動いてみてくれませんか？」

「無理だ。リラが苦しそうだ」とダルガートが即座に否定した。

だが、「大丈夫です、きっと」と言いながら、リラは息を詰めて小さく自分の腰を揺らす。

――……っっ！

ずくんと重苦しい衝撃が腹の中から響く。だけどそれは、痛いというより、叫び出したいような不思議な感じで……。初めてのその感覚を訝《いぶか》しく思いながら、リラはダルガートを促すためにさらに腰を動かした。

「――リラ……っ」

ダルガートが堪《たま》らないように声を上げる。

見上げれば、ダルガートは眉を寄せ目を眇《すが》め、唇を噛みしめてリラを見つめていた。色白の顔が赤くなり、首に筋が浮いている。懸命に衝動を堪えようとしているのが如実に感じられて、リラの心が愛しさにぎゅっと絞られた。

「我慢しないでいいです、ダルガート様」

「だめだ……っ」

ダルガートが首を振る。汗が飛んだ。

「大丈夫です。俺は、……ダルガート様に突いてもらいたいです。……思いっきり」

息を詰めたリラが、自分の足をダルガートの腰に絡めて強く引き寄せる。リラにしても勇気のいる行為だったが、そうまでしてでもダルガートの箍《たが》を外したかった。抱かれたかった。

「う、っ」とダルガートが呻《うめ》く。

「――リラ……っ！」

叫ぶような声と同時に、リラは嵐に巻き込まれた。

繰り返し押し込まれるダルガートの怒張の先端が、熟れて敏感になったリラの中を掻きまわす。激しすぎて息もつけないくらいだが、その必死さに感動してリラも昂《たかぶ》っていく。しがみつく手が滑るくらい汗で濡《ぬ》れた大きな背中が愛しい。

やがて偶然にも、ダルガートの先端がリラの特に敏感な箇所に触れた。

突然走った衝撃にリラがびくりと震える。

――なに、今の。

激しさに翻弄されているのに、皮膚の下をぞわっと何かが走り抜けていったような感覚がはっきりと感じられた。同じ場所をまた擦《こす》られて、「ひっ」と思わず声が漏れた。リラの背が反り返る。

――なにこれ……っ！

ぶわっと快感が膨らんだ。初めて感じた大きすぎるほどの快楽に、リラは焦って狼狽《ろうばい》する。

「ひ、あ、――……ああっ！」

ダルガートにその場所を突かれるたびに、今まで吐息しか漏らさなかったリラの口から堪《こら》えきれない嬌声《きょうせい》が零れた。

——いやだ、こんな大きな声を出したらゼグに聞こえてしまう。

そう思うのに、声を止めることができない。強すぎる快楽に思考まで侵され、朦朧《もうろう》としてくる。何も考えられなくなる。

リラはダルガートの体の下で為《な》すがままに揺らされ、水から上がった魚のように繰り返し跳ねた。涙が滲《にじ》み、自分の呼吸さえままならない。熱湯のような痺れが腰から全身に突き抜ける。今にも意識が飛びそうになったその時、ダルガートが「リラっ」と叫んで強く抱きしめた。体の奥で熱いものが弾《はじ》け、じわっと広がっていく。

——あ……。

それは、リラが待ち焦がれた初めての感覚だった。

ダルガートがやっと自分の中に精を放ったことに、リラは泣きたくなるくらい感動する。夢の中ではいつもここまで辿り着く前に目が覚めてしまっていたし、小さな体の時にはこれは願うべくもないことだったからだ。

「——リラ……」

ダルガートが荒い息で名前を呼びながら、リラを掻き抱く。

あまりに強かった快楽の余韻で、リラの全身はまだびりびりと痺れている。はあはあと貪るように息をするので必死だし、指先の感覚は全くない。朦朧とする頭に、自分の喘ぐ息と鼓動がうるさいくらいに響いていた。

——これが、生身で抱き合うということ……？

強すぎるほどの甘い痺れで溶けて崩れて体が壊れてしまいそうだと思う。

だけど、そんな心許《こころもと》ない体をダルガートが守るように抱きしめてくれるのが嬉しかった。

ダルガートの激しい鼓動が直接響く。熱く湿ったダルガートの胸が、腕が、自分の肌にぴったりと密着していることに幸せを感じた。

「リラ、——大丈夫か？」

ダルガートに尋ねられて答えようとして、リラの喉から咳《せき》が零れる。喘ぎすぎて喉がからからだ。

「リラ？」

「——大丈夫、です」

心配させないように慌てて答えて、リラは小さく笑う。

「——なんか、……すごかったです」

「すごい？」

「ダルガート様を、全力で目いっぱい受け止めた感じ、かな。ものすごく満足です。……お腹一杯です」

揶揄《からか》うように言ったリラに、ダルガートが目を瞬いてから複雑そうに顔を赤くする。

ああ、こんな顔をするんだ、とリラの中でまた愛しさが膨れ上がった。あの黒獅子の頭の下にこんな可愛らしい表情が隠れているなんてさすがに読み取れなかったな、と思う。

「ダルガート様」とリラは目の前の凜々《りり》しい顔に微笑んだ。

「なんだ」

「ひとつお願いしていいですか？」

「ひとつと言わずいくらでもいいぞ」とダルガートが笑う。

「強く抱きしめてください。――全身が痺れてて、どこかに飛んで行ってしまいそう」

わずかに驚いた顔をしてから、ダルガートがリラを正面から抱きしめてくれる。ダルガートは、リラを抱きしめたまま寝台の上に横たわった。互いに体を傾けて、向かい合って抱き合う状態になる。

「これでいいか？」

ふふっとリラが笑う。

「はい。――安心します。……気持ちいい」

そのままダルガートの肩に顔を擦り寄せ、リラが目を閉じた。その頭をダルガートが愛しそうに撫でる。

ダルガートの匂いがした。黒獅子の時と変わらない匂い。リラの好きな太陽のような、強くて頼もしい匂い。

——ああ、ダルガート様だ。

撫でる手が優しい。大きくて力強いのに、傷つけないよう気遣っているかのようにそっと撫でるのがダルガートだ。きっとそれは、今まで誰にも撫でてもらえず、誰かを撫でることもなかったため加減が分からないから。

だからリラは「ダルガート様に頭を撫でられるの、好きです」とあえて口に出して伝える。

「そうか」と嬉しそうに答えるダルガートが愛しいと心から思う。

「リラ」とダルガートが尋ねる。

「はい」

「どちらが良い？」

「え？」とリラが顔を上げたら、複雑な顔で自分を見るダルガートの顔が目に入った。

「黒獅子頭と、人の姿と、リラはどちらが良い？」

リラは目を瞬く。一瞬、褥の話かと思って戸惑ったが、ダルガートの表情がそれではないということを示していた。

ダルガートが真剣に悩んでいることを感じて、ふわふわとしていたリラの気持ちが引き締まる。耳に聞こえの良い返事も、ごまかしもしてはいけないと思った。

リラはゆっくりと口を開いた。

「——俺は、どっちでもいいです」

「どちらでも？」

「どっちも、ダルガート様だから」

ダルガートが戸惑ったように黙る。

「黒獅子頭のダルガート様は、俺がずっと憧れていた姿だからもちろん大好きです。でも、人の姿のダルガート様でも変わらず大好きなんです。すごく凛々しくて格好いいと思うし、この理知的で慈愛に満ちた黒い瞳もすごく素敵です。――でも、俺が好きなのはダルガート様の外見じゃなくて、中身です。どの姿でもダルガート様は変わらず温かくて優しい。この国を良くしようと思って足掻《あが》いている、俺が心から尊敬する立派な王様です。どちらのダルガート様でも俺には同じです。――だから、選べないいんです」

リラは微笑んでダルガートを見つめた。

「ただひとつ確実に言えるのは、どっちの姿でも、俺は絶対にダルガート様の味方だってことです」

ダルガートの黒い瞳がふっと和らぐ。

「――そうか」

「はい」

答えたリラをダルガートが抱き寄せる。

「……ごめんなさい、こんな答えで」

「いや」

そう言ったきり、ダルガートは何も言わなかった。

大きな手が繰り返しリラの頭と背中を撫でる。

柔らかく、包むようにそっと撫でる手と、耳に直接響くダルガートの鼓動。全身で感じるダルガートの体温。大好きな香り。

リラの瞼《まぶた》がとろとろと閉じていく。

――疲れただろう、休め。私も眠る。

ダルガートの囁きが聞こえたような気がした。

次に朝日の中で目を覚ましたら、二人は黒獅子の頭と小人に戻っていた。

覚えのある視野の広さと体の重さを全身に感じ、ああ、願いを叶える実の効果が切れたのだな、とダルガートはぼんやりと思う。

わずかに首を傾けたら小さなリラがダルガートの脇に寄り添って丸くなっているのが見えた。きらきらと輝く絹のような金色の髪、閉じた長い睫毛《まつげ》。白い肌と細い首。愛しいリラの姿を見つめながら、ダルガートは昨日の出来事を思い出す。

薬屋での王妃としての小さなリラ。酒場でダルガートのために声を荒らげてくれた男姿のリラ。褥でダルガートを抱きしめたリラ。

『どちらのダルガート様でも俺には同じです』

リラの言葉が頭に蘇《よみがえ》る。

――同じ……か。

黒獅子頭でも、人の姿でも変わらないとリラは言ってくれた。

ダルガートは片手をあげて、自分の手をまじまじと見つめた。

人にしては大きすぎる肉厚の手。分厚い爪。おそらく、誰よりも頑丈で力も獣並みに強いのだろう。死なないために。

――そうか。だから私は死ななかったのか。

呪術師の弟子から聞いた真実を思い出せば、ぐうっと胸が苦しくなる。

――だから、戦にも負けなかった。

ダルガートが駆け付けた戦場は必ず勝利した。どれだけ不利な状況でも負けなかった。

――そして、父王は一度もそれを褒めてくれなかった。

なぜ父王が自分の呪いを解いてくれなかったのか。今となってはもう知る術《すべ》はない。

じわじわと体が冷えていく。凍えそうになりながら自分の手を見つめていたら、リラがもぞっと動いた。ゆっくりと瞼があき、空色の瞳が姿を現し、それがゆっくりと動いてダルガートを捉えて、ふわっと笑った。花が咲いたような感覚に、ダルガートの心臓がとくんと音を立る。

「おはようございます」とリラは笑い、両手を伸ばしてダルガートの首に抱きついた。黒い鬣《たてがみ》にぽふんと顔が埋まった途端にふうっとダルガートの呼吸が楽になる。

——ああ、リラはいつも私の心を引き上げる。

ダルガートは泣きそうになりながら思った。

冷たく凍っていた心を太陽のように照らす。ほら、さっきまでしんと冷えていた心がもうこんなに温かい。

ダルガートの首に顔を埋めながら、リラがゆっくりと口を開いた。

「ダルガート様」

「なんだ」

「やっぱり俺、どっちのダルガート様も大好きです。選べないというか、……どっちでもいいです」

ダルガートが目を瞬く。眠りに落ちる直前のあの問いかけをずっと考えていてくれたのかと思ったら、じわっと体が温かくなった。

「私もだ。この小さな姿も、昨日の大きな姿も、どちらのリラもどうしようもなく愛しい」

リラが目を瞬きながらダルガートの顔を覗き込む。いったいなぜそんな話になったのかという顔をしている。

ダルガートは笑った。

「いつ呪いを解くかは、もう少し考えよう。解除する手段は手に入れたのだ。慌てることはない」

「そうですね」とリラも笑う。

ダルガートは身を起こし、自分の腿の上にリラを向かい合って座らせた。小さな白いリラの頬を大きな肉厚の両手で包む。

「そうすると、しばらくは昨晩《ゆうべ》のように人の姿になってそなたを抱けぬな」

リラはくすりと笑って、ダルガートの手の甲に小さな手を被《かぶ》せた。

「大丈夫です。ダルガート様と抱き合う方法は、他にもいくらでもありますから」

「だが昨晩のリラはかなり情熱的だったぞ。あんな声を聞いたのは初めてだったし、繰り返し気持ちいいと言っていた。今までで一番満足だったのではないのか？」

かあっとリラの顔が赤くなる。

「――それはまあ、……そうなんですけど。あの、あまりに刺激が強すぎて、俺のほうの箍が外れそうだったので、……あれは時々でいいです」

目を逸らして呟くように言ったリラに、ダルガートがくくっと笑った。肩を引いてリラを近づけ、その頬をぺろりと舐める。黒獅子頭のダルガートの口づけだ。

ふふっと笑ってリラがダルガートの大きな口の端に唇を寄せる。小さなリラからのお返しの口づけ。

そのまま鬣に顔を埋めるようにして抱きついて、「大好きです、ダルガート様」とリラは囁いた。

「なんだか、はやく王宮に戻りたい気分です。二人だけの部屋に」

「──そうだな。前は王宮にいるのが苦しかったのに、リラが来てからは、あの離宮が恋しくすら思えるようになった。不思議なものだ」

ダルガートがリラの金色の小さな頭を撫でる。

「リラ、私の太陽。──愛してる」

「俺も愛してます。でも忘れないでくださいね。ダルガート様も、俺にとっては太陽なんですよ」

リラの言葉が温かい。思わず引き寄せ、その小さな体をぎゅっと抱きしめた時、ダルガートの鼻をふわっと香ばしい料理の匂いがくすぐった。それと同時にリラの腹がぐうと鳴り、ダルガートが思わずぷっと吹き出す。

「ゼグだな。朝食を準備してくれているようだ。昨晩は追い出してしまったからな。今度はこちらから出向こう」

「あ、でも俺、着るものがありません。昨日、願いを叶える実を食べる前に別の部屋で脱いだので」

「そう言えば私もだ。取りに行くとするか」

ゼグのところに行くために腰に布を巻きつけたダルガートの姿は、筋肉の塊のような逆三角形だった。腿や二の腕は丸太のように太い。

それを見つめながら、リラがくすりと笑った。

「どうした？」

「ダルガート様があまりに格好良くて。立派な体格と黒い獅子の頭。まるで戦神みたいです。ここまで違うと、もうがっかりするどころか、憧れしか浮かばないなあって」

リラの言葉にダルガートが笑う。

「そうか？　私はリラの体が好きだが。もっと食べてくれたほうが安心だが、その滑らかな肌としなやかな筋肉は好みだ」

さらりと言ってリラを赤面させ、ドアを開けて外に出ようとしたダルガートが動きを止めた。ドアの外に椅子があり、その上にダルガートとリラの服が畳んで置いてあったのだ。

「どうかしましたか？」

「我々の服だ。扉の外に置いてあった。ゼグだろう」

「……さすがゼグさん。気が利きますね」

そして、服を受け取ったリラがさらに驚いて声を上げる。

「洗って火熨斗《ひのし》まで当ててありますよ。すごい。ゼグさんは料理だけじゃなくて、こんなことまでできるんですね」

ダルガートも正直に驚く。

「大したものだな。北の辺境警備隊は全て自分たちでこなすとは聞いていたが……」

「一人酒どころか、一人で洗濯して乾かして、火熨斗を当ててくれてたんですね。しかも朝食まで作って」

顔を見合わせて、どちらからともなく笑いあう。

「早く着替えて行きましょう。お礼を言わなくちゃ」

「そうだな」

ゼグが作った朝食はこの上なく美味《おい》しかった。

野菜を煮込んだスープに香ばしく焼いた肉。牛乳で炊いた麦。素朴ながらも、絶妙に味を付けてある。家庭料理に馴染《なじ》んだリラならともかく、宮廷料理を食べ慣れているダルガートでさえ美味しいというほどの出来だった。さらにパンまで焼き、昼食用に肉を挟んで準備する手際の良さだ。

「昨日の酒場の料理並みに美味しいです」と興奮するリラに、ゼグが「それは良かったです」と嬉しそうな顔をする。

「ゼグさん、料理も洗濯もできるし、もしかして裁縫とか掃除もできるんじゃないですか?」

「できますよ。北の辺境警備隊には世話をする女性はいませんからね、男性の兵士のみで全部分担して行うんです」

「すごいですね、お嫁さんの出番なしですね」

リラの言葉に、ゼグはあっさりと「私は結婚しませんよ」と返した。

「なんでですか？　勿体《もったい》ない！」

「私は陛下と王妃様に一生かけてお仕えすると決めてますから」

驚いて顔を上げたダルガートを、ゼグが微笑んで見詰める。「一年前、陛下のところにすべてを告白しに来た時、私はその場で命を終わらせるつもりだったんです。ですが、陛下は私を許し、それどころか近衛兵として迎え入れてくださいました。だから陛下がくださった二度目の私の命は陛下のものなのです」

ダルガートはどう言っていいのか分からない。リラも驚いて二人を見ている。

ゼグが口を開いた。

「とは言いましても、これは私の勝手な決心ですから、陛下はお気になさらないでください。私が勝手に、陛下と王妃様に忠誠を誓っているだけです」

にっこりと笑って言うゼグに、ダルガートは躊躇った末に「感謝する」と呟いた。胸の中で不思議な気持ちが渦巻いている。温かいような苦しいような、どこか泣きたいような。

「ダルガート様」とリラがダルガートの手に小さな手を重ねる。

「これで、ダルガート様の絶対の味方が二人に増えました。俺とゼグさんと。ほら、俺が言った通り、良い方向に向かっているでしょう?」

リラの言葉をダルガートは噛みしめる。

「――ああ、夢のようだな。二十年、そんな者は一人もいなかったのに」

呟くダルガートの皿に、ゼグがさりげなくスープを注ぎ足す。

「ゼグさん、俺にもお代わりください。ありますか?」

「はい。たっぷりとありますよ。食べたら、明るいうちに王宮に戻れるように早めに出発しましょう。準備はもうできてますから、陛下と王妃様のお腹《なか》が満ちたらいつでも出発できます」

ゼグの言葉がダルガートの耳に優しく届く。それは、ダルガートが知らない「家族」の声のようだった。

だが、そんな穏やかな時間は王宮に戻った途端に消えた。

ダルガートたちを待っていたのは、閑散とした兵舎だった。ガルグル王子がその日の朝に大軍を率いて北の国境に向かったのだ。

「どうだ、そなたと同じ十三歳での初陣だ。ガルグルも立派に役目を果たしてくるであろう」

前王妃は勝ち誇ったようにダルガートに言った。それは、ダルガートの不在を狙って前王妃とイルクーツ公が画策した行為だった。王妃派は、ガルグル王子にダルガートと同じ経歴を持たせてから、ダルガートを廃位させるつもりなのだ。

「まずいですね」とゼグが呟く。

「そうだな」とダルガートも頷《うなず》いた。

「こんな形で刺激されたら、北の蛮族たちは総力をあげて対抗するでしょう。ガルグル殿下はかなり苦戦なさるに違いありません。大将軍が三人同行してくださっているとはいえ、蛮族が本気になったらどうなるか……」

◆

ゼグの不安は的中した。

ガルグル王子が出陣してから三日後に届いたのは、三人の大将軍のうち一人の戦死の報《しら》せだった。

「私が大隊を連れて北の国境に向かう」

朝議でのダルガートの発言に「それはなりません」と重臣が返す。

「このような時に国王陛下が王宮を離れてなんとなさいますか。ご安心ください。たかが蛮族どもとの小さな衝突です。大国を相手にしているわけではありません。ガルグル殿下はじきに勝利を収めてお戻りになります。大将軍はあと二人残っています」

ダルガートはぐっと両手を握りしめて口を開く。

「そうはいかぬ。敵は手ごわい。北の国境の向こうは国ではなく、個別の部族だ。各々の部族はそれぞれ狡猾《こうかつ》で技量もある。それが散発的に、時には連携を取りながら衝突を起こすのだ。そなたたちは奴《やつ》らを甘く見すぎている。奴らに連携を取って迎え撃たれたらかなり厳しい戦いになる」

「陛下、それはあまりに大げさすぎますな」とイルクーツ公が口を挟む。

「これはただの小競り合いです。ガルグル殿下が勝利なさらないはずがありません。北の領を守る私が言うのですから間違いありません」

ダルガートはイルクーツ公を睨《にら》んだ。

「イルクーツ公、北の辺境警備隊が東西南北の部隊の中で一番人数が多く、精鋭を揃《そろ》えている意味をどう心得る。いいな、私が向かう」

ダルガートの心の中には、自分が行きさえすれば勝てるという確信がある。むしろ、自分が行かなくては勝てないという焦りがあった。

だが、そこで口を挟んだのは前王妃だった。彼女は議場中に響き渡るような声で叫んだ。

「何があっても行かせぬ！　そなたが戦のどさくさに紛れてガルグル王子を殺さぬとどうして言い切れる」

それはとんでもない侮辱の言葉だった。さすがに場がざわめく。だが、その発言を諌《いさ》める声はなかった。朝議の場に、王妃派を敵に回してまでダルガートを庇う者はいない。

前王妃が息も荒くダルガートを睨みつける。

彼女たちは、何があってもダルガートを出陣させたくないのだ。そうしてしまうと、この戦いはガルグル王子の初陣ではなく、ダルガート国王軍の戦いになってしまうから。

「では、別の軍を動かしましょう。いずれにしても、陛下には王城にいていただかなければなりません」

「いや、私が行く。私でなければ北の蛮族は抑えられぬ」

「なりませぬ。ここにいる全人で陛下に忠言いたします。陛下は王宮にいていただきます」

ダルガートは両手を握りしめた。

これが今の自分の立場だと思い知らされる。軍を統括する重臣までもが前王妃につき、彼が許可しなければ、ダルガートは軍馬を動かすことすらできない。

朝議は再び硬直した。


状況が動いたのはさらに二日後だった。

大将軍がさらに一人戦死したと早馬が届いたのだ。

ダルガートは足音も荒く、ゼグとともに離宮に向かっていた。

扉を開ければ、リラが心配そうに駆け寄ってくる。

「リラ、今すぐ北の国境に向けて出陣する。準備を頼む」

「――はいっ」

荷物を整えながら、リラがダルガートに尋ねた。

「ダルガート様、前王妃様を説得できたのですか？」

「できていないが、これ以上話し合っても無駄だと打ち切ってきた。大将軍が三人いて、二人戦死したのだ。悠長なことを言っていられる状態ではない」

答えながら、ダルガートは、怒りのあまり自分の口調が荒くなっていることを自覚する。鏡を見れば、金色の瞳がぎらぎらと光り、鬣が逆立ちそうに揺れているのが見えた。

鏡の端に映っているリラが息を呑んでいる。こんな彼の姿を見たのは初めてだからだろう。いや、ダルガート自身も生まれて初めてこんなに怒ったのだ。本気で怒ると自分はこうなるのかと改めて知る。

「――大丈夫ですか。ダルガート様」

尋ねたリラに、「何がだ」とダルガートが答える。

「いえ、あまりにお怒りのようなので……」

リラが青ざめているように見えて、ダルガートは大きく深呼吸した。意識して怒りを逃すよう努める。

「このような状態になっても、母上が私の出陣に反対したのだ。大将軍二人が亡くなっている状態なのだ。その下にいる兵士たちも被害は甚大《じんだい》に違いない。それなのに、さらに将軍を送り込むと言い、私が向かうのを阻止しようとした。私がガルグルを戦場で殺しかねないと再び主張して」

「――ひどい」とリラが息を呑んだ。

「それで、ダルガート様はどうなさったのですか」

ダルガートはふうと大きく息をつく。

「母上に、『頭が獣でも、心まで獣だと思わないで頂きたい』と言い置いてきた。『これ以上獣扱いなさるなら、国王への侮辱罪も検討します』と言ったら、さすがに黙った」

リラが顔を顰《しか》めてダルガートを見つめる。

ダルガートの胸がぎりっと痛んだ。リラが自分の身を案じてくれているのは分かっている。だが、そんな哀れみのような目で見られたくなくて、ダルガートは立ち上がった。

「準備ができたなら今すぐ兵舎に向かう。ゼグ、いいか」

「はい。私はいつでも出発できます」

ダルガートが扉に向かおうとした時だった。

「お待ちください！」とリラが二人を呼び止めた。

「ダルガート様、俺もつれて行ってもらえませんか」

思いがけない言葉に、ダルガートの熱が一瞬冷める。ゼグも目を丸くしている。

「何を言う。そなたは兵士ではない。王妃だ」

わずかに動揺しながら返したダルガートに、リラが「いいえ、俺も兵士です」と返した。

「小人族の男は、皆戦士です。鉱山を守るために体を鍛えて、技も磨いています。戦えます！」

しかしダルガートは「だめだ」と繰り返した。

「私はそなたの技量を知らない。兵士として役に立つか判断している時間もない。大人しくここにいてくれ」

「ダルガート様……！」

叫んだリラに「王妃」とダルガートが厳しい口調で言う。「リラ」ではなく「王妃」と呼ばれたことで、リラがびくりと震えた。

「戦場に出れば、私は死なぬがそなたは死ぬかもしれないのだ。そなたが戦場に来れば、私はどうしても心配してしまう。そのような余計な心配を掛けさせるな」

ぐっとリラが言葉に詰まる。今度こそ何も言えなくなったリラから目を離し、「ゼグ、行くぞ！」とダルガートが叫ぶ。

ちらりと見れば、リラは両手を握りしめて、床を見つめて立ち尽くしていた。ちくりと心が痛んだが、甘い言葉を聞かせてリラを戦場に連れて行くわけにはいかない。

ダルガートは振り切るようにリラに背を向けた。


ダルガートとゼグが慌ただしく部屋を出ていく。

ぽつんと残されたリラは、悔しさに唇を噛みしめた。

——ダルガート様の言葉は、何ひとつ間違っていない。

リラはダルガートに、自分が兵士だということを見せて示したことはない。強いか弱いか判断もつかない者を戦場に連れて行けないのは当然だ。

――いったい俺は何をしにここに来たんだ。

ダルガートの力になりたいと言いながら、戦場についていくこともできない。確かにダルガートは死なないけれど、……彼の周りの者は死ぬ。戦死者が多くなればなるほど、彼はきっと苦しむ。そうならないように力を尽くすことすらできない。

――それどころか、俺が戦場に行けばダルガート様の足枷《あしかせ》になるなんて。

情けなくて、悔しくて、瞼が熱くなる。

――太陽だとか、出会えて良かったとか言われて、いい気になっている場合じゃなかった。

リラがごしごしと両手で目をこすって顔を上げた。

「――着替えよう。落ち込むのは後でもできる」

リラには王妃として国王の出兵を見送るという重要な役目がある。

ダルガートが援軍として出ることに反対していた前王妃派の重臣たちは、見送らない可能性が高い。せめて王妃の自分だけでも立派に見送らなくては、とリラは大きく深呼吸した。

◆

ガルムザール軍は疲弊しきっていた。

ダルガート一行が駆け付けた時にはすでに日が暮れており、その日の戦闘は終了していたが、火のもとに集まる兵士たちの姿はくたびれ、疲れ果てていた。負傷しているものも多く、士気が下がり切っていることが一目で見て取れる。

兵士の一人がダルガートに気付き「国王陛下……！」と驚きの声を上げる。

「ああ、国王陛下が来てくださった」と他の兵士が震える足で立ち上がりダルガートに近づこうとするのを、同行していた将軍が遮ろうとする。だが、ダルガートは「構わない」と将軍を手で止めて馬を下りた。

「今までよく守った。私が来たからにはもう大丈夫だ」

自分にかかった呪いの内容を知った今こそ、ダルガートは心からこの言葉を口にすることができる。力強く言い切り、ダルガートは近寄ってきた兵士の肩を撫でた。

「ああ、国王陛下だ。これでもう……」

「みんな、国王陛下が来てくださったぞ！」

一人が上げた声に合わせて、ざわめきが戦場に広がっていく。

「国王陛下万歳！」

「不敗の陛下、万歳！」

ダルガートが負けたことがないという事実は、普通の民よりむしろ兵士に広まっていた。そして、命を懸けて戦場に赴く彼らにとって、ダルガートの存在は英雄に近かった。

　ざわめきが広がると同時にあちこちで上がる万歳の声に気付いて、一番大きな天幕から将軍が顔を出した。

「国王陛下！」と驚いて叫び、その場で膝をついて敬礼する。

　ダルガートは大股に歩いてその天幕に向かった。同行してきた将軍やゼグがその後ろに続く。

　天幕の中では軍議の最中だった。中央に広げた地図の周りに将軍たちが集まっている。一番奥、絨毯《じゅうたん》の上に敷いた獣の皮に座っているのはガルグル王子だが、ふんぞりかえった彼がお飾りの総大将なのは誰の目にも明らかだった。身を乗り出して議論していた将軍たちが、突然入ってきたダルガートの姿に驚いて「陛下！」と立ち上がる。

「状況はどうなっている」とダルガートが尋ねたその時だった。

「何をしに来た！」とガルグルの幼い声が響いた。真っ青になって怯《おび》えて、震える瞳でダルガートを凝視している。

「――わ、私を殺しに来たのか。戦場でどさくさに紛れて殺すつもりだろう」

　ダルガートは金色の目を細めた。将軍たちも、あまりの言葉に眉を顰《ひそ》めている。だが、この場にガルグルに賛同する者はいなかった。王城にいる重臣たちと違い、将軍をはじめとした兵士たちはダルガートを認めているのだ。

　――哀れな。

ダルガートはガルグルから目を逸らし、地図に近寄った。

「将軍、状況を説明せよ。今よりここの指揮は私が執る」

「はっ」と敬礼し、将軍たちが地図の周りで膝をついた。

「だめだ！」とガルグルが叫ぶ。

「この戦の総大将は私だ。ここは私の戦場だ。私は初陣に勝って戻らなくてはいけないんだ……！」

立ち上がって大声を出すガルグルを、将軍の一人が「王子はここでお控えください」と皮の上に座らせようとするが、ガルグルは「うるさい！」と彼を振り払おうとする。

そんな彼に向かって、ダルガートは「私が来たからには勝つ」と静かに言い切った。

「総大将はそなたで構わぬ。私はただ、これ以上兵士が死ぬのを見ていられぬだけだ。そなたはすでに大将軍を二人殉死させているのだから、これ以上口を出すな」

睨みつける金色の瞳の迫力に押されたように、ガルグルが青ざめて黙った。

その様子を黙って見ている将軍たちの中で、ダルガートが黒獅子の頭を正面に戻す。

「グスク大将軍。味方の損害を報告せよ。軍馬と将兵はどの程度残っている」

ダルガートの低い声が幕内に響いた。

翌日の戦闘は混迷を極めた。

赤茶けた土の平原に、騎馬兵も歩兵も弓兵も関係なく敵味方の兵が入り乱れている。

戦力の半分近くを失い疲弊しきっていたガルムザール軍に対し、次々に戦力を投入し、複数の部族が入れ替わり立ち替わり波のように押し寄せる敵軍。ダルガートたちが駆け付けなければ、ガルムザール軍の敗北は午前のうちに決していただろう。

だが今、ガルムザール軍は徐々に持ち直し、わずかながら敵軍を押し返している。

将軍たちにも勝利の希望が見えてきた時だった。土煙を上げて馬を走らせ、駆け戻ってきた偵察兵がダルガートたちに叫んだ。

「ガザン峠が破られました！」

ダルガートや将軍たちが息を吞む。

主戦場の平原から一里ほど離れた峠を、別の部族が急襲したのだ。

それと同時に、てんでんばらばらに射られていた矢がひと方向に集まっていくのに気づく。

その方向を振り返り、ダルガートは怒りのあまり思わず唸《うな》らずにいられなかった。

豪華な鎧《よろい》を身に着けたガルグル王子だった。陣の後ろに控えていろと言ったのに、将軍たちを引きつれて戦場に出てきたのだ。しかも、ガルムザール軍の軍旗をはためかせて。

「――王子様、なぜ……！」と大将軍が呻く。

敵の弓兵の的にならないはずがない。矢が雨のように降り注ぎ歩兵が倒れる。さらには、敵の騎馬兵たちもガルグル王子の方向に向かいだす。

「あの将軍たちは前王妃派です。ガルグル王子をけしかけたのでしょう」

ゼグの言葉を最後まで聞かずに、ダルガートは馬の踵《きびす》を返してガルグル王子の方向に向かって駆けた。ゼグと将軍たちもあとに続く。

ガルグルの周りの将軍たちは、矢を叩き落とし敵兵を斬り王子をよく守っていたが、押し寄せる敵に圧されて徐々にガルグルと距離が開いていく。焦ったガルグルが馬上で怯える。そしてとうとう、一本の矢がガルグルの馬の腹に刺さった。

高く鳴いた馬にガルグルが振り落とされる。地面に転がり、衝撃で動けなくなった彼に、敵兵が大きく剣を振りかぶった。

「——王子……っ！」

誰もがもう駄目だと思った時にその敵兵の背中を槍《やり》が貫き、剣が地面に落ちた。ダルガートが投げた槍だった。

ダルガートはそのままガルグルに駆けつけ、周囲の敵兵を斬ってなぎ倒していく。追いついたゼグや将軍たちも加わり、ガルグルの身の危険はとりあえず遠のいた。

「なぜ出てきた！」とダルガートが馬上からガルグルに怒鳴る。

「将軍たちに、……兵を鼓舞するなら今だと言われ……」

「死にたいのか。後ろに控えていろと言ったはずだ」

ダルガートの声は怒りに満ちていた。ガルグルはその迫力に押されながらも、ダルガートを睨んで叫ぶ。

「なぜ助ける！　あのまま私が殺されたほうが、兄上には都合が良かったのではないか……！」

ダルガートが目を細めた。

「ガルグル。なぜそなたは、そんなに私に殺されたがる。私はそなたを守りにここに来たというのに」

「そんな言葉信じられるか！」

「私が黒獅子頭だからか？」

「……そうだ」

ダルガートがガルグルを見つめる。無表情な黒獅子頭に怯えたのかガルグルは顔を強張らせて目を逸らした。

そんな彼に、ダルガートの静かな声が降り注ぐ。

「それでも私はそなたの兄だ。そなたの母君がそなたを無条件に愛するように、私も、ただ一人の弟にとって良き兄でいたいと願っている。獣の頭は、そう思うことすら許されないのか？」

ガルグルがはっとして顔を上げた時には、ダルガートはすでに顔を敵陣に向けていた。

「グスク大将軍。この場を任せられるか」

「はっ」と大将軍が答える。

「ならば、私はそこの大将二人を討ち取ってガザン峠に向かう」

「陛下！　それはあまりにも……！」

どう考えても無茶だ。さすがに動揺して止めようとする大将軍を手で制し、ダルガートは
「ガルグルよ」と呼びかけた。

「今から、本物の鼓舞というものを見せてやる。ゼグ、ガルムザール軍旗を掲げて付いてこい」

「はっ！」というゼグの返事に合わせて、ダルガートが馬の腹を蹴った。そのまま剣を握り、敵将にまっすぐ向かう。

――黒獅子の頭でいる限り、私は死なない。必ず勝つ。

呪術師の呪いに力を得て、全力で駆け抜けるダルガートに敵《かな》う者はいなかった。軍旗を背に雄叫《おたけ》びを上げながら剣を振るい、砂煙を上げながら敵陣に一人向かって猪突猛進する姿は、まるで戦神のようだったとその場にいた兵士たちはのちに語った。

北の国境での戦いは、ダルガートが敵将二人の首を討ち、ガザン峠に侵入した蛮族が黒獅子の迫力に怯えて後退したことにより、ガルムザール軍の勝利に終わった。

ガルグル王子の軍が王城に戻ったのはその四日後だった。

大きく数を減らしたガルグル王子軍に都の民が衝撃を受ける。その一方で、ダルガート軍はほとんど無傷だった。

ダルガートや将軍たちが王宮の城門を潜るや否や、前王妃が泣きながらガルグル王子に駆け寄った。国王であるダルガートには見向きもせずに。

「よく無事で戻った、ガルグルよ。母は生きた心地もしなかったぞ」

馬から降りたガルグル王子に抱きつき、彼女は「傷はないか？　ダルガートに殺されかけたりしなかったか？」と息子の体のあちこちを撫でる。

その言葉は、その場にいた重臣たちや王子に同行した将軍たちの耳にももちろん届いていた。だが、前王妃を諫めるものは一人もいない。

今さらそのようなことにダルガートの心は傷つくことはない。ダルガートの心はいつものように冷え切っている。だが、少し離れた場所から怒りを噛み殺すような表情で手を握り立っている小さなリラの姿を認めた途端、とくん、とダルガートの心臓が音を立てた。

目が合う。

獣の瞳は、リラの表情の細かいところまで拾ってダルガートに届けた。怒りのためほのかに色づいた目元。揺れる金色の長い睫毛。嚙みしめられた奥歯。余計なことを口にしないように引き締めた口元が震えている。

心がふわっと温かくなった。凍っていたような体に血が巡り、気づけば大きく息を吸って吐いていた。

その時だった。遠方から「国王陛下に敬礼！」と声が響いた。

驚いて顔を上げれば、腕を吊《つ》った兵が城門の上からダルガートに敬礼をしているのが見えた。先に王城に戻っていた負傷兵だ。

「何を言う！」と前王妃が肩を怒らせて叫んだ。

「これはガルグル王子の軍ぞ！　総大将のガルグル王子に敬礼する前にダルガートに敬礼するとはなにごとだ！」

喚《わめ》く前王妃に呼応して、王妃に随従していた重臣たちが「そうだ！　そこの無礼者降りてこい」と大声を出す。

だが、それを制したのは、ダルガートの後ろにいたグスク大将軍だった。

「畏れながら前王妃殿下、今この場でまず国王陛下に礼を尽くすのは、我々戦場に出た兵士にとっては当然のことであります。我々は、国王陛下が駆け付けてくださらなければ、命を落としていたでしょうから。そしてそれは、ガルグル王子殿下も例外ではございません」

かあっと前王妃の顔が赤黒くなる。

「……この、無礼者……っ！」と叫ぶ彼女の声に被せるように、大将軍が「国王陛下に敬礼！」と大声で号令をかけた。

ばっとその場にいる兵士たちが一気に敬礼をする。ダルガートと同行していた将軍たちだけでなく、門兵、城門の上にいる見張りの兵たちも。

ダルガートは呆気に取られてそれを見上げていた。

まさに、ダルガートにとって初めての出来事だった。今まで敵ばかりだと思っていた王城で、まさかこのような出迎えをしてもらえるとは夢にも思っていなかったのだ。

じわじわと胸が熱くなる。

なぜかリラの顔が頭に浮かんだ。リラはきっと、我がことのように喜んでくれるだろうから。あの青い瞳で。

ああ、リラを抱きしめたいとダルガートは思った。

ガルグル王子が軍を解散させるのを見届け、ダルガートは離宮への回廊を急いで歩いた。

今回の戦いを勝利に導いたのは明らかにダルガートの軍であり、ダルガートが総大将を代わって解散させるべきだとグスク大将軍にも進言されたが、ダルガートはそうしなかった。

この戦いの総大将の座を奪うと、再度ガルグルに初陣勝利の実績を上げさせようと、王妃派が無理にガルグルを戦場に出すことが目に見えていたからだ。十三歳での初陣勝利はダルガートだからこそ成しえた成果であり、ガルグルには荷が重いことは明らかだ。

それに、軍の解散を命じるガルグルが悔しさと情けなさを隠しきれていないのを見れば、ダルガートの心に残っていた苛立《いらだ》ちも消えた。むしろ前王妃派に担がれている彼を気の毒にさえ思う。ガルグルに向けられた兵士の視線は冷たく蔑みまじりで、ダルガートに向けられる熱い視線と雲泥の差だということは彼が一番感じているのだろうから。

——ああ、リラに会いたい。

さっきほんの少しリラの姿を目にしただけで、こんなにも会いたくてたまらない。リラに会えば、この複雑な気持ちも薄まるような気がした。

離宮の扉を開けた途端に、「ダルガート様！」とリラが駆け寄ってくる。

「戻ったぞ、王妃」と短く言えば、リラの顔がぐっと歪《ゆが》んだ。感動を抑えて青い目を伏せ、リラが深々と頭を下げる。

「おかえりなさいませ。無事のご帰還、心よりお祝い申し上げます」

たった七日なのに、ものすごく懐かしく思えるリラの声に、ダルガートの胸が震えた。リラはダルガートが死なないことを知っている。それなのにこんなに声を震わせて帰還を祝ってくれるリラがなによりも愛しい。

——ああ。ここが私の住処《すみか》だ。

今まで王宮は、できれば足を踏み入れたくないところだった。戦場のほうがましだと幾度思ったかしれない。

だが、リラがいるというだけで、この地はダルガートの戻りたい場所に変わる。

ダルガートはリラを抱き上げた。腕に乗せて目と目を合わせる。

「泣くほど心配してくれたのか？　私は死なないのに？」

「死なないけれど……！」とリラがダルガートの首に抱きつく。

リラの太陽のような香りがふわりと鼻に届き、ダルガートはリラがそばにいることを実感する。またとくんと心臓が音を立てた。

「悪かった。待たせたな」

「本当です。七日間はものすごく長かったです」

「私もリラに会いたかった」

囁けば、「俺もです」と囁くような声が返ってくる。

黒い鬣に顔を埋めてぎゅうぎゅうと抱き着くリラに、ダルガートがくっと笑った。

「リラ、私はまだ埃《ほこり》だらけだ。それにさぞかし汗臭いことだろう」

「それなら」とリラが顔を上げた。

「湯あみをしませんか。ダルガート様が戻っていらっしゃると聞いて、朝から湯を温めていました」

「それはまた準備のいいことだな」

「戦場では湯あみなどできないでしょうから。それで、俺にダルガート様の背中を流させてください」

「ありがたいな。それは疲れが癒えそうだ」

どちらからともなく見つめて笑いあう。

リラが微笑みながら、今度はゆったりとダルガートの首に抱きついた。そして、大きな口の端にちょんと唇で触れる。

「お帰りなさいませ。遠征お疲れさまでした」

ダルガートが笑う。声を出して。

自分がそんな笑い方ができていることに気付いて、ダルガートの胸がまた少し不思議な音を立てた。

なみなみと湯を張った湯船の横で、シャツ一枚の姿になったリラがダルガートの鬣を洗う。

ダルガートは腰だけを布で隠し、湯殿の床に胡坐《あぐら》をかいて座っていた。

「すごいですね。洗っても洗っても砂が出ます」

「砂地だったからな。砂嵐の中で戦うようなものだった」

「そうなんですね」と答えたあとで、リラが「良かった」とほっとしたように呟く。

「良かった、とは？」

「ダルガート様の体に傷がなくて。死ななくても、怪我《けが》はするかもしれないでしょう？」

「それを確認するために背中を流したいと言ったのか？」

「それもあります」とリラが小さく笑う。

「でも一番の目的は、やっぱり疲れを癒していただきたいからです」

「リラの顔を見ただけで疲れは癒えた」

さらりと言えば、リラの手の動きが止まった。

不思議に思って振り返れば、リラが赤い顔をしている。

「……ずるいですよね。そういう言葉を突然言うんですから」

「本心だぞ？　王城に入ってリラの姿を見た途端に、全身が温かくなるような気がしたのだ。それまでぎしぎしと軋《きし》んで重かったのに」

リラがはっとしたような顔になった。

「……軋んでいたんですか？」

「リラに会って、自分の体が軋んでいたことを知った。でももう平気だ。リラを抱き上げて、リラの声を聞いたらさらに体が柔らかくなった」

ダルガートの言葉に、なぜかリラが泣きそうに目を細める。

「――お疲れさまでした」と抱きつこうとするリラを、ダルガートが体の前で横抱きにした。

「湯に入ろう」

「え？　ダルガート様だけどうぞ。俺はシャツを着たままですし」

「脱げばいいではないか」

「――え、それは……」

「ではそのまま一緒に入るぞ」とダルガートは、リラを抱いたまま湯船に入った。ばしゃんと湯がリラの顔にかかり、「わっ」と驚いた声が上がる。

ダルガートは笑い、肩まで沈んだ自分の胸の前でリラを向きあわせた。リラが手を伸ばしてダルガートの首に抱きつけば、まるで大人が子供を抱いているような状態になる。

「なぜシャツを脱ぐのが嫌なのだ？」

「――情けなくなるので。ダルガート様はこんなに筋骨隆々で格好いいのに、俺は貧弱だし……」

「いまさらか？　褥では脱いでも平気でいるではないか」

「あ、あれは夜じゃないですか。今は昼間で、明るくて全部はっきりと見えるし……！」

慌てるリラに、ダルガートはくくっと笑った。

「前は『小人族はこういうものです』と開き直っていたではないか。それに、私はこの小さくて細いリラが好きだぞ。小さな手も足も、滑らかな肌も、きらきらした金色の髪も好きだ。こうしてリラに触れるだけで生き返るような気がする」

笑って言ったダルガートに、なぜかリラはまた表情を曇らせた。そして「お疲れさまでした」とダルガートの耳に囁く。

「ゼグさんに聞きました。——ダルガート様が、戦場でガルグル王子に酷《ひど》い言葉を言われたと」

「ああ、そのことか」

ダルガートがふうと息をついた。

「平気だ。今まで幾度となく言われてきた言葉だ。ガルグルだけでなくあらゆる者に。今更傷つきなどしない」

「——でも、……俺と会って、体が温かくなったんですよね。それまでは冷えていたってことですよね。無意識に辛《つら》かったんじゃないですか……？」

リラの言葉に、ダルガートの胸がまた不思議な音を立てた。リラが自分を心配してくれる気持ちがじわじわと染みこんで、くすぐったいような痛いような気持ちになる。

「リラ、それは仕方がないことだ。私が黒獅子頭でいる限り避けられないことなのだ」

　リラは、ダルガートの首にぎゅっと抱きついたまましばらく動かなかった。そして、ぽつりと口を開く。

「……ダルガート様、お願いがあるんですけど」

「戦場に連れて行けというのなら却下だ」

「ええ？」とリラががばっと顔を上げる。ばしゃんと湯が波立った。

「ずるいです。俺が言う前に言わないでくださいよ」

「やはりそうか」

　不服そうな顔をするリラに、ダルガートはくすりと笑った。

「だめだ。リラは連れて行かぬ。私は死なぬのだから心配はいらぬ。大人しく離宮で待っていろ」

「心配しますよ。――ダルガート様の心を」

「心？」

　リラがダルガートを見つめた。

「ダルガート様が今回みたいに傷つくことを言われた時に、俺はそばにいたいんです」

　ダルガートは思わず黙った。

　リラといると心が安らぐのは確かだ。あの殺伐とした戦場にもしリラがいたら、きっと心の救いになるだろう。だが同時に、だからこそ戦場にリラを連れて行ってはいけないのではないかという考えも浮かぶ。

——戦場では、心は凍っているほうが相応しい。

黙ったままのダルガートに、リラが畳みかける。

「ダルガート様がいらっしゃらない間に練習して、一人で馬にも乗れるようになりました。体を鍛えなおして、小人族の村にいた時のように戦えるようになりました。俺は戦えます」

懸命に説得しようとするリラに、「気持ちはありがたいが、それでもだめだ」とダルガートは静かに返した。

「前にも言ったが、リラがいると、私の気が散ってしまう。戦に全力を集中できなくなる自分が見える」

「……それは、俺が弱いからですか？」

「そうだな」

リラの顔が悔しそうに赤くなる。だが、その直後、リラはさらに口調を強めてダルガートに迫った。

「じゃあ、俺がゼグさんくらい強くなったら、つれて行ってもらえますか？」

「リラ？」とダルガートが問い返す。なぜここにゼグが出てくるのか分からない。

「俺は王妃ですけど男です。俺は、小人族の村を出てダルガート様に嫁ぐことが決まった時に、ダルガート様のお役に立とうと決心してきたんです。女性のように危険から遠ざけて守られて、何もできずに心配しているだけの存在でいたくありません」

ダルガートは思わず小さく笑った。

リラを連れていく気はない。だが、ここまで自分のことを考えてくれるリラの望みをこの場で断つこともしにくかった。きっとリラは諦めないで食い下がるだろうから。

「分かった。ゼグより強くなったら考えよう」

ぱあっとリラの表情が明るくなった。

「ありがとうございます！」

リラが弾けるような声を上げて喜ぶ。

「決定じゃないぞ。考えるというだけだからな。今回一緒に戦に出て知ったが、ゼグは強いぞ。さすが精鋭揃いの北の辺境警備隊の分隊長だっただけある」

「構いません。鍛えます」

リラはダルガートの首にぎゅっと抱きついた。

「よかったぁ」とため息をつくように言う。

「そんなに良いことなのか？」

「もちろんです」と答えて、リラが少し身を離してダルガートを見つめた。

「ダルガート様、俺、認めてもらえるように頑張りますから」

嬉しそうに目を細めながらも、青い瞳に映った真摯な色にダルガートの胸がきゅっと締め付けられたようになる。

――ああ、なんと愛しい。

今までこんなに自分のことを心配し、案じてくれた者はいなかった。むしろダルガートは、死ぬことを望まれていたのだから。

――リラに会わなければ、きっと、こんな気持ちを知ることはなかった。こんなに体が温かくなることも知らなかったのだろう。

そう思った途端に、胸が詰まったように苦しくなる。

ダルガートはリラを抱き寄せた。リラが溺れないように、その頭を自分の肩に乗せ、両腕で肩を抱く。

ふふっとリラが笑った。

「こうやって二人で湯あみするのも楽しいですね」

リラが、泳ぐように足の甲でぱしゃんと水面を叩く。

「そうだな」と答えれば、リラは嬉しそうにダルガートに頬を寄せる。

ぱしゃん、ぱしゃん、と優しく響く音を、ダルガートは目を閉じて聞いていた。

◆

中庭でゼグとリラが向かい合っている。ゼグの手には木製の剣。リラは短刀だ。普通の男性の体型のゼグと、その腰ほどまでの背丈しかないリラが対峙《たいじ》すると、まるで大人と幼児のようだ。

ダルガートは、そんな二人を中庭に面して開放した窓から眺めていた。

攻めるゼグの剣を、リラが機敏に身を躱《かわ》して避《よ》ける。身長差がありすぎて攻撃しにくいことはあるとはいえ、リラの動きは素早かった。ちょこまかと動く。

——小人族はみなこんなに運動神経が良いのだろうか。

挙句の果てには、一瞬で木の枝に登り、上から飛び降りてゼグの背後にしがみつき、短刀をその首に当てる。あるいは、隠し持っていた錐《きり》のような武器で急所を刺そうとするのだ。

「降参です」とゼグが剣を下ろしたのを見ながら、ぷっとダルガートが吹き出す。

——まるで猿だな。

確かに、リラの体の小ささと筋力の少なさでは、力勝負になったらどう足掻《あが》いても普通の兵士には敵《かな》わない。だから、長剣を用いず短刀や小さな武器で急所を狙うのは正解だ。それが小人族の戦い方なのだろう。

「よし！」とリラが嬉《うれ》しそうにゼグの背から飛び降りる。

「見てましたか？　ダルガート様」

リラが駆け寄ってくる。

「ああ、見ていた」

「今日も勝ちましたよ！」

きらきらした表情で、誇らしげにリラが言う。ゼグと鍛錬しているときのリラの口調は少し砕け、王妃というよりも普通の青年に近くなる。

「その前に二回負けているがな。二勝二敗だ」

ぷうとリラが膨れて「次は全部勝ちます」と言い切る。ころころと表情が変わるリラに、ダルガートは金色の目を細めて小さく笑う。

そこにゼグが歩み寄ってきた。

「それはいかがでしょうか、王妃様。私も王妃様の攻撃に備えて鍛錬しますから、全勝はまだ遠いのではないかと」

「だったら、俺はゼグさんより鍛えればいいんですよね」

ゼグを見上げて挑戦的に笑うリラに、ダルガートが思わず声を出して笑った。

突然笑いだしたダルガートにリラとゼグが驚いた顔をする。

ダルガートは立ち上がり、ゼグから木の剣を受け取った。

「私とやるか？」

「やります！」と嬉しそうに答えたリラに、ダルガートが「ただし、木に登るのはなしだ」と釘《くぎ》を刺す。

「ええ？」とリラが不服そうに眉を寄せた。

「戦場に木があることは少ない。むしろ何もないことのほうが多い。小人族の戦い方は森の中では最強だが、平原や砂地では弱い。今のままではまだ認められないな」

リラがぐっと言葉に詰まる。

「さらに言うと、リラの戦い方は先守攻従だ。相手の攻撃に対してまず身を守り、それから攻撃に転じるやり方は戦場には向かない。戦場では片っ端から自分で攻撃していく必要がある」

「――攻撃もできます」とリラが反論する。

「このあいだの吹き矢のことか？」

「そうです」

「吹き矢も戦場には向かない。どこに身を隠して矢を吹く？」

「必ずしも身を隠さなくても吹き矢は使えます」

「兵士が入り乱れている戦場でも？　さらに相手は甲冑《かっちゅう》を身に着けているぞ。そこに的確に矢を刺せるか？」

言い負かされたリラが悔しそうに両手を握りしめる。

実際、リラの戦い方は兵士を大量投入する平地での戦には向かないのだ。おそらくこの小人族の戦い方は、森の中の鉱山に侵入してくる少数の敵を撃退するために編み出されたものだろうとダルガートは思う。うっそうとした森の中にこのような兵士が潜んでいると考えると、それは恐怖でしかない。

――やはり、戦場にリラは連れて行けない。

ダルガートが改めて強く思った時だった。

「恐れ入りますが、陛下」とゼグが横から口を差し挟んだ。

「王妃様との手合わせがやりにくいのは確かです。接近戦向きですが、一瞬で距離を詰める素早さはさすがですね。水でも小石でも、その場にあるものすべてを武器に代えて攻撃してくるのも、予想できずに有効だと感じます。あとは、――確かに平地向きではありませんが、上から下から自在に攻められるのもかなりきついです」

「ゼグさん……」

思いがけず褒められて、リラが驚いてゼグを見上げる。

「戦場は平地ばかりではありません。私がいたような辺境警備では、森や林、岩場での戦いも多くありました。そのような場に、こんな王妃様のような戦いを仕掛けてくる敵がいたらと思うとぞっとします」

にっこりと笑顔でたしなめられて、ダルガートは思わず言葉に詰まった。自分があえてリラを戦場につれて行かないで済む理由ばかりを探して積み上げていたことを見透かされたような気になったのだ。

　そんなダルガートに、「ダルガート様、やりましょう。俺はいつでも準備できています」とリラがわくわくした顔で短刀を構える。ゼグに褒められて気を取り直したようだ。

「わかった」とダルガートも木剣を握りなおした時だった。

　コンコンと扉が叩《たた》かれる音が室内から届き、「あっ」とリラが声を上げた。

「えっ？　もうそんな時間？　食事の支度……！」と慌てて「すみませんダルガート様、対戦はまた次の機会にしてください」と慌てて室内に駆けこんでいく。

　食事は入り口まで届けられるが、テーブルにそれらを配置して準備するのは王妃の仕事なのだ。ゼグとの稽古に熱中しすぎで、時間が経《た》つのを忘れていたらしい。

　微笑《ほほえ》んでそれを見送っていたダルガートにゼグが歩み寄る。木剣を彼に返しながら、ダルガートはつい尋ねていた。

「ゼグ、そなたはどう思う」

　意見を求めてしまったのは罪悪感のせいかもしれないとダルガートは思う。

　ゼグは少し考えて口を開いた。

「畏れながら、王妃様をお連れしても問題ないのではないかと私は思います。陛下が率いるような大隊の時は幕内にいていただければ良く、森の中や移動時の接近戦ではむしろ戦力になります」

「確かにそうかもしれないな」と呟《つぶや》いて黙ったダルガートに、ゼグが「陛下が王妃様を戦場に連れて行かないと仰《おっしゃ》るのは、王妃様をできる限り危険から遠ざけたいからですよね」と尋ねる。

　ダルガートは黙った。

「陛下。王妃様は普通の王妃様ではありません。陛下がお思いになっている以上に強いと私は思いますよ」

　ゼグの言葉に、ダルガートはわずかに息を詰めた。

「ゼグ、そなたの言葉は正しい。私はリラを失うことを恐れている。しかし、……そればかりでもないのだ」

「陛下？」

　これを口に出していいのだろうかとダルガートは躊躇《ためら》う。だが、ゼグには伝えたい気持ちが膨らみ、彼はゆっくりと口を開いた。

「私は、……リラがどれだけ強くなったとしても、戦場に連れて行きたくない。おそらく私は、リラがいると弱くなってしまうから」

　ゼグは驚いたように目を瞬いた。

「なぜですか？」

「……リラといると、心が柔らかくなってしまう。戦場で必要なのは鋼の心なのに」

ゼグは考え込むように黙った。

「私は、……リラを得て弱くなったのだろうか」

ダルガートの呟きに、ゼグはしばらく考えてから口を開いた。

「それはないと私は思います。陛下は王妃様がいらっしゃって、明らかに強くなられました。黒獅子《くろじし》の姿も隠さずに積極的に前に出て国政を行い、周辺国からこの国を守り、伝説の王への道を着実に歩まれています」

ここまで告げてから、ゼグはにっこりと笑った。

「王妃様は、陛下の宝物であると同時に、確かに弱点です。ですが私は、国王陛下が王妃様と出会えたことは、陛下にとってもガルムザール王国にとっても良いことだと思っています」

ダルガートがゼグを見つめる。ゼグは穏やかに微笑んでいた。

「――なぜそう思う？」

「王妃様と一緒にいる国王陛下が幸せそうだからです。率いる方が幸せでなくて、どうして民も幸せになれましょうか。昔から言い伝えられている数多《あまた》の物語もそうです。国王が狂えば国は滅び、国王が穏やかであれば国は平和になるのです」

子供を諭すような口調で言ったゼグに、ダルガートはつい笑ってしまった。肩の力が抜ける。

「ゼグはまるで、私の親のようだな」

「それはこの上なく光栄なお言葉です」とゼグがおどけた口調で返す。

今ゼグが告げた言葉には全く信憑性《しんぴょうせい》はない。物語のようにことが収まれば苦労はない。だが、ダルガートの心は不思議と軽くなった気がした。

ゼグのような者が自分のそばに現れてくれたのも幸せなことだとダルガートは思う。実の親からも疎まれながら育ったダルガートにはゼグも大切な宝物のひとつだ。

「ダルガート様、お食事の支度が整いました」とリラの声が聞こえた。

「分かった」とダルガートが振り返ると同時に、ゼグが「では、私は警備に戻ります」と敬礼する。

そんなゼグを「あ、ゼグさん、ちょっと待ってください」と止めたのはリラだ。ぽんと中庭に飛び降り、「これをどうぞ」と小さな布の包みを手渡す。

「焼き菓子です。お祝いごとのお裾分けです」

「祝い事などあったか?」と尋ねるダルガートに、リラが笑いながら「ダルガート様の誕生日です」と答えた。

ダルガートは首を傾《かし》げる。

「私の誕生日は先月だぞ」

「はい、先月の今日ですよね。でも、先月もたいしてお祝いできなかったので、毎月の誕生日の日にお祝いしようと思って、今日はちょっと豪華なお食事を頼んだんです。今までお祝いしなかった誕生日を取り戻しましょう」

ダルガートが目を瞬く。

確かに、先月のダルガートの誕生日は何もなく過ぎたのだ。先王の時代は、国王誕生日といえば盛大な祝賀行事を催していたのに。

「それは素敵ですね」とゼグも微笑んでいる。

「来月はゼグさんも一緒にお食事しませんか」

「ありがたいお言葉ですが、謹んでご遠慮申し上げます。陛下と王妃様が落ち着いてお食事を召し上がれるようにお守りするのも私の重要な役目ですから」

「だったら、来月も美味《おい》しいお菓子を包みますね」

楽し気に話をしている二人の様子に、ダルガートの心がまたふわりと温かくなった。胸が苦しくなるこの感覚が「幸せ」だとダルガートはもう知っている。

――このような優しい時間が私に訪れるなんて。

一年半前には、まったく想像もしていなかった。リラが訪れて、すべてが変わっていったのだ。

この宝物のような日々が続けばいいと心から思う。国王が幸せであれば国も平和になると言うのなら、ずっと続いてほしいと心から願う。戦で大切な人を失う民など現れないように。

だが、その願いは再び早々に破られた。

東の国境を郭国《かくこく》の軍が侵したと伝令が駆けこんできたのは、それからわずか一月後だった。

◆

王宮は一気に緊張に包まれた。役人が走り回り、あちこちで早口の怒鳴り声が交錯する。召集された兵士が兵舎に集まり、馬舎では気配を感じた馬のいななきが響き、馬丁が軍馬に鞍《くら》をつけて回る。戦場に持ち込む食料や医薬品が掻《か》き集められて馬車に積まれていく。

北の国境が複数の蛮族と接しているならば、ガルムザール王国の東に接しているのは、ガルムザールにも劣らない巨大帝国の郭国だ。ガルムザール王国は「南の大国」、郭国は「東の大国」と呼ばれている。

二つの大国が争えば、この大陸全体が戦禍をこうむる。よって、これまで百年以上、ガルムザール王国と郭国は絶妙な均衡を保って衝突を避けていた。実際、ダルガートの戴冠式にも郭国は祝いの品を携えた使者を参加させた。

そんな郭国の侵攻は、まさに寝耳に水だった。

――なぜ郭国が……！

ダルガートの心に焦りと戸惑いが溢《あふ》れる。

「予兆はなかったのか！」

ダルガートと一緒に廊下を走っていた将軍が「ありませんでした」と答える。そうだろうとダルガートは思う。先月も文官交流の承認印を交わしたばかりなのだ。

誰一人として、郭国がガルムザールに牙を剝《む》くとは夢にも思っていなかった。だからこそ、東の辺境警備隊は北の辺境警備隊のような精鋭ではなく、新人の警備兵が配置されている状態なのだ。

「将軍、東の辺境警備隊でどのくらい凌《しの》げると考える」

「かなり厳しいでしょう。近隣の村や町から戦える男衆を掻き集めているでしょうが、長くは持たないでしょう。二日持てば上出来かと。相手はあの郭国軍ですから」

「眠れる獅子」と言われる郭国の軍は、恐ろしいくらい強いと言われている。ダルガートは歯ぎしりをするように唸《うな》った。

――一刻でも早く駆け付けねば……！

今回ばかりは、ダルガートが正規軍を率いることに異を唱える者はいなかった。ガルムザール国軍の出陣準備は全力で整えられていく。

ダルガートが離宮に戻れば、非常事態の空気を嗅ぎ取っていたリラが「ダルガート様、なにがあったのですか?」と駆け寄ってきた。

「出陣する」と短く答えれば、リラが息を呑《の》む。

「昨日、郭国の軍が東の国境を越えてガルムザールに侵攻した。今から大至急東に向かう」

「――今回はガルグル王子の軍は……?」

「行かぬ。今回は国が相手だ。蛮族が敵だった前回と規模が違う。こちらも動かすのは正規の国王軍だ」

立ち尽くしたリラが、ぐっと服の裾を握りしめて奥歯を噛《か》みしめている。ダルガートについていきたいが、言い出せずにいるのが明白だった。リラはまだゼグに全勝していない。

手早く準備をしながら、ダルガートとリラの様子をゼグがちらちらと見ている。

ダルガートも迷っていた。

今回は前回のような兵士のみの援軍とは違い、兵站《へいたん》の部隊も動かす大隊だ。非戦闘員も多く連れて行く。リラを連れて行き、前線には出さずに幕内に置いておくことも可能だ。

だが、自分の心の安定のためにリラを連れていくなど甘えでしかないと思う自分がいる。ダルガートからは言い出せない。

その時だった。

「王妃様、同行なさりたいですか」とゼグが唐突に尋ねた。

リラがはっとして顔を上げる。

「――行きたいです。ですが、ダルガート様の邪魔になるのなら……」

悔しさを押し殺して答えるリラに、ダルガートがふうと息をつく。

「来てもいいぞ」と短く告げれば、リラだけでなくゼグも驚いて動きを止めた。

「ただし、前線には出さぬ。幕内だ」

「それでもいいです！　行きます！」とリラが叫ぶように答えた。

「ならば大急ぎで準備しろ」と言ったダルガートに、リラが「もうできています」と即座に返す。

リラが寝台の下から引っ張り出した布の上には、リラが扱えるすべての武器と手入れの道具、小人族の村から持ってきた鎖を編み込んだ戦いの衣装、おばばに貰《もら》った呪術師秘伝の薬が並んでいた。呆気《あっけ》に取られるダルガートの前でそれを布ごと包んで一つの荷物にしながら、リラがダルガートに「ありがとうございます」と告げる。

「……準備していたのか」

「いざという時には駆け付けるくらいの心意気で、こっそりと手入れはしていました」

ダルガートは咄嗟《とっさ》には何も言えなかった。

そんなにも同行したいと言ってくれるリラの気持ちが胸に刺さる。嬉しさと不安が入り混じり、数秒して口から零《こぼ》れ出たのは「私の目が届かないところで、絶対に危険なことはしないと約束してくれ」という心の底の声だった。

驚いた顔をして動きを止めたリラに、「そなたを失ったら、私は自分がどうなるか想像もつかない」と情けない言葉を零してしまう自分に悔しさがつのる。

――やはり、私はリラを得て弱くなった。こんなことを言ったことはなかったのに。

情けなさに耐え切れず目を逸《そ》らしたダルガートに、リラがはっきりと言い切る。

「約束します、危険なことはしません。俺は絶対にダルガート様のところに戻ります」

そして、「そうだ」とリラは唐突に自分の荷物を解き始めた。小瓶の中に入っていた干からびた赤い実を数粒、手早く布で包んで紐《ひも》で縛ってから立ち上がる。

「ダルガート様、互いにこの実を持っていましょう。もしも離れ離れになっても、最初の満月の夜、月が天頂に至る時にこれを食べて眠りにつくと約束しておけば、俺たちは夢の中で会って無事を確かめ合い、作戦を立てることができます」

あまりにも思いがけないことを言われて、ダルガートは目を丸くした。

――この場でそれを言うのか？

そんなダルガートの驚きを無視して、リラはダルガートの首にくるりと紐を回して首飾りのように結んだ。自分の首にも同じものを掛ける。

「おまじないです。小人族は『完璧に準備したものほど使う機会は訪れず、ないがしろにしたものほど必要になる』と言って、起きてほしくないことほどしっかりと想定して準備をしていくんです。だから、この実を持っていれば、俺たちが離れ離れになることはありません」

まじないというあやふやなものを、確実なもののように言うリラに、ダルガートの心が思いがけずふっと軽くなった。確かに、この実を互いに持っていれば、夢の中で会うことは可能なのだ。

「さすが、呪術師の孫だな」

「ばばさまは呪術師一歩手前ですけどね」

「まったく、……そなたは」

ダルガートは思わず小さく笑ってしまう。

「――信じるぞ、リラ」

「任せてください」とリラが力強い笑顔で応じる。

「東の国境のあたりは森林地帯ですよね。俺の得意な地形です。約束通り前線には出ずに大人しくしていますが、森の中にいる間は俺がダルガート様を守ります」

「私を守る？　その小さな体で？」

「はい。守ってみせます」とリラが凛々《りり》しく笑った。

「――分かった。期待しよう」

ダルガートがリラに返事をして顔を上げる。笑ったためか、張りつめたような緊張感が薄れ、いい意味で心に余裕ができたように感じた。

振り返れば、ゼグと目が合った。良かったですね、というようにゼグに微笑まれて、ダルガートはわずかに恥ずかしくなって目を逸らす。表情が出にくい獣の頭で良かったと思った。

◆

将軍と騎兵だけを連れて、ダルガートは東の国境に向かって疾走した。

騎兵の部隊と馬車の部隊、歩兵の部隊の速度が違うのは当然だ。急ぎではない場合は全軍で移動するが、今は一刻を争う。

——間に合ってくれ。

心の中で焦りが膨らむ。ダルガート自身が不敗だとしても、それまでに勝敗が決してしまえばどうにもできないのだ。

やがて、戦場が見えてくる。

森林地帯を流れる大河を挟んで、ガルムザールの辺境警備隊と民兵の混合軍、そして郭国軍が混戦状態に陥っていた。明らかに、ガルムザール軍のほうが押されているが、その戦況に、ダルガートはわずかに安堵《あんど》した。

――まだ勝敗は決していない。

早馬の兵士は郭国軍に侵入されたと言っていた。有利なのは郭国軍なのに、戦に慣れていない東の辺境警備隊員と現地の男衆だけで、よく持ちこたえてくれたものだと思う。

「皆の者、急ぐぞ！　ガルムザール旗を掲げよ！」

ダルガートとともに先頭を駆けていた将軍たちが「はっ！」と声を上げて速度を上げる。

やがて、近づく土煙の中の軍旗に気付いたガルムザール兵が、「見ろ、国王陛下だ！」と声を上げる。

「陛下が来てくださった！　俺たちはもう負けない！」

鬨《とき》の声のように雄叫《おたけ》びが上がり、負傷して戦線から離れていた兵士たちまで次々と立ち上がるのを、ダルガートは全力疾走させる馬の上から見ていた。波紋が広がるようにガルムザール軍に勢いが蘇《よみがえ》っていく。

ダルガートは、戦場を一望できる崖の上で馬を止めた。

大声で叫ぶ。

「皆の者、良く持ちこたえた！　そなたたちはガルムザールの誇りだ！」

黒獅子の頭から発せられた吠えるような声に、兵士たちが「うおお」と歓声で応える。

ダルガートと大将軍たちは、そのまま崖を駆け下り、川沿いに広がった部隊に駆けつけていく。親衛隊であるゼグも一緒だ。

「陛下が来てくださった！」

「国王陛下、万歳！」

ガルムザールの兵士が勢いを盛り返すのに反比例するように、郭国軍の陣営が乱れ始める。先ほどまで明らかに優勢だったのに、統率が乱れ、ガルムザール側の河岸に攻め込んでいた兵士たちが川の中に後退していくのが見えた。

――なんだ？

いままでこのようなことはなかった。訝《いぶか》しく思うが、この機を逃す手はない。「このまま攻めるぞ！」とダルガートが叫び、大将軍たちが「はっ！」と答える。

だが、それとほぼ同時に、ガルムザール陣営にけたたましい銅鑼《どら》の音が響いた。「東の方角から敵襲！」と崖の上の見張りが銅鑼を打ち鳴らしながら叫ぶ。

はっとして東を見れば、郭国軍の背後に近づいてくる土煙が見えた。大きく、しかも速い。馬に乗ったかなりの大群が近づいているのを見て、「待て！」とダルガートが進軍を止める。

地響きを立ててあっという間に川辺に到達した敵軍の姿に、ガルムザール軍は目を疑った。それは、郭国の皇帝軍だった。掲げた旗がそこに皇帝がいることを示している。

「まさか、郭国も皇帝が出てくるとは……！」

大将軍が信じられないという口調で呻《うめ》く。

郭国はガルムザールの領土をも凌ぐ東の大国であり、統制の取れた強力な軍隊を持っているがゆえに、今まで皇帝が直接戦場に訪れることはなかったのだ。

郭国陣営の水際に、馬に乗った男が進んできた。ダルガートほどではないが、立派な体格の大男だ。豪華な鎧《よろい》を身に着けている。

——あれが、郭国の皇帝か？

ダルガートがごくりと唾を呑み込む。ダルガートのみならず、将軍たちも郭国皇帝の姿を見たことがなかったのだ。将軍たちも黙って馬上の大男を凝視している。

二人の王が、川を挟んで無言で対峙した。

体格だけで言えば、ダルガートのほうが大きい。だが、郭国皇帝には明らかに威厳があった。郭国軍の兵士が溺れるように川を渡って対岸に逃げるが、ガルムザールの兵士は皇帝の威圧感に圧されて追いかけることもできない。

ダルガートが郭国皇帝を睨《にら》みつける。郭国皇帝もダルガートを見たまま視線を逸らすようなことはない。

二人の王が睨みあう。王の命令がなければ、どちらの兵士も動くことができない。

結果、両軍は国境の川を挟んで対峙する状態に戻った。

両軍とも動かず、やがて睨みあった緊張状態のまま日暮れを迎えた。夕日が山の陰に隠れ、伸びてきた山の影に戦場が覆われたその時、ほぼ同時に二人の王が目を離し、その日の戦闘は終わりを告げた。

夜のとばりが下りれば、大規模な戦闘は行わないのが暗黙の了解だ。互いの軍の緊張が多少なりとも解ける。

篝火《かがりび》の中、ダルガートはゼグと二人の大将軍を連れて河岸に下りた。川辺で敵軍の見張りをする兵士たちの間を歩く。

「国王陛下がお越しになったぞ！」と慌てて姿勢を正して頭を下げる兵士たちに、ダルガートは「構わぬ。そのまま食事を続けよ」と声をかけた。

恐縮しながら配給食を食べる兵士のなかに、明らかに普通の民だと思われる男たちが混ざっていた。きっと、国境沿いの村から集められた住人たちだろうとダルガートは思う。身に着けている装備が警備隊員たちとあまりに違う。

「怪我《けが》はしていないか」

国王に突然声をかけられ、驚きのあまりひっくり返った声で「は、はいっ。していません！」といかにも村人という雰囲気の若者が答える。

「そうか。ならば良い。今日はご苦労だった。明日も頼むぞ」

「は、……も、勿体《もったい》ないお言葉……っ」

「そこにいるのは部隊長か。今までよく持ちこたえた。感謝する」

傷ついた兵を労《いたわ》り、率いた将に感謝の言葉を告げる黒獅子頭の国王に、将兵が緊張のあまり食べ物を喉に詰まらせながら敬礼した。

ダルガートは、目についた兵士に短い言葉をかけながら歩いていく。思いがけず声をかけられた兵士は驚き、恐縮して震えながら頭を下げた。

篝火が、兵士たちの中を歩くダルガート一行を浮かび上がらせる。巨漢に雄々しい黒獅子頭のダルガートの姿は、前線に立つ兵士にはこの上なく頼もしく映った。

「明日は勝つぞ」

ダルガートの力強い言葉に、兵士たちがぶるっと身震いした。

今まで押されていたガルムザール軍だったが、負け知らずの国王が駆け付けてくれたのだから、今回もきっと勝てると希望が湧く。

「我らがガルムザール国王陛下、……万歳！」

震えながら口にした小さな呟きに周りの兵士が反応して、波紋のように声が広がっていく。

――必ず勝つ。

ダルガートが川向こうの郭国陣営を睨む。

――私は絶対に負けぬのだから。

不死不敗の呪いがダルガートに力を与えていた。確信に満ちたその声の響きが、兵士たちに希望を抱かせる。

ダルガートは明らかにガルムザール軍に力を与えていた。

だが、夜明けの直前に、状況は思いがけない方向に動いた。

郭国の軍から使者が訪れたのだ。どちらの領土でもない川の中州で国の元首同士で会いたいという。

「大将軍はどう思う」

「これは、郭国流の戦場での協議の申し入れです。敵とはいえ皇帝の申し入れを蹴るわけにはいかないと考えます」

大将軍の言葉にうなずき、ダルガートは郭国の提案を受け入れた。

太陽が天頂に上る約束の時間に、ダルガートは大将軍とゼグ、数名の大将を連れて中州に向かった。ダルガートだけは馬に乗り、他の者は戦装備をしたうえで徒歩だ。

中州では、郭国の皇帝と武装した数名の兵士、そしてなぜか目隠しをされ縄を掛けられた貴人らしい男が砂の上に膝をついて待っていた。兵士の一人が肩に鷹《たか》をとまらせている。伝令だろうかと思う。

中州の端と端で向き合い、ダルガートは改めて郭国の皇帝の素顔を目にした。昨日は遠かったうえに冑《かぶと》を付けていたので見えなかったのだ。

彼は四十歳前後に見えた。武人という言葉そのままの、まさに偉丈夫だ。大きな体、がっしりとした顎と首、太く黒い眉が力強さを増している。

――本来の自分の姿では迫力負けしたな。

呪いが掛かったままで良かったと今更ながら思う。

郭国の皇帝が口を開いた。

「ガルムザール国の若き王よ。呼びかけに応じてくれたことを感謝する」

体格に見合った大声だった。両岸の兵士にまではっきりと届く。

「郭国皇帝よ。話とはなんだ」とダルガートも負けずに吠えるような声で返した。びりびりと響くような重い声だった。

これは、郭国の戦場での流儀だ。ダルガートは、午前のうちに大将軍に教えてもらった。戦の総大将どうしが交互に声を張り上げて問答をする。発言内容はもちろん、声の出し方、大きさ、威厳すべてが意味を持つ。言い負かした側が勝ちとなるが、勝敗が付かず、そのまま戦いになだれ込むことも少なくない。

ダルガートの問いに答えて「ガルムザールの若き王よ」と皇帝が声を張り上げる。

続いた言葉に、ダルガート一行は思わず耳を疑わずにいられなかった。皇帝は、「我はまず貴殿に謝罪する」とはっきりと言い切ったのだ。

戦場での謝罪は敗北を意味する。確かに昨日の戦闘の終わりかけの頃はガルムザールが押していたが、皇帝が到着したのちに一度も争わず負けを認めるなどありえない。ましてや東の大国の郭国が、同等の大きさを誇るガルムザール王国に。

——何を考えている？

ダルガートが返答に戸惑っている間に、皇帝が言葉を続けた。

「此度《こたび》貴国の領土を侵したのは、ここにいる領主の独断である。貴国の領土を侵すことは、我らが郭国の本意ではない」

中州に縛られていた貴人を、皇帝の馬のすぐ横にいた武人が腕を摑《つか》んで引きずりあげる。

「ひいっ」と悲鳴が上がった。

ダルガートの金色の瞳が鋭く光った。

「郭国皇帝よ、領主の独断であるから、貴殿には責任はないと言うつもりか。そのような戯言《ざれごと》に付き合うつもりはない。国の民が起こしたことは王に責任がある。この領主が主犯であるならば、貴殿はこの領主の首を刎《は》ね、首のみをここに持参するべきであろう」

咆哮《ほうこう》のようなダルガートの言葉が川辺に響く。

だが、その迫力にも負けず、郭国皇帝が声を大きくして返した。

「ガルムザールの若き王よ、貴殿の言葉はまさにその通りだ。本来ならこの場でこの男の首を刎ねて誠意を示すべきである」

皇帝の言葉に、捕らえられた男がぶるぶると震えだす。首も頭も滴るほどの汗で濡《ぬ》れ、殺される恐怖に慄《おのの》いているのが一目瞭然だった。

ダルガートは皇帝に鋭い瞳を向けた。

「郭国皇帝よ、では、今この場で、この領主の首を刎ねよ」

ひいっと小さな悲鳴を上げた男の体が頽《くずお》れそうに歪《ゆが》んだが、兵士がそれを引き上げる。

そして皇帝は、「ガルムザールの若き王よ、それはできぬ」と返した。

「なぜだ」と吠《ほ》えるようにダルガートが返す。

「この領は、この領主なくしては持たない。方法は間違ったが、国境を侵したのは税に苦しむ領民を想《おも》うが故で、その原因は、天災を甘く見て税を軽減しなかった我にある。この者の処罰は郭国内で厳しく与えるので、どうか見逃してもらえないだろうか」

「断る。貴国の領がどうなろうと、我が国には関係のないことである」

はっきりと拒絶したダルガートに、皇帝が再び朗々と応じた。

「ガルムザールの若き王よ。では貴殿は、この場でこの領主の首を刎ね、この地域の領民の恨みを一斉に貴国に向けるおつもりか」

ダルガートが目を細める。

「郭国の皇帝よ、貴殿は私を脅しているのか？」

「ガルムザールの若き王よ。我は脅しではなく事実を言っている。この領主は領民の信頼厚く、この者が殺されれば、領民は総員が武器を持ち、恨みが晴れるまで貴国を侵し続けるだろう。しかし、ここで貴殿がこの者の処罰を我に任せれば、この領の民は貴国を敬い、この国境の地を守る人の壁となろう」

ダルガートが顔を顰《しか》めた。後ろに控えているゼグや大将軍も訳が分からないという顔で皇帝を見ている。

「郭国皇帝よ、貴殿の言葉は到底理解できぬ」とダルガートは突っぱねた。

しかし皇帝は、「ガルムザールの若き王よ、この者を貴殿が生かせば、この領は二度と国境を侵すことはない。私が誓う」と強く言い切った。あまりに自信に満ちた言い方に、ダルガートの眉間の皺《しわ》がさらに深くなる。

あまりの不可解さにどう突っ込んでいいか分からなくなったが、問答の順番はダルガートだ。ダルガートは「郭国の皇帝よ、それはなぜだ」と問うしかなかった。

皇帝はふっと目を細めて笑い、無言で男の目隠しを取った。

男は顔を上げてひとめダルガートを見た途端に、真っ青になって砂の上に尻もちをついた。それでも、縛られたまま足掻くように姿勢を戻し、額を砂に埋めんばかりの勢いでひれ伏す。男の口からは「お許しを、……どうかお許しを」とがたがたと震える必死な声が漏れている。

それは、隣国を侵略しようとした領主の単なる命乞いの域を越えた怯《おび》えようだった。ダルガートだけでなく、大将軍も怪訝《けげん》な顔を隠せない。

震える領主の姿を馬上から黙って見おろしていた郭国の皇帝が、やがて「ガルムザールの若き王よ」と口を開いた。

「我が郭国では獅子は伝説の神獣だ。中でも黒獅子は神獣の長である。黒獅子の顔を持った貴殿に、我が国の民は刃を向けられぬ。それは、隣国の国境を侵すことと比較にならないくらい、天に仇《あだ》なす行為となるからである」

ダルガートがはっとして皇帝を見た。大将軍とゼグも驚きを隠せない顔で声の主を見ている。

皇帝は右腕を広げて、自軍の河岸を指し示した。

「ご覧あれ。我が兵が貴殿に頭を垂れる姿を」

顔をあげて対岸に目をやり、ダルガートは思わず息を呑んだ。

郭国の兵士たちが地面に額を付けるようにして伏礼をしている。

「――まさか」

大将軍が信じられないと言うように呟いて首を振った。ゼグも目を見開いてそれを見ている。

――だから昨日、私が姿を見せただけで郭国の軍勢が乱れたのか。

あの統率の崩れ方は確かに異常だった。

さらに、郭国の兵士の様子をダルガートたちに見せるために、この見晴らしのいい中州を指定したのだと気付く。

——それならば、これも郭国皇帝の計略の内だ。

ダルガートは改めて気を引き締めて口を開いた。

「郭国皇帝よ。あの姿が我らを騙《だま》す演技でないという証拠を示せ」

「ガルムザールの若き王よ。証拠はない。信じてもらうしかない。我が帝国の民は始祖たる神獣に絶対の忠誠を誓っている。隣国ガルムザールの王が獅子の系譜と知れば、なにがあっても侵したりしない」

「証拠がなくば信じるに足らず」

金色の瞳で睨んだダルガートに、郭国皇帝は全く動じた様子もなく「ガルムザールの若き王よ。さすれば我から案を提する」と声を上げた。

「郭国皇帝よ。聞こう」

「本日のみの休戦協定を結びたい」

「——なに？」

訳が分からない。なぜここで休戦協定になるのか。思わず顔を顰めた自分に気付き、表情の出ない黒獅子頭で良かったとダルガートはまた思った。

「我が軍は明日の夜が明けるまで攻めぬことをここに誓う。その間に、我が出した条件を考えてもらいたい。貴国此国《ここく》の区別なくこの国境線に住む民に安寧を与える条件だ。悪くないはずだ」

ダルガートはぐっと息を呑む。郭国の皇帝の発言に振り回されていることを自覚するが、確かに考える時間は欲しかった。大将軍たちと相談したい。

「承知した」と答えたダルガートに将軍たちが顔を顰める。

そしてダルガートはガルムザール軍が控える河岸を振り返り、「ガルムザールの全軍に告ぐ。明朝夜明けまで休戦とする！」と叫んだ。

それに次いで郭国皇帝も自軍に振り向き、「郭国軍も休戦とする」と朗々と告げる。

さすがに驚いた河岸の両軍にざわめきが広がる中、郭国皇帝はダルガートに振り向き、「案を聞き入れていただき感謝する」と穏やかな声で言った。

「ガルムザールの若き王の佳《よ》き回答を期待する」

かすかな笑みさえ混じったかのような口調に頭の中が熱くなるのを感じながら、ダルガートは彼に背を向けた。ぐうっと両手を握りしめる。

中州の対談は、明らかに郭国皇帝の意図通りに進んだ。ガルムザール軍に利があったにも拘《かかわ》らず。

――これが郭国の皇帝。

悔しくてたまらないが、格が違うと思わずにいられなかった。

自軍の方向に振り向き顔を上げたら、崖の上の見張り兵の側《そば》でダルガートたちの方向を見つめている小さなリラの姿が目に入った。獣の瞳は、心配そうなその表情まで拾ってしまう。

――リラ。

リラに会いたいと思った。この全身に渦巻く敗北感と悔しさ、いったいどうすればよかったのかという惑う気持ちを、リラなら鎮めて冷静に判断できる状況に導いてくれそうな気がした。

だが、それは甘えだとダルガートは分かっている。

――甘えるな……！

崖の上から引き剝がすように視線を逸らしたダルガートの背中を、ゼグが心配そうに見つめていた。

そして真夜中、状況は三度動いた。

ダルガートが静かにリラを揺り起こす。

「――ダ……」

驚いたリラの呟きを、その唇に指を置くことで止め、ダルガートは小さな耳に囁《ささや》いた。

「郭国皇帝に会う。ついてきてくれないか」

リラの目が一瞬でぱっちりと開いた。

「極秘に使者が忍んで来た。互いに信頼のできる者を一人連れていくとのことだ」

「……罠《わな》では……？」とリラが顔を顰める。

「そうかもしれぬ。この時間を作るために、あの不自然な休戦を申し出たのだとすれば、郭国の手のひらで踊らされているとしても受けぬわけにはいかぬ」

「それなら、……俺ではなくゼグをつれて行ったほうが……」

「ゼグは後ろから隠れてついてこさせる。向こうの言う通りに二人だけで行くことはしない。リラも武器は忍ばせていってくれ」

「……分かりました」

急いで着替えたリラを連れて密《ひそ》かに天幕を出ると、ゼグが音もなく近寄ってきた。三人は目を合わせて頷《うなず》き、夜闇に紛れてこっそりと陣を抜け出た。先を行くのはリラを抱いたダルガート。ゼグは姿を見せずについていく。

どのくらい歩いただろうか。やがて小さな光が見え、辿《たど》り着いた先に郭国の皇帝がいた。鎧も付けないで、郭国の正装とみられる衣装を身に着け、絨毯《じゅうたん》の上に設《しつら》えた椅子に座っている。彼の前には小さな卓があり、その向かいにダルガートたちのための椅子も用意されていた。卓の上の明かりがほのかに皇帝を照らしている。

郭国皇帝が連れてきたのは、肩に鷹を乗せた兵士だった。戦場でもいつも皇帝のそばにいた痩せた体つきの鷹使いの兵士だ。歳《とし》は郭国皇帝より少し若いくらいに見える。

「来てくれて感謝する、ガルムザール王」

皇帝は立ち上がって二人を出迎えた。さらに、リラにも「王妃殿下のお越しにも感謝する」と言葉を付け加える。

その口調に威圧感はない。だが、ダルガートは硬い口調で「このような夜中に呼び出すなど何用か、郭国皇帝」と短く尋ね返す。

椅子に座ろうともせず警戒心を漲《みなぎ》らせたままのダルガートに、皇帝はふっと片側の口の端を上げた。

「兵たちの目のないところで、ガルムザール王と話してみたかったのだ。獅子の頭を持つ夢のような王と」

ダルガートが顔を顰めた。リラを抱く腕に我知らず力が籠る。

「戴冠式に参加した使者から報告を聞き、ずっと興味を持っていた。まさに黒獅子の姿の王と使者は主張したが、私は信じず、黒獅子に似た顔の人でしかないと思っていた。だがまさか、本当に獅子の頭とは」

ダルガートは、立ったまま話す郭国皇帝をじっと観察していた。

言葉はところどころ失礼だが、その口調には険を感じさせず一見穏やかだ。しかし、きっとそれは仮面でしかないのだろうとダルガートは思う。そもそも、あの大国の郭国を治めている時点で、ただの人であるはずがないのだ。

「会ってみてどう感じた」

尋ねたダルガートに「感動が溢れた」と皇帝が答える。

「ガルムザール国王軍が出陣したと聞き、政《まつりごと》を放り投げて駆けつけて良かったと心から思っている。昼にも言ったが、わが国では獅子は神獣だ。郭国は、獅子の姿の神獣と始祖が力を合わせて作った国であり、郭国の民にとって神獣、――獅子は絶対の存在だ。そんな獅子の顔を持った若き王。冑や面ではなく、本物の黒い獅子。私がどれほど仰天し、興奮したかお分かりか。実は今も感動で体が震えている」

再び片方の口の端を上げて笑い、皇帝が「せっかく私の従者が卓を準備したのだ。座ってくれ」とダルガートに着席を促す。

「毒や仕掛けを疑っているのだったら、今まで私が座っていた椅子を使えばいい」と言われて席を譲られ、ダルガートはやっと椅子に腰を下ろした。もう一つの椅子も引き寄せ、隣にリラを座らせる。

皇帝もダルガートの正面の椅子に座った。鷹使いの兵士は皇帝の後ろに立っている。皇帝は卓の上に肘をついて身を乗り出し、ダルガート本人も分かるくらいの熱っぽい瞳でダルガートを見つめた。

「――ああ、まさに黒獅子だ。夢のようだ。……そしてなんと勿体ないことだ。私のこの首と貴殿の黒獅子の頭を取り換えることができたのなら、私は郭国全土を今すぐにでもまとめ上げることができるのに」

ダルガートが警戒心を強めたまま金色の目を細めた。

「東の大国、郭国を治められている皇帝陛下がそのようなことを仰るとは」

皇帝が視線を上げた。黒い瞳でダルガートをまっすぐに見ながら、「治めているように見えるか？」と尋ねる。

「見える。羨ましいくらいに」

ふっと皇帝が不思議な笑みを作った。

「私は妾腹《しょうふく》の王子だ。先代の皇帝陛下の正妻には姫しか生まれなかったため先代皇帝の勅命に従って私が玉座を継いだが、郭国内には、妾腹の私ではなく正妻の姫の夫が玉座を継ぐべきと唱える大きな派閥がある。もし私が黒獅子の頭であれば、彼らも含め、すべての民をまとめられるであろう。返す返すも羨ましい」

「……そのようなことを、敵国の王になぜ話す。話すべきではないと思うが」

「貴殿が私と同じ孤独な王だからだ」

いきなりの言葉に、ダルガートが思わず息を呑む。

「……私を孤独と？」

「孤独であろう？　戴冠式の際の酷《ひど》い扱いは聞いた。貴殿の戴冠式であるにも拘らず、幼い弟王子が我が物顔で振る舞い、それを咎《とが》めるものは皆無だったそうではないか」

ダルガートが皇帝を睨む。

「皇帝陛下と同じにしないでいただきたい。確かに、私は孤独だった。今でも、呪われた黒獅子の王などを奉るといつか国に不幸が訪れるとして蔑まれている。――だが、私は今は孤独ではない」

「この王妃殿下がいるからか？」

ぐっと息を詰めたダルガートに、皇帝は言葉を続けた。

「戴冠式で王妃殿下が見事に一喝した出来事は使者から聞いている。感動的なお言葉であったと。それもあって、今回一人だけ信用できるものを同行できるとしたのだ。崖の上に王妃殿下がいるのが見えたので、きっと貴殿は王妃殿下を同行してくれると思って」

ダルガートが皇帝を睨む。それならば、リラを連れてくることまで、自分はこの皇帝の思う通りに動いてしまったのだ。

実際、この場はどうだ。自分が一方的に皇帝を睨み、皇帝は涼しい顔でダルガートとリラを見ている。じわっとダルガートの背に汗が湧いた。

――この皇帝は危険だ。……引きずられる。

その時だった。リラがおもむろに口を開いた。

「皇帝陛下にも奥方がいらっしゃるのではないですか？」

皇帝がリラに顔を向け、わずかに表情を和らげた。

「私には妻はおらぬ」

「大国の皇帝であられますのに？」

「皇帝だからだ。私に跡継ぎができれば、妾《めかけ》の血を引いた私の息子が皇帝になるか、はたまた高貴な血を引いた正妻方の皇子が皇帝になるか、次代の皇帝争いが生じる。それを避けるため、私は血を残さないことにした。私の次の皇帝は義理の弟か、彼の子である皇子だ」

リラが驚いたように目を瞬いた。

「――皇帝陛下は、それでよろしいのですか？」

「私にとって一番大切なのは、郭国の安寧だ。我が国の民が安心して暮らせる場所をつくること、それが皇帝の責務と考えている。ガルムザール王も同じであろう」

子供に諭すような口調だ。リラの小さな姿に騙されているのだろうとダルガートは思う。本当は立派な大人なのに。

そしてそれを利用して、リラが皇帝と会話をしてダルガートの気を静めようとしていることもダルガートには分かった。

ダルガートが小さく息をついて顔を上げた。

「その通りだ。私もガルムザールの民の平和を一番に考えている」

その言葉に、皇帝が今までで一番の笑顔を作った。勝ち誇ったように。

「ならば改めて、ガルムザール王と私で、この国境地帯だけでも、民が安心して暮らせる平和な場所にしようではないか。貴殿があの領主を許してくれれば、郭国の民は二度とガルムザールとの国境を侵さないことを約束する。どうであろうか、ガルムザール王よ」

せっかく落ち着かせたダルガートの気持ちがまた硬化する。

——この話に辿り着くために、このような話をしたのか。

郭国皇帝の巧みな話術に悔しささえ覚えたその次の瞬間だった。

皇帝が素早くリラに手を伸ばした。一瞬でリラを引き寄せて抱え、その首に小刀を当てる。

ざあっとダルガートの血の気が引いた。

「王妃！　——皇帝陛下、いったい何を……！」

叫んで立ち上がったダルガートを「動くな！」と皇帝が鋭い声で制した。

「藪《やぶ》の中の兵も剣をこちらに投げ棄てろ」

皇帝が言うのと同時に、鷹使いの腕にいた鷹が、林の中に隠れていたゼグに襲い掛かる。ゼグが姿を見せて剣を投げ棄てれば、鷹は鷹使いの上の枝にとまった。

「ガルムザール王、貴殿はまだまだ甘い。貴殿はこのような場に、私に言われるがままに一番大切な者を連れてきてはいけなかったのだ。一番大切な者、すなわちそれは一番の弱みだ」

皇帝は微笑んでいた。かあっとダルガートの体が熱くなる。今にもとびかかりそうな衝動をダルガートは必死で抑え、唸りながら皇帝を睨んだ。

「ガルムザール王。貴殿のその黒獅子の頭の前では、我が国はどうにも分が悪い。聖獣の姿の陛下が率いる軍に向かって攻め込める兵は我が国にはいない。——では、私は王としてどうするべきか。貴殿に消えてもらうしかないのだ」

「皇帝陛下！」

驚愕《きょうがく》してリラが叫ぶ。

「無駄だ。私は死なぬ」とダルガートが唸るように皇帝に言った。

「人である限り、死は誰の上にも訪れる」

ダルガートがぎりっと歯を噛みしめた。

「死なぬ。私には死なず負けずの呪いが掛かっている。だから、この獅子頭である限り私は死なぬし負けぬ。王妃を人質に取ったつもりであろうが、この場でも私は勝つ。私が手を下す前に自ら王妃を放せ」

リラの体を押さえた皇帝の腕がぴくりと動いた。

「なるほど、——貴殿が戦において負けなしなのはそのせいか」

「——そうだ」

「だが今、呪いと言ったな？　呪術であれば解く方法があるはずだ。それを私が手に入れれば、貴殿は呪いが解けてただの人に戻って死ぬ、違うか？」

「呪いを解く方法はすでに私が手に入れている。だから無駄だ。王妃を放せ」

くっと皇帝が笑った。

「ガルムザール王、貴殿はまた過ちを犯した」

ぐっとダルガートの胸が苦しくなる。この皇帝が言う言葉にいちいち振り回されている自分を実感するが、ダルガートが今できるのは、金色の目を吊《つ》り上げて皇帝を睨むことだけだ。呪いのために最終的に自分が勝つとしても、どうすれば勝てるのかダルガートには分からない。ましてや、それまでにリラの命が奪われてしまっては意味がないのだ。

「私は貴殿の最大の秘密を知った。貴殿が王である限り、我が郭国はいくら貴国を攻めても無駄であり、貴国が攻めてきたら防ぐことができない。そんな重大な秘密を貴殿は決して口にしてはいけなかったのだ」

ダルガートが憤怒の形相で皇帝を睨んでいる。

「私が我が国を守るために皇帝として為《な》すことはただ一つ。貴国がわが国を攻められないようにすることだ。私がこの王妃を人質として連れ帰り、貴国が一歩でも国境を侵したら首を刎ねると言ったら？」

皇帝の声はこの場ではあまりにも不釣り合いに楽し気に聞こえた。

「あるいは、王妃を返してもらいたくば、私の前でその黒獅子頭の呪いを解いてもらおう。そうすれば貴殿は死ぬことも負けることもある普通の人間に戻る」

皇帝の言葉に、リラが叫んだ。

「陛下、呪いを解く必要はありません！」

郭国皇帝の腕で体を拘束され、首に刃物を当てられながら、リラは強い口調で言った。青い瞳で必死にダルガートを見つめる。

「では王妃殿下、大人しく我が国の人質になると？」

皇帝の言葉に、リラは首だけを捻《ひね》って後ろを睨んだ。

「それもあり得ません。――私は陛下の元に戻ります」

きっぱりと告げた次の瞬間、リラは一瞬で郭国皇帝の腕の中からするりと下に落ちた。あまりに突然で、当の皇帝でさえ信じられないように目を丸くする。

拘束から逃れたリラは、そのまま素早く鷹使いの後ろに回って背に絡みついた。首に腕を巻きつけて自分の頭に刺していた簪《かんざし》を耳の下に押し付けると同時に、両目の下に二本の指を押し当てる。あっという間の出来事だった。

ダルガートが唖然《あぜん》とする。

「――王妃？」

皇帝ではなく鷹使いの身を捕らえた意味が分からない。

鷹使いの動きを封じたまま、浅く息をつきながらリラが口を開く。

「形勢逆転ですね。どうしますか？　私が指と簪を当てているのは、人の体の最も弱い弱点のひとつです。このまま力を籠めれば、皇帝陛下は両目を失い、一生半身が動かなくなります」

「――皇帝……？」

ダルガートが呆然《ぼうぜん》として呟く。

「陛下。おそらく……この鷹使いが真の皇帝です」

「は？」とダルガートが呟くのと同時に、くっと鷹使いが笑った。

「よく分かりましたね。見破られるとは思いませんでした」

初めて聞いた鷹使いの言葉は、張りのあるはっきりとした声だった。ダルガートがはっとする。

リラが口を開いた。

「小人族は、小さくて力がないから、観察して相手の弱点を見つけるのです。俯《うつむ》いていても、あなたの眼力はただものではなかった。立ち姿もただの兵士には程遠かった。ですが、貴方が合図した直後にこの方が私を拘束した時に、確証を持ちました」

「あの合図が分かったと？」

「はい。小さく足の指を鳴らしましたよね？」

くくっと笑い、鷹使いは「お見事です」と告げた。

「もういいですよ、剛迅《ごうじん》」と告げると同時に、ダルガートの前にいた皇帝が手にしていた小刀を足元に投げた。カラン、と金属らしからぬ音が響き、怪訝そうにそれを拾いあげたダルガートが「竹？」と呟く。

「そうです、竹の刀です。それではどうあっても人は殺せません」

「……なぜこのようなことを」とダルガートが唸る。

「ガルムザール王国の黒獅子頭の新しい王が信頼に足る人物なのか見たかったのです。まさに青天の霹靂《へきれき》のように現れた聖獣の頭を持った王。彼とどう付き合うか、私は答えを出す必要がありますから」

ダルガートが黙る。

簪と指を突きつけながら「して、我が王のことをどう思われたのですか」と、リラが冷たい声で尋ねた。

くくっと鷹使い、いや、郭国皇帝は笑った。

「甘い。王としては限りなく稚拙で甘い。——ですが、それゆえに一人の人としては魅力的です。王として立つための術《すべ》を教え込み、絶対の王として育て上げたい気にさせられます。もし陛下が私の実の弟であったならば、と夢を見ずにはいられない気分です」

なんだそれはというようにリラが顔を顰める。

そんなリラに、郭国皇帝は「さきほど王妃様は半身が動かなくなると仰いましたね。なぜ殺さないのですか？」と尋ねた。

「殺せば即座に次の皇帝が立つだけですから、郭国が我が国の脅威である状況は変わりません。ですが、半身不随の皇帝が残れば、後継者争いがおき、郭国はしばらくは内憂のため隣国を攻める余裕もなくなるでしょう」

リラが答えれば、ははっと皇帝が笑った。

「これは実に面白い」

彼は、リラに急所を押さえられた状況であるにも拘らず、楽し気に声を出して笑う。

ダルガートはそんな二人を唖然として見ていたが、やがてふうとため息をついた。

「王妃、もういい。戻れ」

「――拘束しなくてもいいのですか?」

「いい。この竹の刀が示しているように、彼に私と王妃を害する意図はそもそもなかったのだ。質《たち》の悪い狂言だ」

ダルガートの言葉に反することはできない。リラは皇帝の目の下に押し当てていた指を離し、ダルガートの元に戻った。ダルガートが、リラを抱き上げて腕に乗せる。

鷹使いの姿をした郭国皇帝は、先ほどまで偽の皇帝が座っていた椅子に腰かけ、剛迅と呼ばれた偽皇帝がその後ろに立った。その位置関係になって初めて、それがあるべき姿だと分かる。

郭国皇帝は、かなり細身で一見文官のような雰囲気だが、しかし決して弱々しくはなく、むしろただものではない空気を纏《まと》っていた。なによりも、その鋭い眼光と自信に満ちた表情が常人離れしている。年齢的にはダルガートの父というには若く、かといって兄と言うには歳が離れすぎているが、いずれにしても外見を裏切る威厳が滲《にじ》み出ていた。

「さて、ガルムザール王」と郭国皇帝が改めて姿勢を正す。

「我が郭国にとって、貴国は攻めても無駄な上に、攻められたら守れないという厄介な国です。

ならば、ぜひとも和平の契りを交わしていただけないでしょうか」

　口調は先ほどまでの偽皇帝とは比べ物にならないほど柔らかく丁寧だ。だが、微笑みながら言うそれには、不思議な迫力があった。ダルガートがつい息を呑むほど。

「……攻めれば我がガルムザール王国が勝つのに、なぜ契りを結ぶとお思いですか？　我が国に何の利もありません」

　強い口調で言い切ったダルガートに、皇帝がにっこりと微笑む。

「貴国ではなく、陛下御自身に利があります」

「私に？」

　怪訝そうにダルガートが尋ね返す。

「はい。友好国となり、我が国もその尊い獅子頭で守って頂けるのでしたら、私は黒獅子頭の王を神の力を継ぐ王として丁重に奉りましょう。陛下を邪険に扱った弟君や重臣が平伏し、貴国の民が考え方を改めるくらいに」

　ダルガートが目を眇《すが》めた。

「さらに言えば、攻めれば貴国が勝つということが真実だとしても、戦を行えば必ず死者が出ます。極端なことを言えば、最後に貴国が大将首を取って勝ったとしても、貴国の兵はほぼ死亡ということが起きえます。誰も死なない戦はないのです。陛下はさきほど王として民の平和を願うと仰いましたね。それでも戦を行いますか？　私は一国の王として、和平の契りを結ぶことによって、戦のない平和を民に与えたいのです。――今すぐにお答えくださいとは言いません。明日の正午までに、ぜひともご検討いただければ幸いです」

流暢《りゅうちょう》に言葉を紡いでから、皇帝はリラに顔を向けた。

「そして王妃様。半身不随のほうが良いという王妃様の考え方は間違っていません。ただ残念なことに、それは私には通じません。私は、仮に私の命があっても政が行えなくなったら、即座に私を廃して王に立つようにと義弟に申し付けてあります。さらに、廃した私の身が騒乱の元になるなら命を奪いに来るようにと刺客も雇ってあります。これは義弟には伝えていません」

ダルガートの腕の中で、リラがぴくりと動くのを感じた。

「先ほど、後ろの方が仰ったお話は本当なのですか？」とリラが尋ねる。

「すべて本当です。私は妾腹の皇子であり、この者は私が探してきた影武者です。いえ、この者のほうが皇帝として表に出ていますから、影ではありませんね。私のような皇帝らしからぬ外見ですと、あちこちから刺客が訪れるんですよ。この者を立ててから刺客も減り、民の反応も良くなりました。民はこの者のような豪の者を皇帝に望んでいるのですよ」

飄々《ひょうひょう》と答える皇帝に、ダルガートは意外な思いを隠せない。

「皇帝陛下はそれでいいのですか？」

くっと皇帝は笑った。

「何の問題がありますか？　皇帝の役割は、国の領土と民を守るために力を尽くすことです。そのために、あらゆる可能性を考えて先回りをする。――それでもさすがに、死にも負けもしない王が隣国に立つとは夢にも思いませんでしたが」

皇帝が立ち上がって「さて、今晩はここでお開きにいたしましょうか」と軽く手を上げた。

偽皇帝が円卓と椅子を手早く畳み、絨毯に包んであっという間に撤収の準備を整える。

「では、明日の正午に中州でお会いしましょう」と丁寧に頭を下げてから、皇帝はダルガートとリラを見てにっこりと笑った。

「陛下がそうして王妃様を抱いていると、まるで親と子のようですね。先ほどの王妃様の攻撃はお見事でした。子供のように小さいからと私は無意識に油断してしまったのでしょう。隙を突かれました」

「――王妃は、子供ではありません。私の妻です。そして、小人族の戦士でもあります」

はっきりと言い切ったダルガートに、「なるほど」と皇帝は笑い、リラには「大変失礼いたしました、王妃様」と丁寧に頭を下げた。

「ガルムザール王、もし私の提案を受けていただけるのでしたら、明日はぜひ王妃様もお連れください。ささやかな贈り物を用意しておきます」

にこやかに告げ、彼は森の中に去っていった。

皇帝の姿が見えなくなって数秒後、ダルガートがリラを抱いたまま、疲れ果てたように地面に腰を落とした。

「陛下、服が汚れます」と慌てるリラの前で、ダルガートが拳で地面を力任せに叩《たた》く。

驚いたリラが「陛下……！」と声を上げた。

ダルガートは、再度拳で地面を叩く。獣の口から唸るように漏れたのは、「悔しい」という呟きだった。

「……なにひとつ敵わなかった。――皇帝とは、……大国の王とは、あのようなものなのか⁉　父上もあのような王だったのか？　私は何をすれば、どうすれば、……あのようになれるのだ。あの者に対抗できるのだ」

「陛下！」とリラがしがみつくように抱きついた。

土の上に座り込んだダルガートを横から抱きしめるリラの温もりが、じわじわと体に染みこんでくる。背中をゆっくりと撫《な》でる小さな手、「大丈夫です」と囁く声。同じ男でありながら、リラはどうしてこう慈しみに溢れた仕草ができるのだろうとダルガートは思う。

――リラだけだ。こんなに、煮えたぎり乱れた心をいともたやすく宥《なだ》められるのは。

このリラを失いたくないと心から願う。

「……リラが無事でよかった」

ぽろりと言葉が零れた。

「ダルガート様……」

「あの男にリラが拉致された時、……この獣の顎《あぎと》であの男の首を引きちぎれるだろうかと本気で考えた。――もしリラが殺されたりしたら……」

「ダルガート様、俺は大丈夫です。ね、こうしてちゃんと戻って来たじゃないですか」

優しい声が耳元にある。

「……戻ってこれないかもしれなかったではないか」

「戻りましたよ。絶対に戻るとダルガート様と約束したんですから」

あえてゆっくりと、ダルガートの心に染みこませるかのようにリラは喋《しゃべ》る。

――ああ、やはり私は弱くなったのか。前は、失うのが怖い物などなにもなかったのに。

そしてダルガートはふと気づいて顔を上げた。

「そうだ、……ゼグ！　そなた、なぜリラを助けなかった。護衛で連れてきた意味がないではないか」

ダルガートの叱責に、ゼグが「大丈夫だと思ったからです」と平然と答える。

「ゼグ！」とダルガートが怒鳴る。

「王妃様、いつでも逃れられましたよね」とゼグに尋ねられて、リラが「はい」と苦笑しながら答える。

「王妃様はものすごく関節が柔らかいんです。あんな締め付け方じゃするりと逃げられてしまうんですよ。王妃様と稽古をしていて、何度悔しい思いをしたことか」

ダルガートが驚いてリラを見上げる。

「そうなのか？」

「そうです。今回は、ゼグの判断で助けられました。ゼグが大人しくしてくれて、ダルガート様が偽皇帝とやり取りをしてくれたおかげで、偽皇帝が油断して俺が攻撃に転じる隙が生まれたんです。絶妙な連携作業だったんですよ」

「……それでも、危険なことには変わりないだろう」

納得しきれないダルガートの前にゼグが膝をつき、「陛下、王妃様は決して弱くありません」と語り掛けるように言った。

「高い身体能力と正確な攻撃技に加えて、この小さな小人族の体や人形のように繊細で弱々し気な外見も、王妃様にとっては相手を油断させる武器になります。おそらく、陛下が考えていらっしゃるよりもかなりお強いですよ。もう少し信じて差し上げても良いと私は思います」

ゼグに褒められて、リラが頬を赤くして嬉しそうに笑った。

「ダルガート様、俺は確かに、昼間の大規模な戦闘のような場ではお荷物かもしれないと自分でも思います。でも、さっきのような一対一でしたら、誰よりも素早く動いて、自分だけでなくダルガート様も守る自信があります」

リラの言葉にダルガートがくっと笑った。

「――信じていなかったのは私だけということか。ゼグですらリラを信じていたのに」

思わず自嘲のようになってしまった口調に、ゼグが小さく笑って口を開く。

「畏れながら陛下。陛下は王妃様を強く愛するあまり、王妃様を失う恐怖に目を曇らされているだけだと私は思います」

「――目を？」

「はい。冷静に王妃様の力を分析してみてください。王妃様は普通の兵士とは違います。何もかもが特殊です。兵法の書物をあんなにもお読みになり、十三歳から実戦に出られていた陛下なら、どこに配置し、どのような形で動かせば一番生かせるとお考えになりますか？」

ゼグは、見守るような穏やかな視線でダルガートを見ていた。

ダルガートはぐっと奥歯を嚙みしめる。ゼグの言葉にも、ダルガートの気持ちを開かせる何かがあった。これが年の功というものなのか、いや、北の辺境警備隊の分隊長として一癖も二癖もある兵士たちを扱ってきた経験なのかと感嘆せずにいられない。

「さて、すぐに答えは出ないでしょう。陛下、とりあえず陣に戻りませんか。真夜中にこっそりと出てきたとはいえ、あまりに時間が経つと誰かに気付かれかねません」

「――そうだな」

ダルガートが大きく息をつき、リラを抱いたまま立ち上がった。

黙って歩き出せば、その後ろにゼグが続く。

真夜中の森の湿った空気が重いとダルガートは思った。

いや、沈黙したままの三人が重いのだ。息苦しくなりそうになった時、リラが両手を伸ばしてダルガートの首に抱きついた。

「ダルガート様、俺を連れてきてくれてありがとうございました」

囁くようにリラは言った。

「……信頼している者と言われたからな」

くすりとリラが笑う気配がした。

「ダルガート様が戦場で戦っている時、ずっと、もどかしくて情けなくて仕方なかったんです。無理を言って連れてきてもらったのに、俺は何もできていない。俺はなんのためにここに来たのだろうって。ダルガート様が立派であればあるほど、どんどん苦しくなって……」

「だが、そなたは大役を果たした。皇帝の正体を見抜いたのはリラの手柄だ」

「ありがとうございます」とリラが囁く。

「リラを連れて行って良かったと心から思った」

「そう言っていただけて嬉しいです」と告げて、リラがダルガートの腕の中で力を抜いてもたれかかる。

本当はそれだけではない。リラがいると、リラに触れると、リラと言葉を交わすだけで、心や体が楽になる。今のように。

それを告げれば、きっとリラは喜ぶのだろう。だがそれは情けない自分を晒《さら》すようで、ダルガートはまだ口に出せない。

——私がもっと立派な王になり、笑い話にできるようになったらリラに告げよう。リラの存在に救われていたからこそ、甘えてしまいそうで側に置くのが怖かったのだと。

「あ、ダルガート様」

リラがはっとしたように顔を上げておもむろに呼びかけた。

「なんだ」

「あそこ、見てください。光る蝶《ちょう》です」

リラの視線の先を見れば、森の暗闇の中を、淡く緑色に光る蝶がゆっくりと飛んでいた。

「——本当だ。光る蝶などいるのだな」

「俺も初めて見ました」

若葉のような優しい緑色に光る蝶だった。

ふわふわと幻のように飛ぶ蝶から目を離せずに立ち止まって見つめていたら、歩み寄ったゼグが「北の辺境警備隊にいた時に、北の蛮族に聞いたことがあります」と口を開いた。

「光る蝶を見た者には幸運が訪れると。一生に一度見ることができるかどうかの幻の蝶らしいですよ」

「すごいじゃないですか、ダルガート様。これできっとすべてがうまくいきますよ」とリラが明るく笑う。

あまりにも楽天的だ。だが、リラの嬉しそうな声に肩の力が抜け、ダルガートは思わずくっと笑っていた。

「そうだな」と呟く。そうであってほしいと思う。

光る蝶はふわふわと踊るように飛んでいる。

三人は、蝶が木の梢に隠れて姿を消すまで見つめていた。

翌日は快晴だった。

太陽が一番高く上った時刻に、偽の郭国皇帝とガルムザール王国国王は昨日と同じ中州で向かい合っていた。二人の後ろには、互いの将軍たちがずらりと並んでいる。リラも、ゼグと並んで大将軍の横に控えていた。

和平の契りの覚え書きに調印し、歩み寄って握手を交わした時だった。偽皇帝が「領主を許してくれたこと、和平の申し出に応じてくれたこと、心から感謝する」とダルガートに告げた。全軍に届くような声ではなく、ダルガートと周りの者たちだけに聞こえる声だ。

「貴国ガルムザールには、黒獅子頭の王という絶対の力がある。覇王でありたいのなら、ただ周囲の国を攻めればよい。私から持ち掛けられた和平の契りなど一蹴すれば良かったのに、なぜ応じたのだ?」

　喋っているのは巨漢の偽皇帝だ。だがこれは郭国皇帝の言葉を代弁しただけだろうとダルガートは思う。ダルガートは、偽皇帝の姿の後ろに小さく見える鷹使いの姿をちらりと見てから静かに答えた。

「私が王でいる間は、無駄に他国を攻めることはしたくないからだ。戦は、勝っても負けても人を殺す。我が国を攻めても無駄だと知っている皇帝陛下と和平の契りを結べば、私が王でいる間は少なくとも、郭国との国境での争い事はなくなる。陛下も同じ思いだと思えばこそ、信じることにした。違うか?」

「確かに」と笑い、偽皇帝は一歩下がって自分の剣の柄《つか》に手をかけた。

　ざわっと動揺が広がり、一気に緊張が走ったその場で、偽の皇帝は剣を鞘《さや》ごと身から離した。鞘を握り、ダルガートに向けて剣を差し出し、そして彼は大声で告げた。

「ガルムザールの若き王よ、正式に和平の契りを結ぶその日まで、皇帝の証《あかし》であるこの剣をガルムザールの若き王に預ける」

　彼の宣言は遠くまで響いた。兵士たちがざわめく。

　数秒の間のあと、ダルガートも自分の剣を外して掲げた。

「郭国皇帝よ、和平の契りを結ぶ約束として、ガルムザールの紋章を刻んだ我が王剣を郭国皇帝に預ける」

両岸の兵士からわあっと歓声が上がる。

波のように広がる喜びの声の中、互いに再び歩み寄り剣を交換しながら偽皇帝がこっそりと告げた。

「我が主《あるじ》から伝言です。負けず死なずなどという重大な秘密を他国の王にばらしてはいけませんよ。それは、私と陛下だけの秘密にいたしましょう、とのことです」

「――もちろんです」

「そして、あの王妃を大切になさい。負け知らずの絶対的な強さを持つ王が、小人族の、しかも男の王妃を良しとして認め敬意を払っている。信頼しあう異形の王と王妃の姿は、いずれ人々の心を解き、希望となるでしょう」

それだけを告げて、偽皇帝は身を離し、今度はリラに向かって歩みを進めた。驚くリラの前でリラと目の高さを合わせるように膝をつき、帯に差していた小刀を両手で捧《ささ》げる。

動揺するリラに、彼は「親愛なるガルムザールの若き王の伴侶であり、小人族の戦士である王妃殿下。殿下には、郭国の妃《きさき》に代々伝わるこの刀をお預けします。調印の日までお持ちください」と微笑みながら告げた。

――昨晩言っていた贈り物……！

これのことか、とダルガートははっとする。

リラが「確かにお預かりします」と恭しく両手で小刀を受け取ると同時に、「王妃様万歳！

国王陛下万歳！」とガルムザール王国側の河原から歓声が上がった。

「皇帝陛下万歳！」と郭国側からも声が上がる。

「王妃殿下。正式に和平を結んだ折には、国王陛下と一緒に、ぜひとも我が郭国にお越しあれ。郭国の民は、国王陛下を尊敬と敬愛の目で見つめるでしょう」

偽皇帝の言葉に「ありがとうございます」とリラが愛らしい敬礼で頭を下げる。

ダルガートは、心の中で「さすがだ」と郭国皇帝の手腕に舌を巻いた。

彼は、小刀ひとつでリラを戦功者に仕立て上げたのだ。この出来事が無ければ、リラはただついて来て、何もせずに帰る無意味な同行者になってしまっただろう。

だがこうして皇帝自ら小刀を預けたことによって、リラは大役を果たした身になる。戦場の兵士も、小さな王妃のことを記憶に焼き付けるに違いない。

中州にいる両陣営の将軍たちが歩み寄り、互いに握手を交わす。鷹使いの姿をした郭国皇帝がさりげなくダルガートに歩み寄り、砂の上に片膝をつく。握手を交わすために腰を屈《かが》めたダルガートに、彼は二人にしか聞こえないくらいの小声で囁いた。

「ガルムザール王、あなたはことごとく甘い。隙だらけです。ですが、私にはそれが魅力です。もし弟ならば鍛え守ると言ったのも本当です。忘れずにおいていただけると嬉しいです」

ダルガートがぐっと息を詰める。

そんなダルガートの前ですっと身を離し、鷹使いとしての臣下の礼をして彼は去って行った。

「郭国万歳！　ガルムザール王国万歳！」

両岸の兵士の歓声が、正午の青い空の下に広がっていく。

彼らは、ガルムザールの兵も郭国の兵も区別なく、二つの国名を繰り返し叫び、思いがけず訪れた平和を喜んでいた。

「戦が終わったぞ。生き延びたぞ」

「ああ、これで生きて家族のもとに帰れる」

ダルガートの獣の耳が、兵士たちの喜びの言葉を拾う。

「郭国万歳！　ガルムザール王国万歳！　二つの国に安寧を！」

ダルガートが黒獅子の頭で周囲をぐるりと見渡す。

両岸の兵たちが繰り返し大声を張り上げていた。

――ああ、これで良かったのだ。戦いは勝つことだけが重要ではない。勝ちも負けもせずに事を成すこともできるのだ。

それは、ダルガートが初めて王として為した平和な国への第一歩だった。

この黒獅子の頭の呪いをどうするか。歓喜の声に囲まれながら、ダルガートは心を決めていた。

◆

行きに一日半で駆けた道のりを、歩兵や負傷兵を労りながら四日かけて凱旋《がいせん》する。

帰還したダルガートを待ち構えていたのは、伝令からの報告で怒髪天を衝いている前王妃と重臣たちだった。

「審議にも諮《はか》らず、郭国と勝手に和平の契りを結ぶとは何事ですか！」

すぐさま開かれた議場はまさに紛糾もいいところだった。

ダルガートの味方であるはずの将軍たちは戦況報告を終えた時点で退席させられたため、その場に居るのはダルガートを排斥したい前王妃とその一派のみだ。

東の大国である郭国と和平を結んだことが、結果としてガルムザール王国に利することだと理解しているが、ダルガートがそれを成し遂げたことが悔しくて堪《たま》らないのだ。議場は、和平という偉大な成果は横に置き、戦場で独断で判断を下したダルガートを一方的に非難する場になっていた。

確かにダルガートにも非はある。だからダルガートも謝罪したのだが、彼らが耳を貸さないのだから場が静まることはない。

――いつまで続くのだろうか。

うんざりしたダルガートがこっそりとため息をついた時だった。

前王妃の隣に座っていたガルグルが黙って立ち上がった。

いったい何をするのかと訝しがる重臣たちの視線を受けながら彼はダルガートに歩み寄り、その場で無言で床に膝をついて敬礼した。

「王子、いったい何をするのです！　呪われた王に頭を下げるなど……！」

母親である前王妃が悲鳴を上げる。

だがそれを無視し、ガルグルはダルガートを見上げて口を開いた。

「兄上。――いえ、第十五代国王陛下。ご無事の帰還、心から嬉しく思います。そして、郭国との和平の契りを結ぶ尊い約束、心よりお慶《よろこ》び申し上げます」

「王子！」と前王妃の悲鳴が議場に響く。

ダルガートも目を丸くして弟王子を見ていた。あまりにも思いもよらない行動だった。

ガルグルの黒い瞳がダルガートを見上げる。自分を睨みつけている記憶しかない弟の瞳にその色はなく、真摯なまなざしがまっすぐにダルガートに注がれていた。

「兄上。今までの無礼をどうかお許しください。戦場にて救っていただいた命、これからは誠心誠意、兄上、……いえ、国王陛下のために使いたいと思います」

しっかりとした言葉で告げたガルグルの姿に、王妃一派の重臣たちが驚愕し、動揺もあらわにざわめく。

前王妃が叫んだ。

「王子、なにを言う！　その呪われた王はそなたの敵ぞ。この国に凶事を招き入れる悪ぞ。そなたはその男を倒して王にならねばならぬというのに……！」

ガルグルが立ち上がり、母を見つめて首を振る。

「母上、もうおやめください。兄上は、戦場で私を助けてくださいました。――見捨てることもできたのに」

「それも裏があってのことに決まっている！　騙されるでない、王子よ」

母を見つめるガルグルの目は悲しげだった。十三歳になり、声変わりを終えたばかりの嗄《しゃが》れた声で、彼は母を諭すように口を開いた。

「母上は戦場をご存じないからそのようなことが言えるのです。私を助けただけでなく、命を懸けて戦う場で兄上がどれだけ力強く頼もしく、兵士たちの希望となっているか。そしてこの度兄上は、東の脅威である郭国との和平の渡りまで付けてきてくださった。これで、東の国境の民は心穏やかに暮らせるのです。そのようなことを成し遂げた王のことを、どうして凶事を招き入れる呪われた王などと言えましょうか」

前王妃が真っ青になって、よろめくように卓に手をついた。

「――ガルグル！　私は、……許しません……！　決して、決して許しません……！」

ぶるぶると震える母を、ガルグルは切なそうに見つめる。

その姿を、ダルガートが驚きとともに見つめていた。

王宮から回廊一本で繋《つな》がった小さな離宮。明かりを落とし、薄布を下ろした寝台の中に、リラの甘い吐息が満ちる。

その夜、リラを求めたのはダルガートだった。兵を率いて東の国境から戻り、紛糾した会議、傷ついた兵への慰労、軍馬や武器の被害の把握と対処を将軍たちと行い、盛り沢山だった一日を終えて離宮に戻った時、「お疲れさまでした」と微笑むリラを見てダルガートは自分を抑えられなかった。

白く柔らかい肌を舐《な》めれば、舌先にリラの甘い味が広がる。くすぐったいのか身をよじるリラが可愛《かわい》い。潰さないように細心の注意を払いながら体の下に巻き込み、舐めながらあちこちに触れる。最初はくすぐったそうに笑っていたリラの吐息が徐々に乱れ、それに伴って体も熱くなっていくのが愛《いと》しい。

戴冠式の数日後に初めてリラの肌に触れた時、あまりにも柔らかくて繊細なその感触に驚き、感動し、同時にこんな武骨な自分の手で触れていいのか怖くなった。「気が済んだ」と告げてごまかして手を引き、眠ったふりをした。

その気持ちは今もダルガートの心の中にある。リラはあまりに小さい。腕に力を籠めれば、きっと抱きつぶしてしまう。ダルガートよりも何もかもが小ぶりで繊細で、稀有《けう》な宝物のような小さい人。あまりにも自分と違う彼と出会えたことは奇跡だと今でも思っている。

「ダルガート様、俺も……」とリラがダルガートの体の下から抜け出して奉仕しようとする。

だがダルガートは、「しなくていい」とリラを敷布の上に仰向《あおむ》けに押さえつけて動きを封じた。

「私がリラを愛《め》でたいのだ」と囁けば、リラがぶわっと頬を赤くする。

「——でも、俺だって、ダルガート様を……」

それでも粘ってリラは逃れようとするが、膝を開かせて股間の小さなものを舐め上げれば、

「ひ……んっ」と声を漏らして動きを止めた。

「リラはここを舐めると一気に体が熱くなる。滲んでくる味も好きだ。美味しいし、——膝を閉じようと悶《もだ》える様子も愛らしい」

「い、いちいち口に出して言わないでください」とリラが真っ赤になる。その姿も愛らしくて、ダルガートは伸びあがってリラの頬を舐める。本当は接吻《せっぷん》したいが、獣の舌ではそれは叶わない。

「リラ」と囁けば、ぎゅっと閉じていた目を薄く開いて、リラはおもむろにダルガートの首に抱きついた。

「リラ、抱きつかれては舐められない」

ダルガートが言っても、リラは逆にぎゅうぎゅうと首を抱きしめて離さない。それどころか、なぜかくすくすと笑いだす。

「――なぜ笑う？」

「……俺、やっぱりこの大きなダルガート様が好きみたいです」

「どうした、突然」とダルガートが身を起こせば、リラも抱きしめた腕を解いた。

「ちょっと、このあいだゼグの別荘で大きな体で抱き合った時のことを思いだしてしまって。……あれはあれで刺激的だったけど、こうやって、ダルガート様の鬣《たてがみ》に顔を埋めて、太陽みたいな匂いに包まれて、大きな手で撫でられるのが一番安心できるなって……」

ダルガートが目を瞬く。

「リラはけっこうあれも気に入っていたのではなかったか？」

尋ねれば、リラは眉を寄せて笑った。

「嫌いじゃないです。でも、ちょっと刺激が強すぎて。ダルガート様と笑ったり話したりできるこっちのほうが、なんか好きみたいです。ダルガート様は？」

少し考えて、ダルガートは「私は人の姿のほうがいいな」と答えた。

「なぜですか？」

「接吻ができる」

即座に返した答えに、リラが目を瞬いてからくすりと笑った。

「ダルガート様、接吻好きですよね」

「ああ。舐めるだけでは物足りない。リラを内から外から、すべて味わい尽くしたい。知ってるか？　リラの口の中は温かくて柔らかくて甘くて、最高に美味しくて心地いいのだ。ここの狭間《はざま》の味に少し似ている」

告げながらリラの片足を摘まみ上げて尻の谷間を舐めれば、ぼわっとリラの顔が赤くなる。

リラは、自分だけが乱れて悶えるのを極端に恥ずかしがるのだ。

「――じゃあ、今度は願いが叶う実を食べて夢の中で会いましょうね」

「そうだな。その時には接吻し倒そう」

ダルガートが言えば、なぜかリラはその顔を見つめて頬を赤くし、ダルガートの脇の下にもぞもぞと体を押し込んで丸くなってしまう。

「どうした？」

「ダルガート様、なんでそんなに嬉しそうなんですか。……もう、可愛くてたまらないです」

呟かれた言葉に、ダルガートは思わず目を丸くする。

「可愛い？　そのようなこと言われたことないぞ」

「可愛いですよ。ものすごく」

赤くなった顔を上げて自分を見つめるリラに、猛烈な愛しさが溢れる。このまま体の横にいたら愛しさのあまり抱きしめて潰してしまいそうで、ダルガートはリラを自分の胸の上にうつぶせに乗せた。

　小さな背中を撫でれば、リラはダルガートの胸の上でぺたりと力を抜いてくすりと笑う。

「こうやってダルガート様にぴったりくっついて、撫でてもらうの好きです」

「私もリラとくっつくのは好きだ。愛しさが膨れ上がる」

　ダルガートが何かを言うたびに、リラの体がじわりと温かくなる。リラの体はなによりも正直で、それがダルガートの心を温かくする。じんわりと幸せが湧き上がって、ダルガートは両手でリラの小さな背中を覆った。

　手のひらの下でリラの背中がゆっくりと上下する。大きな心臓の音はダルガート、小さな音はリラ。こんなに優しい音が今自分の隣にあることが夢のようだと思う。

　しばらくそうしていたら、ふっとリラが囁いた。

「良かったですね。ダルガート様」

「……何がだ？」

「昼間、前王妃様に責められたダルガート様をガルグル様が庇《かば》ったとゼグに聞きました」

「――そのことか」

「ね、俺が言った通りでしょう？　善き王でいれば、理解者はどんどん増えていくと」

　リラが顔を上げ、ダルガートの胸の上で肘をついて伸びあがる。嬉しそうな空色の瞳に、きゅっと胸が苦しくなった。

「……ガルグルが落馬したあの時、このまま見捨てればいいと囁く闇に呑まれなかったのは、リラのことを考えたからだ」

「俺ですか？」

「リラの姿が頭に浮かび、リラの言葉を思い出し、リラに顔向けできない自分にはなりたくないと思った。――そなたは、やはり私の太陽だ。私の進むべき道をいつも照らしている」

見つめながら言えば、リラは照れ隠しのように微笑む。

「そんなことないですよ。もし俺がいなくても、ダルガート様はガルグル様を見殺しにはしなかったと思います。しようとしてもできなかった。違います？」

ダルガートは答えられなかった。リラが思うほど自分は善人ではないのだ。心の中に闇はあるし、誰かを恨むこともちろんある。だが、それを告げてリラの信頼を失うのも怖い。喉が詰まったようになり黙るダルガートに、リラはにっこりと笑った。

「ダルガート様、実はガルグル様のことをそんなに嫌いじゃないでしょう？」

ダルガートは目を瞬いた。

「嫌うほど、あれのことを知らないからな。誰もがガルグルを私に近づけないようにしたから」

呟くと同時に、ふと昔のことを思い出す。

「……そうだな、だが、弟か妹が生まれると聞いた時に、……私のように獅子頭でなければいいと願った。私のように迫害されたり、父上や母上を苦しめたりしなければよいと。普通の姿で生まれたと聞いてほっとしたのを思い出した」

ぽつりぽつりと告げれば、リラが両腕を伸ばしてダルガートの首に抱きついた。

「大好きです。ダルガート様」

「どうした、突然」

「ダルガート様は、やっぱり優しいです」

リラが囁く。

「……ダルガート様が、優しいがゆえに傷つくことがないように、どんどん味方が増えて楽に息ができるように、はやくそうなるように、俺は心から願ってます」

リラの声が優しい。

そんなリラを守りたいと心から思う。

ダルガートの心の中に、誰かを愛おしく思い、それを全身全霊で守りたいと思う気持ちが大きく膨らむ。

──ああ、これが愛なのだ。

そしてきっと、誰もがそんな愛しい人を持っている。それは家族であったり、恋人であったり、友人であったりするのかもしれない。あの戦場にいた兵士たちにも、酒場にいた民にも、そして、この王宮にいる者たちにも。

——誰かを守りたい、悲しませたくない、いつでも一緒にいたい、笑っていてほしい、……死なせたくない。

頭の中に、今までに出会った人々の顔が浮かんだ。

「——リラ。聞いてくれるか」

おもむろに告げたダルガートに、リラが顔を上げる。

「決めた。今はまだ、呪いは解かないことにする」

「ダルガート様？」

ダルガートは、リラを見つめながら言葉を続けた。

「私はこの国を守りたい。民に平和な生活を送ってほしい。黒獅子頭でいる限り負けないというのなら、私はどこまでもこの頭で馳《は》せて、この国の平和を守り通したい」

リラがふわっと微笑む。

「素敵ですね。それでこそダルガート様です」

「この姿でこそできることがあるのなら、これは贈りものだと思うことにした」

リラが目を瞬き、ぱあっと明るく笑った。

「贈りもの！　素敵ですね」

「リラも、どんな姿でも私の味方だと言ってくれたしな」

ふふっとリラが笑った。

「ええ。俺は、どんな時でもダルガート様の味方です」

「もし私が、この力を使って悪の道に進もうとしたら？」

「俺が引きずり戻します」

「今の私が偽りで、悪の道に進む私が本物かもしれないぞ」

「まさか」とリラは笑った。

「黒獅子頭であんなに辛《つら》い目に遭ってきたのに、今でもこんなに慈しみ深く穏やかでいられるダルガート様が偽物のはずないでしょう？　だから俺はこのダルガート様が好きなんです。大丈夫です。俺が保証します。ダルガート様は、いつか必ず伝説の黒獅子王になります」

強い口調で言い切ったリラに、ダルガートがくっと笑う。

「――そうか」

「そうです」とリラが即座に肯定する。

「リラ、私のことを呪われた黒獅子頭の王と蔑む人間は絶えないだろう。だが私は、リラが言ってくれた通り、いつか伝説の黒獅子王になれるよう努めようと思う」

その言葉に、リラは微笑んだ。

「大丈夫です。ダルガート様がダルガート様である限り、味方は必ず増えます。ダルガート様は、王国と民を守るためにあえて黒獅子姿でいる、誰よりも強い、誇り高い王様なんですから」

リラの楽し気な言葉にどんどん胸が温かくなる。温もりが勝手に零れ出て、ダルガートは、ははっと声に出して笑った。

笑いながら身を起こし、ダルガートはその胸の中でリラを強く抱きしめた。

「ダルガート様？」

「――リラ、私は伝説の黒獅子王になる。だから、そなたも一緒に伝説にならないか？」

ダルガートの言葉の意味が分からなかったのか、リラが目を瞬く。

「伝説の王ではなく、伝説の王と王妃になりたいのだ。肖像画も、私一人ではなくリラとともに描かれるくらいに」

これは、東の国境の戦いが終結した後から、ダルガートが考えていたことだった。

「私は、リラを戦場に連れていくことに躊躇いがあった。リラは確かに私の心を安定させるが、そのためにリラを側に置くことは、私の甘えでしかないと思ったからだ」

ダルガートが少し体を離し、リラを見つめた。

「だが、甘えの道具ではなく、背中を預けられる者としてリラを同行させられるとしたら？王妃がいれば、黒獅子王はさらに強くなる。二人で一対、そう言われる関係になれたら？」

「――え……？」

リラが目を瞬く。

「嫌か?」

リラの返事がない。青い目を見開いてダルガートを見ている。

「リラ。できれば聞き届けてほしい。やはり嫌か?」

リラがぶんぶんと首を横に振った。

「いえ!　嫌だなんてまさか……!　信じられないくらい嬉しいです」

ふうっとダルガートの息が漏れた。自分が思っていた以上に緊張しながら告げたことに気付く。我知らず微笑みが漏れた。

「——ありがとう、リラ。私は、この黒獅子の頭で、死なず負けずの体で、精一杯この国の民の平和を守ると誓う。だから、リラもともに伝説になろう」

リラがダルガートの手を握りしめて、力いっぱい「はい。喜んで」と答える。その瞳が潤んでいるのが見えて、ダルガートが慌てる。困って指でそれを拭こうとしたら、リラが笑いながらそれを押し返した。

「すみません。あまりにびっくりして、嬉しくて。——俺、ものすごく頑張りますね。背中を任せてもらえるように誰よりも強くなって、ダルガート様に追いつかなくちゃ」

「追いつく?」

「ええ。だって、ダルガート様はどんどん伝説の黒獅子王の道を進んでいるじゃないですか。ガルグル様や郭国の皇帝陛下も味方につけてしまったし」

　ダルガートがぴくりと顔を顰めた。

「あれは味方なのか？」

　怪訝そうな口調に、リラが思わずというように笑う。

「味方だと思いますよ。もし弟ならば鍛え守るって言われたんですよね？」

「言われたが……」

「郭国の皇帝陛下はダルガート様のことをかなり気に入っていると思いますよ」

　リラの言葉に、ダルガートは思わず顔を顰めてしまった。リラが吹き出すように笑う。

「そんなに嫌ですか？」

「――嫌というより、……悔しいのだ」

「悔しい？」

「あの東の国境での一連の出来事は、すべて郭国皇帝の手のひらの上だった。郭国の領主による侵略で、領主も捕らえてガルムザールが優位に立っているはずなのに、郭国皇帝に踊らされた感が半端ない」

「まあ、どう見ても皇帝のほうが上手でしたからね。お歳も上だし、仕方ないんじゃないですか？」

　慰めたリラに、ダルガートがぽつりと口を開く。

「――リラ、私は帝王学を学んだことがないのだ」

「え？」

「帝王学というより、王としての振る舞い方が分からない。王国史や戦略論、戦術など、本を読んで分かることは一人で学んだが、――振る舞い方だけはまったく分からない。誰も私に近づかなかったから、話の駆け引き、どのように喋り答えるのか、王としての常識、空気の読み方、何もかもが手探りなのだ」

ダルガートを王にする気がなかった前国王は、ダルガートに帝王学や礼儀作法の教師を付けなかった。ダルガートはそれらをすべて独学で身につけたのだ。だから自信がない。

苦々しく自嘲を込めて口にしたダルガートに、リラは少し考えてからあっさりと「大丈夫です」と明るい声で言った。

「え？」ダルガートのほうが呆気に取られてしまう。

「今から学べばいいんです。というか、むしろ俺は、ダルガート様が独自の王様の形を作ってしまえばいいと思いますけど。だって、獣の頭の王様なんてダルガート様だけでしょう？　獣の頭だというだけで迫力もあるんですから」

ダルガートが目を丸くする。あまりにも思いがけない反応だった。

「東の国境の出来事だって、確かに郭国皇帝には圧倒されてしまったかもしれないけど、でも結果的に和平の契りまで辿り着き、郭国皇帝を魅了してしまったんですから。結果としては十分以上じゃないですか？」

リラはにっこりと笑った。

「だから、ダルガート様が王様らしくないことは特に気にしないでいいと思います。そもそも普通の王様にはなれないんですから。ダルガート様は伝説の黒獅子王になり、ガルムザールの民はどんどん幸せになるんです」

ダルガートは目を丸くしてリラを見つめていた。

この生き物はいったいなんなのだろうと思わず思う。ダルガートが長年悩んでいたことでさえ、こんなにあっさりと受け止めて昇華してしまう。人ではなく、別の生き物のような気さえする。

あまりにおかしくなって、ダルガートはつい笑ってしまった。

「リラと話していると、悩みも悩みでなくなるな」

「それならよかったです」とリラが微笑む。

「――ならば、この呪いを解く薬の出番もしばらくないな。その時まで厳重に保管しておこう」

「……その時、とは？」

「リラが死ぬ時だ」

さらりと答えたダルガートに、リラが「えっ」と驚く。

「いつか、そなたがこの世を去る時に、私も呪いを解いて人に戻り、そなたと一緒に行く」

リラが明らかに戸惑った顔をしてから、「駄目です」と強く言う。

「ダルガート様は、伝説の黒獅子王になるんです。俺に何かあったとしても、伝説の王になる前に死んではいけません」

ぐっとダルガートの息が詰まる。

「無理だ。そなたを亡くしてまた一人で生きていく自信はない」

顔を歪めるダルガートの頬を、リラは両手で包んだ。ふっと微笑む。

「でも俺も、ダルガート様が伝説の黒獅子王になった姿を見ないで退場するのは悔しいので、ものすごく長生きしますからね。俺は少なくともばばさまよりも長生きする気満々です」

そこまで言ってから、リラは「あっ」と声を上げた。

「いっそのこと、呪術師にダルガート様と同じ呪いをかけてもらうのはどうですか？」

驚いたように動きを止めてから、ダルガートがぷっと笑う。

「呪いを武器とするか。私が獅子なら、そなたは猫か？」

「それで二人で伝説になって、この国がもう俺たちがいなくても普通に平和に暮らせる国になったら、仲良く呪いを解いて旅に出ましょう。いかがですか？」

リラがダルガートの獣の口の端に自分の唇を押し付ける。

黒獅子の頭と小さな小人の精いっぱいの口づけ。触れているだけなのに、互いの心にじんと温《ぬく》もりが染みてくる。

しばらくそうしてじっとしていたあと、顔を離してどちらからともなく笑った。

「だったら」と最初に口を開いたのはダルガートだ。

「リラには申し訳ないが、先は長いのだから、『願いを叶える実』を無駄遣いしないために、夢の中で会うのも我慢しなくてはならないな」

ダルガートの言葉に目を丸くしてから、リラは明るく笑った。ぎゅっとダルガートに抱きつく。

「俺は大丈夫です。こうして抱き合っていれば、ダルガート様の温かさは伝わりますから。呪いを解かない限りダルガート様は死なない。それがどれだけ大きな希望で、幸せなことか分かりますか？　抱き合えない不満なんて、それに比べたら小さなものです」

「――そうか」

「そうです。ね、ダルガート様、だからこうして、しっかり抱きしめてください」

ダルガートがリラを抱きしめたまま寝台に横になる。ダルガートの肌に耳を寄せ、目を閉じたリラが「ダルガート様の心臓の音、大好きです」とほうっと囁いた。

くすりとダルガートが笑う。

「私もリラの小さな吐息が好きだ」

目を閉じたまま抱きしめあい、やがてくすくすと笑いだす。

小さな笑い声はやがて寝息に変わり、穏やかな夜のとばりが二人を包んだ。

◆

中庭でリラが踊っている。

朝の光を浴びてシャンシャンと鈴の音を立てながら踊る姿は、光の粒を振り零すかのようにきらきらと輝いている。

ダルガートはそれを執務机から眺めていた。

リラが嫁いできて二年が経った。リラが踊る姿は、今やダルガートの精神安定剤だ。どれだけ心乱す出来事があっても、こうしてきらきらと明るい笑顔で踊る小さなリラの姿を見ると、硬くなった心がすうっと柔らかくなっていくのを感じる。

——不思議なものだ。リラが来る前に自分がどう気持ちを静めていたのか思い出せない。

いや、もしかしたらリラが来る前は心が凍っていただけかもしれないと自分でも思う。笑ったり泣いたり、苛立《いらだ》ったり怒ったり、嬉しくなったり悲しくなったり、そんな感情を抱いた記憶がない。

リラと出会ってからは、自分でも驚くくらい感情に動きが生まれた。リラのきらきらした光に照らされて姿を現したかのように、世界が色で溢れはじめた。曲や歌を聞いて心が揺さぶられる感覚を知った。

そして、周りに人が増えた。

「隊長！　今朝のお届け物です。確認をお願いします」

部屋に駆けつけ、ゼグに書簡を手渡しているのはカイル。北の辺境警備隊でゼグを慕っていた少年兵だ。行き先も告げず去ったゼグが国王の近衛兵として勤務していることを知って、自ら隊を辞めてゼグを追いかけてきた。北の辺境警備隊にいただけあって腕は確かなので、とりあえず近衛兵の見習いとしてゼグが面倒を見ている。

「そうだ、お届け物と言えば……」とリラが踊りをやめて室内に上がってきた。

「ダルガート様、郭国の皇帝陛下へのお礼はもう出しましたか」

先月、郭国の皇帝が旅の途中でガルムザールの王宮に立ち寄ったのだ。彼は、前王妃と重臣たちにダルガートの真価を思い知らせるかのように、大量の贈り物を持参してきた。

「礼儀的なものは送ったが……」

「きっとお返しを待ってますよ。弟からの特別な贈り物を」

訪れたその場で、偽の郭国皇帝はダルガートを「我が心の弟よ」と呼んだのだ。ダルガートが郭国皇帝にそのように親し気に呼ばれたことに、前王妃や重臣たちが目を白黒させている様子はまさに見物だったとゼグが言っていた。

ダルガートがため息をつく。

「あの量の贈り物に対するお返しなど、……想像もつかぬ」

あはは、とリラが笑った。

「多分ですけど、ダルガート様が郭国を訪問するのが一番のお返しのような気がします。贈り物はきっとおまけです」

リラの言葉に、ダルガートはふうと息をついた。

「そうだな。そろそろ郭国に行く計画を立てるか」

やった、と喜ぶリラにゼグが歩み寄る。

「王妃様、これは西の薬屋から王妃様へのお届け物のようです」

「北の森の呪術師の弟子さんから？」と楽し気な声を上げ、リラがいそいそと荷物を受け取った。彼女は時々こうしてリラに手紙や薬を送ってくる。今やリラ専属の薬屋のようなものだ。そしてその薬でリラは出会った人のちょっとした傷を治したりしている。

太い巻物を広げ、リラがぴたりと動きを止める。そこには、あまりにも思いがけない物が入っていた。

「どうした？」と尋ねたダルガートに、リラが戸惑う口調で「これ、願いを叶える木の枝だと思うんですけど……」と呟く。リラが手にした緑の葉が茂った枝には、つやつやとした赤い実がいくつか付いたままになっていた。

「……なんで？　師匠の形見だからこれだけは渡せないと言っていたのに。……あ、書きつけがある」

それを読んだリラが、「ダルガート様、これを見てください」と駆けてくる。

『師匠が夢に出てきました。新しい王を認めると言っていました。バラ科の木の幹に接《つ》ぎ木してください』

思いがけない文章に、ダルガートの息が止まった。

――まさか、認めてもらえたのか……？

ダルガートの心には、いつも呪術師の弟子の彼女の言葉があった。ガルムザールの民のために善き王であることはもちろんだが、それに加えて、かつて非業の死を遂げた呪術師たちのことも頭から離れなかったのだ。もしも彼らが生きていたなら、彼らの恨みを解き、許してもらえるような王になりたいと、ダルガートは密かに自分を律していた。

そんなダルガートに届いた、もういない呪術師の言葉。

先代の王を恨みながら死んだ北の森の呪術師が本当に現れて、自分を王として認めてくれたならそれほど嬉しいことはない。あるいは、弟子であった彼女が夢を理由にして許してくれたのだとしても、それでもその短い文章はダルガートの心を揺さぶった。

――体が、息が熱い。

もし今自分が人の姿をしていたら、おそらく涙をこぼしているのだろうとダルガートは思う。

それを敏感に感じ取ったリラが、「良かったですね、ダルガート様」と包み込むような声で話しかけた。

「リラ、私は、……間違っていないと思っていいのだろうか」

「ええ。呪いを解かずに黒獅子頭のままこの国に尽くす姿を、彼女が認めてくれたんです」

リラの言葉が優しい。

「……彼女に、礼状を書かねばならぬな」

「そうですね」とリラが微笑む。やり取りを横で聞いていたゼグも包み込むような笑顔で二人を見つめている。

リラが中庭に視線を投げた。さりげなく手の甲で目をこすってから、「中庭にバラの木はあるのかな？　なかったら庭師に植えてもらわなくちゃ」と明るい声で言う。

ダルガートを怖がって近寄らなかった庭師は孫に代替わりした。まだ若い彼はダルガートを怖がらず、むしろ負け知らずの王としてダルガートに憧れの視線を向けてくれる。

リラの視線の先にいたカイルが、何事かと顔を上げた。

「なんですか？　王妃様」

「あ、何でもないよ、大丈夫」

「そうだ、王妃様。そういえばこのあいだ、どうやって王妃様の強さを兵士たちに認めてもらえばいいか分からないって隊長と話してましたよね」

ゼグと違い、上流階級に縁がなくずっと警備隊にいたカイルは敬語がまったく使えない。ゼグがいつも頭を抱えている。

「それ、簡単です。武闘大会を開けばいいんですよ。ほら、隊長、北の辺境警備隊でも年に一回やってたじゃないですか。それで王妃様の強さをみんなに見せればいいんです。ついでに俺も勝ちあがって、見習いじゃない近衛兵にしてもらいます！」

「武闘大会……」

思いがけないことを言われて目を瞬くリラの横で、「カイル、お前は近衛兵になる前に、まずその喋りかたからだ」とゼグがため息をつく。

そのやりとりに、ダルガートは思わずははっと笑った。

ダルガートの味方は確実に増えている。

この小さな離宮も、リラが来る前とは比べ物にならないくらい賑《にぎ》やかで、毎日がうるさくも温かい。こんな世界があることを、あの頃のダルガートは知らなかった。

おもむろに振り向いたリラが、ダルガートを見上げて心から嬉しそうに笑った。あまりに明るい笑顔にダルガートが驚く。

「なんだ？」

「いいえ、ダルガート様が楽しそうに笑っているから、俺も嬉しくて」

その言葉に、ダルガートは金色の目を瞬いた。

──ああ、そうか。私は笑っているのか。

いつの間にか、こんなふうに心から笑えるようになっていた。前は笑うことなどなかったのに。いや、笑い方すら知らなかったのかもしれない。

「ダルガート様の笑顔、頼もしくて凜々しくて、俺は大好きです」

目を細めてきらきらと笑うリラが眩《まぶ》しい。

ダルガートの胸が熱くなり、ふいに息が詰まった。

そして、自分でも思いがけない言葉が頭に浮かぶ。

──ああ、……感謝します。

何に感謝すればいいのかなんて知らない。

ただ初めて、そんな気持ちが湧き上がったのだ。

ダルガートは顔を上げて静かに目を閉じ、自分を取り巻く今のすべてに感謝を捧げた。

◆

「おばあちゃん、絵本読んでー」

「いいわよ、どれ？」

「これ！」

　孫が手渡した絵本を見て、彼女は「あなたは本当にこの絵本が好きねえ」と笑った。

「だって、素敵なんだもの。黒い獅子の頭の伝説の王様と小さな王妃様の冒険の物語。昔ここにあった大国の王様なんでしょ？　おばあちゃん会ったことある？」

「まさか」と祖母は笑った。

「私のおばあちゃんのそのまたおばあちゃんの、もっと前のおばあちゃんでも会ったことがあるかどうかくらいの昔のお話よ」

　ほう、と少女は憧れの瞳でため息をついた。

「いいなあ。私も会いたかったなぁ」

ダルガートはその後、リラとの約束通り伝説の聖王になった。

ガルグル王子はダルガートを支える優秀な宰相になり、その息子に王権は引き継がれ、ガルムザール王国はガルムザール王家の支配のもと永く栄えたという。

ガルムザール王国に最長の平和を導くきっかけを作った黒獅子頭の聖王といつもその腕にいた小さな王妃の冒険譚《たん》は、今もその地の子供たちに語り継がれている。

あとがき

こんにちは、月東《げっとう》湊《みなと》です。

このたびは、『呪われた黒獅子《くろじし》王の小さな花嫁』を手に取ってくださいましてありがとうございました。

このお話の前半は、２０１７年に雑誌に掲載していただいたものです。４年近く経つ今でも「黒獅子王の続きは書かないのですか」とお手紙をくださる方がいらっしゃったので、こうしてようやくお届けすることができてほっとしています。本当にありがとうございました。私も書きたかったのでとても嬉《うれ》しいです。待っていてくださった皆様に楽しんでいただけることを心から願っています。

さて、このお話には私の「大好き」がたっぷりと詰まっています。「体格差」「獣人」「おとぎ話」「民族衣装」「明るくて健気」「不憫《ふびん》」「べた惚《ぼ》れ」。

その中でも今回は特に「体格差」です！　広げた手の上の小さな仔猫と、それを握り潰さないようにそーっと扱う人みたいな感じというと、体格差の域を越えていると怒られてしまうかもしれませんが、そういうのが昔からすごく好きだったので、書かせていただけて本当に幸せでした。極端な体格差ならではの、ダルガートの肩にリラがちょんと座る姿や、ダルガートの大きな胸の上で小さなリラがうつぶせる様子、小さなリラの前でダルガートがしゃがんで背中を丸めて顔の高さを合わせるところなど、私の萌《も》えどころをたっぷり書けて嬉しかったです。

そんな二人の姿を円陣闇丸《えんじんやみまる》先生がとても素敵なイラストにしてくださいました。口絵は雑誌掲載時の表紙なのですが、偶然にも私が大好きな「ダルガートの胸の上でうつぶせるリラ」の絵で、幸せすぎてどうしようかと思いました。キャララフで頂いた、ダルガートの髪を梳《と》くリラや踊るリラもすごく可愛くて宝物になっています。文庫版の挿絵や表紙も本当に素敵で、お話を何段階もグレードアップしていただきました。本当にありがとうございました。


この本は、私の三十二冊目の本です。

いつも書く言葉ですが、私がこうして小説を書き続けていられるのは、私のお話を読んでくださる皆様のおかげです。本当にありがとうございます。そして、このようなご時世に本を出してくださる出版社様にも心から感謝いたします。

せめてこのお話を読んでいる間は幸せな気持ちになっていただけるよう、心を込めて書きました。どうか、少しでも楽しんでいただけますように。そしてこれからも頑張りますので、どうぞよろしくお願いいたします。

2021年　バラの花が咲く頃に　月東湊

この本を読んでのご意見、ご感想を編集部までお寄せください。

《あて先》〒141-8202 東京都品川区上大崎3-1-1 徳間書店 キャラ編集部気付
「呪われた黒獅子王の小さな花嫁」係

【読者アンケートフォーム】
QRコードより作品の感想・アンケートをお送り頂けます。
Chara公式サイト http://www.chara-info.net/

■初出一覧

黒獅子王子と小さな花嫁……小説Chara vol.37（2018年1月号増刊）掲載の「黒獅子王と小さな花嫁」を改題しました。

黒獅子王の小さな王妃……書き下ろし

Chara

呪われた黒獅子王の小さな花嫁

……【キャラ文庫】

2021年6月30日　初刷

著者　月東 湊

発行者　松下俊也

発行所　株式会社徳間書店

〒141-8202　東京都品川区上大崎3-1-1

電話　049-293-5521（販売部）

03-5403-4348（編集部）

振替　00140-0-44392

印刷・製本　株式会社廣済堂

カバー・口絵

デザイン　モンマ蚕（ムシカゴグラフィクス）

ISBN978-4-19-901031-6

月東 湊の本

好評発売中

「親愛なる僕の妖精王に捧ぐ」

イラスト✦みずかねりょう

死後の世界って、妖精が空を飛ぶお伽噺のような所なの…？　人生に絶望し海に身を投げた高校生の優翔《ゆうと》。目覚めた優翔を拾ったのは、天真爛漫で好奇心旺盛な妖精族の王子・ウィー。「俺は一族最年少だから、弟ができたみたいで嬉しい」無邪気に懐かれるけれど、実は妖精族は何年も子供が産まれず、絶滅の危機に瀕していた!!　ウィーは明るい笑顔の裏で、一人取り残される恐怖と闘っていて…!?

キャラ文庫既刊

英田サキ

[DEADLOCK] シリーズ全3巻 ill：高階 佑
[SIMPLEX DEADLOCK外伝] ill：高階 佑
[STAY DEADLOCK番外編1] ill：高階 佑
[AWAY DEADLOCK番外編2] ill：高階 佑
[OUTLIVE DEADLOCK season 2] ill：高階 佑
[PROMISING DEADLOCK season 2] ill：高階 佑
[BUDDY DEADLOCK season 2] ill：高階 佑
[HARD TIME DEADLOCK外伝] ill：高階 佑
[恋ひめやも] ill：小山田あみ
[ダブル・バインド] 全4巻
[アウトフェイス ダブル・バインド外伝] ill：葛西リカコ
[すべてはこの夜に] ill：笠井あゆみ

秋月こお

[王朝春宵ロマンセ] シリーズ全4巻 ill：唯月 一
[王朝ロマンセ外伝] シリーズ全3巻 ill：唯月 一
[幸村殿、艶にて候] 全7巻 ill：九號
[公爵様の羊飼い] 全3巻 ill：円屋榎英

秋山みち花

[黒き覇王の花嫁] ill：麻々原絵里依
[騎士と魔女の養い子] ill：北沢きょう
[略奪王と雇われの騎士] ill：雪路凹子
[虎の王と百人の妃候補] ill：夏河シオリ

犬飼のの

[暴君竜を飼いならせ]
[翼竜王を飼いならせ 暴君竜を飼いならせ2]
[水竜王を飼いならせ 暴君竜を飼いならせ3]
[双竜王を飼いならせ 暴君竜を飼いならせ4]
[卵生竜を飼いならせ 暴君竜を飼いならせ5]
[幼生竜を飼いならせ 暴君竜を飼いならせ6]
[皇帝竜を飼いならせⅠ 暴君竜を飼いならせ7]
[皇帝竜を飼いならせⅡ 暴君竜を飼いならせ8]
[少年竜を飼いならせ 暴君竜を飼いならせ9]
[最愛竜を飼いならせ 暴君竜を飼いならせ10] ill：笠井あゆみ

海野 幸

[ｉｆの世界で恋がはじまる] ill：高久尚子
[匿名希望で立候補させて] ill：高城リョウ
[あなたは三つ数えたら恋に落ちます] ill：湖水きよ

榎田尤利

[理髪師の、些か変わったお気に入り] ill：二宮悦巳

尾上与一

[初恋をやりなおすにあたって] ill：木下けい子
[花降る王子の婚礼]
[雪降る王妃と春のめざめ 花降る王子の婚礼2] ill：yoco

音理 雄

[俺がいないとダメでしょう?] ill：榊 空也
[農業男子とスローライフを] ill：高城リョウ

華藤えれな

[氷上のアルゼンチン・タンゴ] ill：嵩梨ナオト
[人魚姫の真珠 ～海に誓う婚礼～] ill：北沢きょう
[白虎王の蜜月婚] ill：高緒 拾
[オメガの初恋は甘い林檎の香り ～煌めく夜に生まれた子へ～] ill：夏河シオリ

可南さらさ

[先輩とは呼べないけれど] ill：穂波ゆきね
[旦那様の通い婚] ill：高星麻子

かわい恋

[王と獣騎士の聖約] ill：小椋ムク
[異世界で保護竜カフェはじめました] ill：夏河シオリ

川琴ゆい華

[幼なじみクロニクル] ill：Ciel
[ぎんぎつねのお嫁入り] ill：三池ろむこ
[親友だけどキスしてみようか] ill：古澤エノ

神奈木智

[その指だけが知っている] シリーズ全5巻 ill：小田切ほたる
[ダイヤモンドの条件] シリーズ全3巻 ill：須賀邦彦
[守護者がめざめる逢魔が時] シリーズ1～5
[守護者がおちる呪縛の愛 守護者がめざめる逢魔が時6] ill：みずかねりょう

北ミチノ

[好奇心は蝶を殺す] ill：円陣闇丸
[星のない世界でも] ill：高久尚子

久我有加

[寮生諸君!] ill：麻々原絵里依
[獲物を狩るは赤い瞳] ill：金ひかる

櫛野ゆい

[伯爵と革命のカナリア] ill：穂波ゆきね
[臆病ウサギと居候先の王子様] ill：石田 要
[興国の花、比翼の鳥] ill：夏河シオリ
[しのぶれど色に出でにけり輪廻の恋] ill：北沢きょう

楠田雅紀

[俺の許可なく恋するな] ill：乃一ミクロ
[恋人は、一人のはずですが。] ill：麻々原絵里依
[あの日、あの場所、あの時間へ!] ill：サマミヤアカザ
[海辺のリゾートで殺人を] ill：夏河シオリ

キャラ文庫既刊

[Brave -炎と闘う者たち-] ill:小山田あみ

栗城 偲

[玉の輿ご用意しました]
[玉の輿謹んで返上します 玉の輿ご用意しました2]
[玉の輿新調しました 玉の輿ご用意しました3]
[玉の輿に乗ったその後の話 玉の輿ご用意しました番外編] ill:高緒 拾
[幼なじみマネジメント] ill:暮田マキネ

月東 湊

[親愛なる僕の妖精王へ捧ぐ] ill:みずかねりょう
[旅の道づれは名もなき竜] ill:テクノサマタ
[呪われた黒獅子王の小さな花嫁] ill:円陣闇丸

ごとうしのぶ

[熱情] ill:高久尚子

小中大豆

[妖しい薬屋と見習い狸] ill:高星麻子
[ないものねだりの王子と騎士] ill:北沢きょう
[十六夜月と輪廻の恋] ill:夏河シオリ
[鏡よ鏡、毒リンゴを食べたのは誰?] ill:みずかねりょう

桜木知沙子

[教え子のち、恋人] ill:高久尚子

佐々木禎子

[妖狐な弟] ill:佳門サエコ

沙野風結子

[一滴、もしくはたくさん] ill:湖水きよ
[人喰い鬼は色に狂う] ill:葛西リカコ
[夢を生む男] ill:北沢きょう

[疵物の戀] ill:みずかねりょう

秀 香穂里

[くちびるに銀の弾丸] シリーズ全2巻 ill:祭河ななを
[他人同士] 全3巻 ill:新藤まゆり
[大人同士] 全3巻 ill:新藤まゆり
[他人同士 -Encore!-] ill:新藤まゆり
[ウィークエンドは男の娘] ill:高城リョウ
[束縛志願] ill:新藤まゆり
[肌にひそむ蝶] ill:嵩梨ナオト
[オメガの純潔] ill:みずかねりょう
[コンビニで拾った恋の顛末] ill:新藤まゆり
[弟の番人] ill:ミドリノエバ
[地味な俺が突然モテて困ってます] ill:Ciel
[魔人が叶えたい三つのお願い] ill:小野浜こわし
[恋に無縁なんてありえない] ill:金ひかる
[高嶺の花を手折るまで] ill:高城リョウ

愁堂れな

[法医学者と刑事の相性] シリーズ全2巻 ill:高階 佑
[あの頃、僕らは三人でいた] ill:yoco
[美しき標的] ill:小山田あみ
[ハイブリッド ~愛と正義と極道と~] ill:水名瀬雅良

神香うらら

[恋の吊り橋効果、試しませんか?]
[恋の吊り橋効果、深めませんか? 恋の吊り橋効果、試しませんか?2] ill:北沢きょう
[伴侶を迎えに来日しました!] ill:高城リョウ
[葡萄畑で蜜月を] ill:みずかねりょう

菅野 彰

[毎日晴天!] シリーズ1~17
[花屋に三人目の店員がきた夏 毎日晴天!18]
[竜頭町三丁目帯刀家の徒然日記 毎日晴天!番外編]
[竜頭町三丁目まだ四年目の夏祭り 毎日晴天!外伝] ill:二宮悦巳
[愛する] ill:高久尚子
[いたいけな彼氏] ill:湖水きよ
[成仏する気はないですか?] ill:田丸マミタ

杉原理生

[制服と王子] ill:井上ナヲ
[星に願いをかけながら] ill:松尾マアタ
[錬金術師と不肖の弟子] ill:yoco
[愛になるまで] ill:小椋ムク

すとう茉莉沙

[触れて感じて、堕ちればいい] ill:みずかねりょう
[営業時間外の冷たい彼] ill:小椋ムク

砂原糖子

[シガレット×ハニー] ill:水名瀬雅良
[灰とラブストーリー] ill:穂波ゆきね
[猫屋敷先生と縁側の編集者] ill:笠井あゆみ
[小説家先生の犬と春] ill:笠井あゆみ
[アンダーエール!] ill:小椋ムク

高尾理一

[鬼の王と契れ] シリーズ全3巻 ill:石田 要

高遠琉加

[神様も知らない] シリーズ全3巻 ill:高階 佑
[天使と悪魔の一週間] ill:麻々原絵里依
[さよならのない国で] ill:葛西リカコ

キャラ文庫既刊

月村 奎

[そして恋がはじまる]全2巻 ill：夢花 李
[アプローチ] ill：夏乃あゆみ
[きみに言えない秘密がある] ill：サマミヤアカザ

遠野春日

[砂楼の花嫁]
[花嫁と誓いの薔薇 砂楼の花嫁2]
[仮装祝祭日の花嫁 砂楼の花嫁3]
[愛と絆と革命の花嫁 砂楼の花嫁4] ill：円陣闇丸
[蜜なる異界の契約] ill：笠井あゆみ
[黒き異界の恋人] ill：笠井あゆみ
[疵と蜜] ill：笠井あゆみ
[恋々 疵と蜜2] ill：笠井あゆみ
[鼎愛－TEIAI－] ill：嵩梨ナオト
[美しい義兄] ill：新藤まゆり
[愛しき年上のオメガ] ill：みずかねりょう
[やんごとなきオメガの婚姻] ill：サマミヤアカザ
[夜間飛行] ill：笠井あゆみ

中原一也

[負け犬の領分] ill：新藤まゆり
[愛と獣－捜査一課の相棒－] ill：みずかねりょう
[魔性の男と言われています] ill：草間さかえ
[花吸い鳥は高音で囀る] ill：笠井あゆみ
[俺が好きなら咬んでみろ] ill：小野浜こわし
[街の赤ずきんと迷える狼] ill：みずかねりょう
[拝啓、百年先の世界のあなたへ] ill：笠井あゆみ

凪良ゆう

[恋愛前夜]
[求愛前夜 恋愛前夜2] ill：穂波ゆきね
[天涯行き] ill：高久尚子
[おやすみなさい、また明日] ill：小山田あみ
[美しい彼]
[憎らしい彼 美しい彼2]
[悩ましい彼 美しい彼3] ill：葛西リカコ
[ここで待ってる] ill：草間さかえ
[初恋の嵐] ill：木下けい子
[セキュリティ・ブランケット 上・下] ill：ミドリノエバ

夏乃穂足

[きみが好きだった] ill：宝井理人
[飼い犬に手を咬まれるな] ill：笠井あゆみ
[真夜中の寮に君臨せし者] ill：円陣闇丸

成瀬かの

[世界は僕にひざまずく] ill：高星麻子
[気がついたら幽霊になってました。] ill：yoco
[兄さんの友達] ill：三池ろむこ
[隣の狗人の秘密] ill：サマミヤアカザ
[神獣さまの側仕え] ill：金ひかる

西野 花

[溺愛調教] ill：笠井あゆみ
[陰獣たちの贄] ill：北沢きょう
[獣神の夜伽] ill：穂波ゆきね
[淫妃セラムと千人の男] ill：北沢きょう
[催淫姫] ill：古澤エノ

鳩村衣杏

[歯科医の弱点] ill：佳門サエコ
[学生服の彼氏] ill：金ひかる
[きれいなお兄さんに誘惑されてます] ill：砂河深紅

樋口美沙緒

[八月七日を探して] ill：高久尚子
[他人じゃないけれど] ill：穂波ゆきね
[狗神の花嫁]シリーズ全2巻 ill：高星麻子
[予言者は眠らない] ill：夏乃あゆみ
[パブリックスクール－檻の中の王－]
[パブリックスクール－群れを出た小鳥－]
[パブリックスクール－八年後の王と小鳥－]
[パブリックスクール－ツバメと殉教者－]
[パブリックスクール－ロンドンの蜜月－]
[パブリックスクール－ツバメと監督生たち－] ill：yoco
[ヴァンパイアは我慢できない dessert] ill：夏乃あゆみ
[王を統べる運命の子①～②] ill：麻々原絵里依

火崎 勇

[ぬくもりインサイダー] ill：みずかねりょう
[悪党に似合いの男] ill：草間さかえ
[カウントダウン！] ill：高緒 拾
[俺の知らない俺の恋] ill：木下けい子
[ヒトデナシは惑愛する] ill：小椋ムク
[エリート上司はお子さま!?] ill：金ひかる
[メールの向こうの恋] ill：麻々原絵里依

菱沢九月

[小説家は懺悔する]シリーズ全3巻 ill：高久尚子
[年下の彼氏] ill：穂波ゆきね

キャラ文庫既刊

「好きで子供なわけじゃない」 ill：山本小鉄子
「飼い主はなつかない」 ill：高星麻子
「同い年の弟」 ill：穂波ゆきね

松岡なつき
「FLESH&BLOOD①～㉔」 ill：①～⑪雪舟 薫／⑫～彩
「WILD WIND」 ill：雪舟 薫
「FLESH&BLOOD外伝 ―女王陛下の海賊たち―」 ill：彩
「FLESH&BLOOD外伝2 ―祝福されたる花―」 ill：彩
「H・K《ホンコン》ドラグネット」全4巻 ill：乃一ミクロ
「流沙の記憶」 ill：彩

水原とほる
「コレクション」 ill：北沢きょう
「皆殺しの天使」 ill：新藤まゆり
「刹那と愛の声を聞け」 ill：みずかねりょう
「百千万劫に愛を誓う」 ill：乃一ミクロ
「ピアノマンは今宵も不機嫌」 ill：ミドリノエバ
「名前も知らず恋に落ちた話」 ill：yoco
「監禁生活十日目」 ill：砂河深紅
「正体不明の紳士と歌姫」 ill：yoco
「彼は優しい雨」 ill：小山田あみ
「月がきれいと言えなくて」 ill：ひなこ
「見初められたはいいけれど」 ill：ミドリノエバ
「小説の登場人物と恋は成立するか？」 ill：サマミヤアカザ

水無月さらら
「座敷童が屋敷を去るとき」 ill：駒城ミチヲ

「人形遊びのお時間」 ill：夏河シオリ
「いたいけな弟子と魔導師さま」 ill：yoco
「海賊上がりの身代わり王女」 ill：サマミヤアカザ
「二度目の人生はハードモードから」 ill：木下けい子

水壬楓子
「桜姫」シリーズ全3巻 ill：長門サイチ
「森羅万象」シリーズ全3巻 ill：新藤まゆり
「王室護衛官を拝命しました」 ill：サマミヤアカザ

宮緒 葵
「二つの爪痕」 ill：兼守美行
「蜜を喰らう獣たち」 ill：笠井あゆみ
「忘却の月に聞け」 ill：水名瀬雅良
「祝福された吸血鬼」 ill：Ciel
「悪食」
「羽化 悪食2」 ill：みずかねりょう

夜光花
「不浄の回廊」
「二人暮らしのユウウツ 不浄の回廊2」 ill：小山田あみ
「眠る劣情」 ill：高階 佑
「ミステリー作家串田寥生の考察」
「ミステリー作家串田寥生の見解」 ill：高階 佑
「バグ」全3巻 ill：湖水きよ
「式神の名は、鬼」全3巻 ill：笠井あゆみ
「式神見習いの小鬼」 ill：笠井あゆみ

吉原理恵子
「二重螺旋」シリーズ1～12巻 ill：円陣闇丸
「水面ノ月 二重螺旋13」 ill：円陣闇丸
「灼視線 二重螺旋外伝」 ill：円陣闇丸

「間の楔」全6巻 ill：長門サイチ
「影の館」 ill：笠井あゆみ
「暗闇の封印―邂逅の章―」
「暗闇の封印―黎明の章―」 ill：笠井あゆみ
「銀の鎮魂歌《レクイエム》」 ill：yoco

六青みつみ
「輪廻の花～300年の片恋～」 ill：みずかねりょう
「鳴けない小鳥と贖いの王～彷徨編～」 ill：稲荷家房之介

渡海奈穂
「河童の恋物語」 ill：北沢きょう
「僕の中の声を殺して」 ill：笠井あゆみ
「狼は闇夜に潜む」 ill：マミタ
「御曹司は獣の王子に溺れる」 ill：夏河シオリ

〈四六判ソフトカバー〉

ごとうしのぶ
「ぼくたちは、本に巣喰う悪魔と恋をする」
「喋らぬ本と、喋りすぎる絵画の麗人」
「ぼくたちは、優しい魔物に抱かれて眠る」
「ぼくたちの愛する悪魔と不滅の庭」 ill：笠井あゆみ

松岡なつき
「王と夜啼鳥《ナイチンゲール》 FLESH&BLOOD外伝」 ill：彩

アンソロジー
「キャラ文庫アンソロジーⅠ 琥珀」
「キャラ文庫アンソロジーⅡ 翡翠」
「キャラ文庫アンソロジーⅢ 瑠璃」 ill：円陣闇丸

〈2021年6月25日現在〉